장야

묘니
猫膩
장편소설

이기용
옮김

将夜

疖
4

야(夜) 4권

제1장 **수행자의 마음**

제1화 황원의 남매 8

제2화 부적으로 알린다 58

제3화 백치의 본질 90

제4화 검과 바늘 그리고 붓 128

제2장 **흔들리는 세계**

제1화 일자권의 이름 180

제2화 변화의 바람 222

제3화 황원으로 268

제 1장   은자필법

제 1화   글씨의 주인

제 2화   융경 황자

제 3화   이층루 시험

제 2장   은자와 요패

제 1화   녕결의 선택

제 2화   신부사 대 서원

제 3화   화개첩 사건

야(夜) **5권 (근간)**

제1장　　　　**불타오른 도화**

제1화　　　대하국 소녀들

제2화　　　월륜국의 수도승

제3화　　　노필재에 찾아든 광명

제2장　　　　**호송 임무**

제1화　　　엄습하는 불안

제2화　　　씁쓸한 승리

제3화　　　대흑과 소설, 서치와 화치

제4화　　　의사대장 회의

1
...
수행자의 마음

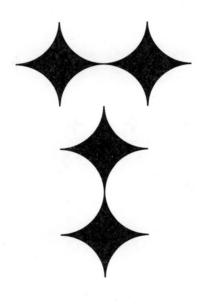

1

황원의 남매

1

○ ○ ○

장안성 서남향의 넓고 곧은 관로에 몇 대의 마차와 수십 명의 기병으로 이루어진 대열이 전진하고 있다. 검은색과 황금색으로 장식된, 말로 표현하기 힘든 화려함과 스산한 느낌이 배어 있는 행렬. 기병들은 갑옷을 입지 않았지만 검은 전포(戰袍)와 의연한 얼굴이 신성불가침의 느낌을 풍기고 있었다.

최정예 기병으로 불리는 서릉 신국의 호교군(護敎軍). 그들의 호위를 받을 수 있는 몇 대의 마차에는 의심할 여지없이 신전의 대인물들이 타고 있을 터. 이렇게 이른 시각에 장안 남쪽 관도에 모습을 드러냈다는 것은 성문이 열리자마자 장안성을 빠져나왔다는 의미다. 이들이 타국에서 모습을 드러냈다면 사람들의 갈채가 쏟아지고 길가에서 적지 않은 신도들은 머리를 조아릴 것이다. 하지만 아주 이른 시각 길가에는 아무도 그 행렬을 주시하지 않았고 경건한 눈물을 바치는 사람은 더욱 없었다.

행렬은 침묵을 지키며 빠른 속도로 전진하고 있었다. 어떻게든 빨리 떠나야 하는 사람들처럼. 융경 황자는 행렬 중앙의 마차에 앉아 억눌린 분위기와 이상한 침묵을 느끼다가 문득 미소를 지으며 말했다.

"올 때는 장안성 전체가 기뻐 날뛰더니 갈 때는 이렇게
고요하다니. 심지어 일부러 성문이 열리자마자 도망가듯 몰래
떠나야 한다니…… 상갓집의 개 같지 않나요?"

맞은편에 앉은 천유원 부원장 막리 신관의 안색이 변했다.

"대인, 그렇게까지 스스로에게 모욕을 줄 필요가 있습니까?"
"호교 신군은 어디를 가도 황금빛 갑옷을 입고 천신처럼 빛나는데
당국 경내만 들어오면 갑옷도 벗고 창까지 반납해야 하니……

이것이야 말로 모욕입니다."

막리 신관이 난처해하자 그는 미소를 지으며 물었다.

"부원장 대인, 장안에서 제가 도화 골목에서 지낸 이유를
 아시나요?"
"황자의 본명물이 도화이기 때문 아닌가요?"
"맞아요. 그럼 제가 왜 도화를 본명물로 택했는지 아시나요?"

막리 신관은 조용히 고개를 저었다.

"그해 부자께서 서릉에 들어가 술을 마시며 신산(神山)의 도화를
 모두 베었지만 아무도 감히 그를 말리지 못했기 때문이에요."

융경 황자는 창밖에 펼쳐진 유채꽃밭을 보며 담담하게 말했다.

"그것이 우리 서릉 신전이 지난 백 년 동안 당한 모욕 중 가장
 큰 모욕입니다. 제가 도화를 본명물로 택한 것은 바로 그 모욕을
 잊지 말자는 의미입니다."

그는 잠시 침묵하다 다시 나지막이 말을 이었다.

"이번에 제가 스스로 신분을 낮추어 서원 이층루 시험을 친 것은
 부자를 따라 배울 기회를 잡고 실력을 높여, 후일 신전을
 대신하여 그 모욕을 갚아 주기 위함이지요. 그런데 뜻밖에도
 녕결에게 또 모욕을 당하고 말았습니다."

막리 신관은 위로할 마땅한 말을 찾을 수 없었다.

"대인이 방금 제 말을 보고 스스로 모욕을 주는 것이라
했는데…… 그 말은 틀렸습니다. 모욕이라는 것은 오롯이
실력에 달려 있는 법. 내가 남보다 강하면 그 말은 조롱이고,
내가 남보다 약하면 그 말이 스스로를 모욕하는 말이 되어 버리는
법이지요. 당국이 호교 신군에게 갑옷을 풀게 하고 부자께서
신산 도화를 다 베어 버리고, 녕결은 우리를 상갓집 개처럼 몰래
장안을 빠져나가게 하고…… 이 모든 것은 그들이 일부러 우리를
모욕하는 게 아니라 어떤 면에서든 그들이 우리보다 강하기
때문입니다."

융경의 얼굴에 뜬금없이 환한 미소가 번졌다.

"하지만 그런 모욕은 한편으로 고마운 것이지요. 어쩌면 전
이번에 한 걸음 더 앞으로 나갔을지 모릅니다. 전 단지 녕결이
진정으로 강해지기 바랄 뿐입니다. 그래야만 제가 당한 이 모욕을
되돌려줄 수 있는 기회가 생기기 때문입니다."

이 말에 막리 신관은 놀라움과 얼굴에 기쁨이 찾아왔다.

'이번 여정에서 융경 황자가 지명의 경지에 오른 것인가……
어쩌면 신전이 이번에 당한 치욕을 용서할 수도 있겠군.'
"숭명 태자는 이미 연국으로 돌아갔는데, 황자가
지명의 경지에 올랐다는 희소식을 빨리 연국 황제에게
알려야 하지 않겠습니까?"
"부황께 이 사실을 알리는 게 무슨 의미가 있을까요?
황위를 두고 싸우기 위해? 보잘것없는 연국 황위가
호천 대도(大道)보다 더 매력이 있을까요?"
"하지만 그 황위는 원래 황자의 것이어야 합니다."
"제 것이면 영원히 제 것입니다."

융경 황자는 마지막 절벽에서 보았던 광명의 공포를 떠올리며 얼굴이 약간 창백해졌지만 곧바로 의연함을 되찾으며 말을 이었다.

"제 것을 빼앗으려는 사람은 모두 죽음을 면하지 못할 것입니다."

그가 손을 창밖에서 거두어들이자 손가락 사이에 하얗고 부드러운 도화한 송이가 생겼다. 그는 그 꽃을 자신의 옷자락 위에 아무렇게나 놓았다.

'이 생명의 향기가 가득한 꽃잎 아래에도 투명한 구멍이 있을까?'
"몇 년 더 지나면 전 이 사악한 당국 민가를 모조리 무너뜨리고
논밭의 유채꽃을 모두 베어 버린 후, 그 죄악과 더러움을
모두 불태워 성스럽고 밝은 세상을 세울 것입니다."

＊＊

마차는 예전처럼 서원 밖 잔디밭에 섰다. 학생들은 먼발치에서 그를 보며 수군댔다. 그들의 눈에 있었던 경멸과 미움은 놀라움과 부러움 그리고 옅은 후회로 변해 있었다. 녕결은 돌계단 옆에 있는 상정명과 가볍게 인사하고 서원으로 들어갔는데 아침 햇살 아래에 서서 그를 향해 손을 흔들고 있는 어린 서동이 눈에 띄었다. 눈매가 수려했지만 아직 풋풋하고 작은 얼굴이 마치 옥으로 조각한 것 같은 서동이었다.

"막내 선생님, 제 도련님의 명을 받아 산으로 모시겠습니다."

서동이 늙은이처럼 너무 공손하게 말하자 녕결은 웃음을 참지 못하고 물었다.

"네 도련님이 누구시지? 그리고 넌 날 왜 막내 선생님이라

부르느냐?"

서동은 헤헤 웃고서 머리를 긁적이며 대답했다.

> "저희 도련님의 항렬은 두 번째입니다.
> 선생님에 대한 호칭은 도련님께서 정해주신 것인데
> 뒷산에서 가장 어린 분이시니 막내 선생님으로
> 불러야 한다고 말씀하셨습니다."
> "그럼 진피피는 몇 번째 선생이지?"
> "지금까지 막내 선생님이셨는데 이제는
> 열두째 선생님이 되셨습니다."
> "하기야 그 뚱뚱한 놈과 막내 선생님이라는 호칭이……
> 어울리지는 않네."

어린 서동이 진지하게 말했다.

> "사실 저도 그렇게 생각합니다."

★★

오늘 서원 뒷산으로 가는 길은 당연히 녕결의 목숨을 빼앗을 뻔한 그 산길이 아니었다. 어린 서동은 구서루 옆 돌길을 따라 올라간 후 짙은 안개 앞에서 걸음을 멈추었다.

> "구서루 2층에도 길은 있습니다. 하지만
> 도련님께서 막내 선생님이 오늘 처음 오셨으니
> 이 길로 모셔 오라 하셨습니다."
> "안개 속에…… 별 이상한 건 없겠지?"

"헤헤. 물론 없습니다. 저도 자주 다니는 걸요?"

산안개에 이상한 것은 없었지만 매우 기괴했다. 열 걸음 남짓 걸었을 뿐
인데 바로 서원 뒷산 중턱에 다다를 수 있었기 때문이다. 소매를 살짝 흔
들며 눈앞 마지막 안개를 털어내니, 아침 햇살 아래 마치 신선경과 같은
산허리의 경치가 펼쳐졌다.

　　'서원 아래서 보면 가파른 큰 산만 보이는데 동쪽으로 이렇게
　　평탄한 평지가 펼쳐져 있었구나.'

절벽 위 평지에는 거울처럼 맑은 작은 호수가 있었다. 들꽃이 피어 있는
가운데 하늘 높이 솟은 고목이 우뚝 서 있었다. 꽃의 종류가 천만 가지는
되어 보였고 그중 복숭아꽃도 있었지만 특별히 눈에 띄지는 않았다.
　　고목 아래에는 10여 채의 소박한 집들이 모여 있었고, 그곳에서
밥 짓는 연기가 모락모락 피어오르고 있었다. 집과 절벽 사이로 은색 선
이 한 줄기 쏟아져 내리고 있었는데 바로 폭포수였다.

　　'이토록 아름다운 경치를 망치려는 사람이 있다면……
　　내가 먼저 죽여야겠어.'
　　"나도 처음 이곳에 왔을 때 너처럼 이곳의 아름다움에 놀라
　　말을 못했지."

어느새 진피피가 녕결 옆으로 와 있었다. 녕결은 익숙한 목소리를 들으며
고개를 돌려 물었다.

　　"네가 살던 그곳보다 더 아름다워?"
　　"장엄함, 숙연함 또는 신성함은 사실 모두 아름다움은 아니지."

진피피는 환하게 미소를 지으며 말했다.

"진정한 서원에 오신 것을 환영합니다."

녕결도 환하게 웃었다.

"네가 오늘 나의 길잡이인가 보지?"

진피피는 그를 데리고 푸른 들판과 풀밭을 지나갔다. 약간은 축축한 논두렁을 거쳐 나무다리 위로 오른 후 거울처럼 잔잔한 호수 앞에 섰다. 하얀 물새 하나가 호수에 재빨리 들어갔다가 나오며 작은 물고기를 낚아챘다. 나무다리 위의 발소리가 물새들의 주의를 끌었지만 물새들은 사람을 무서워하지 않았고 오히려 호기심에 가득 차 보였다.

나무다리 중간쯤에는 정자가 하나 있었는데 호수 물빛을 받아 아주 그윽하게 보였다. 옅은 황금색 서원 봄옷을 입은 여인 하나가 그 정자에서 열중하여 수를 놓고 있었다. 진피피는 녕결을 그곳으로 데려가 예를 올리며 말했다.

"일곱째 사저."

일곱째 사저는 진피피 옆의 녕결을 힐끔 보며 말했다.

"막내 사제를 데리고 구경 잘 시켜 줘."

녕결도 공손하게 예를 올렸다.

"일곱째 사저를 뵙습니다."

일곱째 사저는 웃는 듯 마는 듯 진피피를 보고 말했다.

"앞으로는 네가 게으름을 좀 피워도 되겠구나."

진피피는 난감한 듯 웃었고, 일곱째 사저는 다시 고개를 숙여 수를 계속 놓았다. 정자에서 나와 나무다리를 건넌 후 호숫가로 들어서자 진피피는 녕결에게 나지막이 설명했다.

"일곱째 사저의 이름은 목유(木柚)야. 진법에 능하시지.
네가 산을 오를 때 마주했던 진법이 사저가 만드신 거야.
수를 놓는 것은…… 2년 전 일곱째 사저가 진법 수행에서
난관에 부딪혔는데 대사형도 둘째 사형도 답을 못 찾자
스승님께서 직접 권유하신 일이야. 그 난관을
통과했는지는 모르겠네."
'진법과 자수가 무슨 상관이지?'

진피피는 그를 데리고 큰 고목을 지나 서쪽의 숲에 도착했다. 숲속에서 들려오는 은은한 고금과 통소 소리를 들으며 말했다.

"통소를 부는 분은 아홉째 사형 북궁미앙(北宮未央)이고,
고금을 연주하는 분은 열째 사형 서문불혹(西門不惑)이야.
두 분은 모두 극남(極南) 해도(海島) 출신인데 무슨 법문(法門)을
수행하는지는 그들도 모르는 것 같아."
"그건 또 무슨 말이야? 자신이 수행하는 법문도 모르는 수행자가
어디 있어?"
"스승님께서도 두 사형들에게 공부를 시키신 적이 없어.
그냥 마음 가는 대로 하라고만 하셨지. 내가 서원에 들어오고
난 후 두 사형이 통소를 불거나 고금을 연주하는 것 외에
다른 일 하는 것을 본 적이 없어."

그때 고금과 통소 소리가 잦아들며 두 남자가 숲속에서 걸어 나왔다. 잘 생긴 얼굴에 평온한 표정, 하얀색 서원 학복을 입었는데 소매의 아랫자락 이 매우 넓어 봄바람에 흔들리는 모습이 서원 학생이라기보다 선풍도골

(仙風道骨)의 은사(隱士) 같았다. 아홉째 사형이 진피피를 보며 퉁명하게 물었다.

"우리가 스스로 무엇을 하는지도 모른다고?"

진피피는 웃으며 도발했다.

"그럼 이 몇 년 동안 서원에서 무엇을 수행했는지 말해주세요."
'탁!'

사형은 손에 든 통소로 진피피의 머리를 인정사정없이 내려쳤다.

"아! 아홉째 사형! 말로 못 이기니 사람을 때리는 거예요?
사형이 중요시하는 품격은 다 어디 갔어요?"

고금을 들고 침묵하던 사형이 갑자기 입을 열었다.

"잘 때렸다."

진피피는 고개를 돌리며 말했다.

"열째 사형! 사형까지 왜 그러세요?"

서문불혹은 대답도 없이 녕결을 바라보며 말했다.

"막내 사제, 나와 북궁 사형은 음률 대도를 수행해. 피피처럼
천지의 원기를 가지고 싸우는 속인(俗人)은 음률의 아름다움을
체득할 수 없지. 난 사제가 그런 속인이 아니었으면 좋겠어."

북국미앙은 퉁소를 허리춤에 꽂으며 녕결에게 말했다.

　　"막내 사제, 그날 산행을 보니 아주 소탈한 기품이 있더군.
　　안슬 대사가 너에게 신부사의 소질이 있다 하고 또 유명한
　　서예 대가라고도 하더군. 그러니 예술에 대한 조예가 있을 것이라
　　생각해. 앞으로 우리와 잘 연마해 보자."
　　'내가 어떻게 음률을…… 그리고 천지 원기를 감지해 경지를
　　끌어올리지 않고 음률의 아름다움에 소비한다는 것은 너무
　　낭비 아닌가?'
　　"허나 저는 음률의 도리에 대해서는 문외한입니다."

북궁미앙은 소매를 가볍게 저으며 말했다.

　　"음률과 서화는 모두 천지 사이에 있는 아름다운 사물이지.
　　예술은 곧 하나를 통해 열을 아는 것이야. 이전에는 기회가
　　없었을 뿐, 이제 나와 열째를 만났으니 어디 모를 수 있겠나?"

녕결이 어찌 첫 만남에서 거절을 표할 수 있겠는가.

　　'내가 청중이 되는 것은 괜찮을 수도 있겠네.'
　　"틈틈이 두 사형께 찾아와 음률의 도에 대한 가르침을
　　청하겠습니다."

두 사형은 그의 대답에 만족한 듯 즐거운 표정을 지었다.

　　"역시 피피 같은 속인은 아니었어."

진피피는 그를 데리고 절벽 위 평지에 있는 집을 향해 걸어가며 진지하게
물었다.

"고금이나 통소 연주를 듣는 것을 정말 좋아하는 거야?"
"당연히…… 전혀 관심 없지. 하지만 오늘은 내가 이층루에 들어온
첫날이야. 내가 어떻게 사형들의 열정을 대놓고 거절해?"
"이 멍청한 놈! 이런 일은 당연히 단호하게 거절해야 하는 거야!"

녕결은 의아한 눈빛으로 물었다.

"나중에 사형들이 연주한다고 해도 내가 피하면 그만 아니야?"
"그동안 그들의 연주를 들어 주는 사형과 사저가 한 명도
없었기에 두 사형은 서로 얼굴을 맞대고 고금과 통소를 연주하고
또 서로에게 아부하고…… 사형들은 청중 하나가 절실했는데
네가 승낙했으니 넌 이제 매일 사형들에게 끌려갈 거다."

녕결은 난처한 듯 물었다.

"두 사형의 음률 수준이…… 그렇게 형편없어?"
"백치, 두 사형은 단연 천하에서 일류의 음률 대가지. 다만……."

진피피는 미간을 찌푸렸다.

"아무리 대단한 음률 대가라도 한 곡을 수천 번이나 연주한다면
그 고통이 어떻겠어?"

녕결의 목소리는 떨리고 있었다.

"세상에 음률을 사랑하는 사람은 헤아릴 수도 없을 텐데
두 사형께서 나에게만 들려주지는 않겠지?"
"음률을 사랑하는 사람은 많지만 두 사형의 음률을 들을 자격이
있는 사람은 극히 드물지. 넌 당연히…… 자격이 되지."

녕결은 한참 침묵하다가 의연하고도 단호하게 말했다.

 "난 피해야겠다."
 "나도 피한 적이 있지."

진피피는 연민 가득한 눈빛으로 탄식했다.

 "서원 뒷산이 작지는 않지만 사람 하나 찾는 것이
  그렇게 어렵진 않아."
 '츠츠측.'

녕결이 무슨 말을 하려고 할 때 돌길 옆의 꽃나무가 흔들리더니 누군가
황급히 뛰어나왔다. 그날 산 정상에서 본 젊은 사형이었다. 그 사형의 머
리카락 사이로 각양각색의 꽃잎이 떨어져 있어 우스꽝스러우면서도 공
포스러워 보였다. 진피피는 녕결을 옆으로 끌어당기며 매우 진지하게 소
개했다.

 "열한째 사형, 왕지(王持)께 인사드려."
 "열한째 사형을 뵙습니다."

열한째 사형은 답례도 하지 않고 자신의 어깨에 떨어진 꽃잎 하나를 주우
며 더없이 진지하게 물었다.

 "사제, 하나 물어보자. 마음 밖에 사물이 없다면 부자께서 뒷산에
  들어오기 전에도 이 꽃은 천만 년 동안 산속에서 피어나다
  시들기를 반복했을 텐데…… 그렇다면 이 꽃이 너와 나의 마음과
  무슨 관련이 있지? 뒷산에 들어오는 사람이 없다면 이 꽃을
  구경하는 사람이 없다면 그럼 이 꽃은 존재하지 않는 것인가?"

녕결은 난감한 표정으로 진피피를 바라봤다. 진피피의 눈빛은 녕결보다 더 난감해 보였다. 무언의 눈빛으로 '네가 답하지 못하면 여기서 떠나기 힘들다'고 말하고 있었다. 왕지는 한참을 기다렸고 또 답을 듣지는 못했지만 진지함이 온화함으로 바뀌었다.

> "내가 보기엔 우리가 이 꽃을 보기 전에는 우리나 꽃의 마음이
> 각각 고요했는데, 우리가 이 꽃을 보았을 때 꽃이 마음속에서
> 피어나게 된 것이지. 이 꽃의 존재 여부는 바로 그 찰나의 순간에
> 달려 있는 것이야."

녕결은 입이 살짝 벌어진 채 여전히 말을 하지 못했다.

> "음음."

진피피는 헛기침을 두어 번 하며 끼어들었다.

> "열한째 사형, 막내 사제가 뒷산에 들어온 첫날이라
> 나머지 사형들께도 인사드려야 해요. 꽃과 마음 이야기는
> 나중에 해도 늦지 않을 것 같은데요?"
> "막내 사제, 앞으로 여유가 있으면 이 우둔한 사형의 생각과
> 이야기에 도움을 줄 수 있겠나?"

이번에는 녕결은 그 뜻을 정확히 알아들었다. 그래서 나지막이 '네' 하고 대답한 후 도망치듯 꽃나무를 떠나 집들이 모여 있는 곳을 향해 내달렸다. 그는 진피피가 그의 뒷모습을 보며 또 다시 연민의 눈빛을 하고 있었다는 것을 알지 못했다.

**

집 안에는 화로가 있고 집 밖에는 물레방아가 있었다. 집 안팎으로 하얀
증기가 감돌고 있었다. 물이 붉은 쇠 위에 떨어지자 지글지글 소리가 나
고, 망치가 붉은 쇠를 내려치자 땅땅 소리가 났다. 녕결과 진피피는 문밖
에 가만히 서서 그 광경을 지켜보고 있었다.

상의를 벗어젖힌 건장한 사내가 사랑하는 연인을 거칠게 또 섬세
하게 다루듯 쇳덩어리를 다루고 있었다. 한참 후에야 장한(壯漢)이 앞에
두른 가죽 앞치마를 벗었다. 수건을 집어 얼굴에 맺힌 땀을 닦아 내며 정
직하고도 무던한 미소를 지으며 말했다.

"난 여섯째."

진피피는 웃으며 녕결에게 설명했다.

"여섯째 사형이 만드신 갑옷은 세상에 둘도 없지. 허세 장군이
  지금 입고 있는 갑옷이 바로 여섯째 사형이 만드신 거야.
  후일 너도 필요하면 사형께 부탁드릴 수 있어. 사형은 친절하고
  선량하고, 비록 말수는 적지만 약속한 일은 꼭 지키지."
"혹시 여섯째 사형께서 부도를 수행하시나요?"
"법문으로 분류한다면 난 무도를 수행하는 셈인데 다만
  평생 쇠만 두들겼으니 싸움하는 법을 배우진 못했어.
  막내 사제가 뭘 묻는지는 알지. 내가 만든 갑옷과 병기에
  부적이 새겨져 있긴 한데 그건 나와 상관없는 일이야.
  넷째 사형의 작품이거든."
"넷째 사형?"

여섯째는 구석을 바라보며 웃었다.

"바로 저분!"

녕결은 그제야 어두운 구석에 작은 모래판이 있는 것을 발견했다. 그 옆에 푸른색 서원 봄옷을 입은 남자가 앉아 있었다. 집안 온도는 매우 높았지만 남자는 땀 한 방울 흘리지 않고 그저 눈앞의 모래판만 바라보고 있었다. 그리고 그는 마치 집 구조물의 일부분처럼 쉽게 눈길에서 벗어났다.

    "넷째 사형께서 요즘 혼광부(渾光符)를 수행 중이야."

진피피가 끼어들었다.

    "부적을 강철과 더 단단하게 붙여
    혼연일체가 될 수 있도록 하는 거지."

그때 넷째 사형이 고개를 들었다. 넷째 사형은 녕결과 진피피는 쳐다보지도 않고 여섯째 사제에게 말했다.

    "삼성(三星) 무늬로 정면 충격을 견디는 데 문제는 없는데,
    옆면이 너무 약한 것은 어떻게 해결하지? 무인(武人)이
    천지 원기를 피부 표면에 붙인 후 또 갑옷의 부적을 자극하려면
    상당히 어려울 것 같은데……."

여섯째 사형이 그곳으로 다가가자 녕결과 진피피도 뒤를 따랐다. 모래판에는 아주 단순해 보이는 세 개의 선이 그려져 있었는데 직선이 아닌 선들이 만나는 지점에 매우 매끄러운 반원 아치가 그려져 있었다. 보기에는 선 하나가 매달려 있어 닿을 듯 말 듯 보였지만 아직 완전히 섞이지 않은 물방울처럼 보이기도 했다.
    여섯째 사형이 입을 열었다.

"전 부도를 잘 모르고 이 무늬들이 무슨 소용이 있는지도
모르지만 이 반원들이 지나치게 매끄럽고 혹은……
너무 완벽하다는 생각이 드네요. 너무 완벽한 것은……
타격을 잘 견디지 못하죠."

넷째 사형은 오랜 침묵 끝에 말했다.

"사제가 평생 쇠를 두드렸고 소위 힘이란 것에 나보다
더 익숙하지. 왜 그런지 모르겠지만 난 사제의 직감을 믿어.
이 반원들은 확실히 너무 완벽해."

목필로 모래판에 그림을 그리는 사람은 없었다. 하지만 모래판 위의 모래
알이 신기하게도 빠르게 굴러가기 시작했다. 마치 보이지 않는 손에 이끌
려 가듯 선이 변형되더니 잠깐 사이에 얼마나 많은 모양의 조합이 만들어
지고 지워지기를 반복했는지 알 수 없었다.
  녕결은 그 변화를 따라가지 못해 머리가 아파 왔다. 가슴과 배도
울렁거린다는 느낌이 들었다.

"푸아."

녕결은 물레방아 옆으로 가서 차가운 물로 세수를 하고야 겨우 정신을 차
렸다.

"그냥 단순한 부적 같았는데 이렇게 난해할 줄이야."
"단순하지만 정신적 파동을 일으키는 거야.
  하물며 네가 주제넘게 그 많은 변화를 따라가려고 했잖아.
  그리고 저 집은 일 년 내내 화로가 꺼지지 않아.
  여섯째 사형은 무도 수행의 경지가 높아 괜찮지만 너 같은 놈이
  어찌 그 뜨거운 기운을 견뎌낼 수 있겠어?"

녕결은 오늘 본 매우 신기한 장면들을 떠올리며 흥분하고 있었다.

"다섯째 사형과 여덟째 사형은 바둑을 두고 있을 거야.
한 분은 여기 오기 전 남진의 국수(國手)였고, 또 한 분은
월륜국 황실 기사(棋士)였어. 당시 10여 차례 대국을 했지만
승부를 가리지는 못했지. 후일 여기 와서 사형제가 되었는데도
당시의 대국을 잊지 못해 틈만 나면 바둑판을 안고 산 위
소나무로 가 며칠에 걸쳐 바둑만 두셔."

진피피는 퉁명스럽게 말을 이었다.

"밥 먹는 것조차 잊어 버리시는 두 분인데 네가 오늘
들어온다는 걸 어찌 기억하시겠어? 내가 그동안 그분들을
찾아다니며 밥을 공수하지 않았으면 사형들은 바둑판에 피를
토하고 굶어 죽어 소나무 아래 백골이 되어 버렸을지도 몰라."
'서원 뒷산에는 괴짜들밖에 없는 건가? 부자께서 왜 이런
사람들을 학생으로 받아들인 거지?'
"그리고 셋째 사저는 네가 잘 알잖아?"

진피피는 웃으며 말을 이었다.

"사저는 지금도 구서루에서 소해를 베껴 쓰고 있을 테니,
네가 만나려면 언제든지 볼 수 있을 거야. 다만 왜 동쪽 창가에서
매일같이 소해를 베껴 쓰는지는 묻지 마. 나도 스승님이 내주신
숙제라는 것 정도밖에 몰라."
"대사형께서는 부자를 모시고 천하 여행을 가셨으니……
그래도 아직 사형 두 분을 못 뵌 것 같은데?"
"둘째 사형을 아직 뵙진 못했지. 그리고 나머지 한 분은……
연세가 제법 지긋하신 분인데 그 항렬이 좀 이상해. 그리고 매일

책만 보시고 누구와도 말을 하지 않아. 사형 사저들도 그분을
잘 상대하지 않지."

진피피는 평지 뒤에 있는 폭포로 걸어가며 그에게 경고했다.

"이제 곧 둘째 사형을 뵐 텐데 예의바르게 행동하는 게 좋을 거야.
앞서 본 사형 사저들은 행동이 좀 기괴하지만 모두 선량한
분들이지. 물론 둘째 사형도 곧바르고 매서운 분이지만 타인에
대한 요구가 훨씬 엄격해. 너의 언행이 잘못되면 바로 매를 맞을
준비를 해야 할 거야."
"그럼 어떻게 해야 할까?"
"넌 원래 가식적이니 잘할 거야. 네놈이 오늘 이렇게
얌전한 척할 줄 몰랐네."
"상황을 잘 파악하는 이를 준걸(俊傑)이라 하고, 잘 파악하지
못하는 이를 백치라 하지."
"정직함과 엄숙함 외에 둘째 사형의 가장 큰 특징은 교만함이야.
사형은 자신보다 더 교만한 모습을 보지 못하시지.
그러니…… 겸손해야 해."
"평소의 너의 교만함을 생각하면 그동안 둘째 사형에게
많이 혼났겠군? 난 걱정할 필요 없어. 둘째 사형 앞에서는
내가 세상에서 가장 겸손한 사람이 될 테니까."
"이미 늦었어."

진피피는 웃는 듯 마는 듯 그를 보며 말을 이었다.

"작년에 네가 나에게 낸 수과 문제 있잖아? 그것 때문에
둘째 사형께서 보름 동안이나 집에서 나오지도 못했거든.
사형께서 그 일을 잊으셨을 것 같아?"

진피피의 으름장은 그저 으름장으로 그쳤다. 폭포에서 멀지 않은 작은 정원에서 만난 그 전설의 둘째 사형이 그렇게 안하무인인 사람이 아님을 쉽게 알 수 있었기 때문이다.

'말투가 온화하고 이렇게 친절한데 뭐가 교만하다는 거야?'
"녕결, 막내 사제가…… 아, 이제는 막내라고 하면 안 되겠네.
열두째가 자네를 데리고 뒷산을 구경시켜 주었을 텐데,
소감이 어떤가?"
"사형 사저께서 수행에 전념하시는 것은 저의……."

더없이 공손한 녕결의 말을 둘째 사형이 막으며 차갑게 말했다.

"그놈들이 날마다 새를 놀려 물고기를 먹이고 고금을 치고
바둑을 두는데 어디 수행에 전념하는가? 넷째는 부도에 소질이
있음에도 정신이 나갔는지 여섯째에게 속아 넘어가 대장간의
일꾼이 되었고! 스승님께서 인자하셔서 신경을 안 쓰시는 거지,
그렇지 않았다면 내가 혼을 내도 몇 번은 혼을 냈을 것이야!"

녕결은 자신이 무슨 말을 하려 했는지 잊었다. 어떻게 대답해야 할지 몰라 어리둥절해하고 있을 때, 둘째 사형이 나지막이 물었다.

"뭘 보는 거지?"

녕결은 처음 그를 보았을 때 심리적으로 엄청난 준비를 했다. 수줍은 메추라기인 척해야 한다, 무례하게 눈을 똑바로 쳐다봐서는 안 된다 등의 생각…… 하지만 둘째 사형 머리 위에 얹힌 빨래방망이처럼 높은 고관(古冠)은 눈에 띄어도 너무 눈에 띄었다. 마치 방망이에 대고 말을 하는 것처럼 느껴졌기에 녕결도 표정을 차분하게 유지하기가 힘들었다.
　　물론 둘째 사형의 용모는 고관보다 훨씬 정상적이었지만 나름 특

색이 있었다. 미간이 곧고 코가 높았다. 얇은 입술이 잘생겼다고 말할 수는 없지만 그래도 특별히 흠집을 찾을 수는 없었다. 검은 머리카락도 가지런히 빗겨 뒤로 늘어뜨려 있었는데 좌우로 한 치도 쏠려 있지 않고 정확히 정중앙이었다. 두 눈썹도 정확한 대칭, 심지어 눈썹의 털 수량도 똑같다는 느낌을 주었다. 차분하고 또렷한 눈매도 아무 흠집을 잡을 수 없었다. 하지만 마냥 멋있다고만 할 수도 없는 그저 어쩔 수 없다는 느낌을 주었다.

"사형, 저는 사형의 관모를 보고 있었습니다."
"왜 보지?"
"너무 아름답습니다."

녕결의 대답은 자연스러웠고 확신에 차 있었다. 둘째 사형은 멍한 표정을 지었다. 진피피는 마음속으로 욕설을 퍼부었다.

'이놈을 알고 지낸 지 일 년이나 되었는데…… 이렇게까지 뻔뻔하고 비열한 놈이었다니!'

아첨을 아무리 자연스럽게 해도 아첨을 받는 이가 부끄러울 수도 있다. 부끄러우면 쉽게 화를 낸다. 녕결은 결코 상대방에게 반응할 시간이나 깨달음의 기회를 줄 수 없어 재빠르게 말을 이었다.

"둘째 사형, 제가 공주 전하를 따라 초원에서 장안으로 오던 중 민산 북산도 입구에서 어떤 동현 경지의 대검사를 만났습니다. 그런데 그가 서원 이층루에서 버려진 제자라고……."
"서원 뒷산은 들어오기도 또 나가기도 쉽지 않다."

둘째 사형은 진지하게 물었다.

"세상에 서원의 이름을 대며 자신의 신분을 높이려는
 우매한 인간들이 많다. 매년 얼마나 많은 놈들이 '이층루의
 버려진 제자'라고 주장하는지 아느냐?"
"그런 이들로 인해 서원의 명성이 훼손될까 걱정입니다."
"아는 사람은 당연히 아는 것이고 알 자격이 없는 사람은
 그들이 무슨 생각을 하든지 서원의 명성에 영향을 줄 수 없다.
 앞으로 그런 일에 신경 쓰지 말거라."
'이것이 둘째 사형의 자부심인가? 매서운 교만함인가?'
"서원 뒷산, 이층루라는 곳은 세상에 알려진 것처럼
 그렇게 현묘한 곳이 아니다. 이곳은 스승님께서 학생들을
 가르치는 곳일 뿐. 그렇게 간단한 곳이다."
"어쩔 수 없지?"
"그렇네."
"둘째 사형은 정말 재미없고 융통성이 없어 보이지?"
"그렇네."
"사형의 관모가 방망이 같다고 생각했지?"
"종이로 접은 장난감 같기도 해."
"그게 무엇 같든 부러뜨리거나 눌러 버리고 싶은 충동이 생기지?"
"……."

넝결과 진피피는 폭포 소리가 들리지 않는 것을 재차 확인한 후 대화를
시작했다. 진피피는 엄숙한 표정을 유지하느라 약간 마비된 뺨을 문지르
며 넝결에게 다시 물었다.

"왜 대답 안 해?"
"확실히 그런 느낌이 들긴 했어."
"너뿐 아니라 우리 모두가 다 그런 느낌이 들어. 심지어
 여섯째 사형은 이미 여러 번 시도해 봤어."
"…… 무슨 말을 해야 해?"

"나는 너를 꼬드겨 둘째 사형의 관모를 부러뜨리자고 할 정도로 멍청하지 않아. 솔직히 오늘 너의 가식적인 태도를 보니 오히려 네가 음흉한 술책을 써서 순진한 나를 꼬드겨 엄청난 일을 하게 만들 거라 확신하고 있지."

넝결은 한바탕 웃은 후 입을 열었다.

"난 둘째 사형의 교만함이 좋아. 적어도 인간적이야."
"너의 이 말을 가지고 협박하지는 않을게."

그는 넝결의 어깨를 툭 치며 연민의 눈빛으로 말했다.

"사실 그 점에 있어서 우리도 공감대가 있어.
 특히 재작년부터 둘째 사형께서 거위 한 마리를 키운 후……."
"거위?"
"우리는 둘째 사형이 그 거위를 키우시는 이유가 그 거위가
 매우 교만하기 때문이라 생각했지. 사형께서 드디어 동족을
 찾았구나 싶었고, 이왕 그렇게 된 것 잘 키워야 한다고 생각했지."
"그 말은 너무…… 각박하고 독한데?"
"못 믿는 거야? 이따 그 거위를 보면 우리가
 왜 그렇게 생각하는지 알게 될 거야."

대화를 하는 사이 둘은 완만한 언덕에 도착했다.
　　　들꽃이 활짝 핀 푸른 풀밭 사이에 깨끗한 곳을 골라 앉았다. 비탈 아래로는 시냇물이 천천히 흐르고 있었다. 시냇물은 절벽 위 폭포에서 내려온 듯 보였고 다시 낭떠러지로 흘러나가 새로운 폭포를 만들 것 같았는데 마지막으로 어디로 흘러가는지는 알 수 없었다.

"서원에서는…… 뒷산 말고 아래에 있는 서원 말이야.

난 가끔 고개를 들고 산을 보기는 했지만 폭포를 본 적은 없었어.
안개 속, 산 속 깊은 곳에 이렇게 아름다운 경치가 있는지는
상상도 못했네."
"이 산은 엄청 커. 나도 아직 못 가본 곳이 많아.
넷째 사형의 말에 따르면 산이 장안성을 향하는 쪽은 절벽이야.
저 시냇물도 그곳으로 떨어지는지도 모르지. 내가 몰래 가 봤는데
절벽 아래는 온통 구름과 안개로 가득 차 있어 그 아래에 뭐가
뭔지 전혀 알 수 없어."
"나중에 기회가 되면 날 좀 데리고 가 줘."
"그래."

넝결은 시냇물 아래서 먹이를 뺏고 뺏기는 물고기들을 보며 물었다.

"사형 사저들은 지금…… 무슨 경지야?"
"둘째 사형이 지명에 오른 지는 꽤 되었는데 지명 상(上)인지
중(中)인지는 모르겠어. 셋째 사저부터 열한째 사형까지는
모두 동현 경지. 상, 중, 하는 제각각이지만."

이 대답은 넝결의 예상과 빗나갔기에 그는 놀라서 물었다.

"너도 지명의 경지인데 사형 사저들은 다 동현이라고?"
"도를 배우는 것은 선후가 있겠지만 도를 깨닫는 데에는 선후가
없지. 하지만 경지의 구분이란 사실 싸움의 수단일 뿐 뒷산에서는
아무도 신경 쓰지 않아. 진짜 싸운다면 셋째 사저부터
열한째 사형까지 한꺼번에 덤벼도 날 이기지 못할 거야."

진피피는 득의양양하게 말을 이었다.

"내가 절세의 수행 천재라는 것을 잊지 말도록."

"그런데 사형 사저들은 어떻게 서원에 들어온 거야?"
"물론 부자께서 불러들이셨지."

진피피는 그동안 둘째 사형의 영향을 너무 많이 받아 자신도 버릇처럼 헛소리를 한다는 것조차 인식하지 못했다.

"나 진지하다."
"내 대답은 진지하지 않았나?"

진피피는 물끄러미 그를 바라봤다.

"사형 사저들은 모두 세상 어느 한 분야에서 최고의 인물이야.
싸움에 있어서 그분들이 다른 사람들을 못 이길 수도 있지만
어떤 면에서는 너와 나는 발악을 해도 그분들을 못 따라가."

녕결이 진지하게 말했다.

"서예의 도에 있어서는 나도 좀 자신이 있지."
"하하하."

진피피는 웃었다. 녕결도 헤헤헤 웃었다.

"그런데 여전히 이해는 안 되네. 이미 세상 어느 영역에서
가장 뛰어난 인물이었는데 부자께서 그들을 서원 이층루로
불러들였다? 이미 무적인데…… 수행을 해도 무적이고……
그런데 그들이 무적인 영역에서 어떻게 한 걸음 더 나아갈 수
있다는 거지?"

진피피는 그를 바라보며 진지하게 말했다.

"내가 방금 사형 사저들이 어떤 분야에서 최고라고 했는데
　사실 그 말에는 중요한 전제가 있어. '한 사람을 제외하고'."
"누구?"
"대사형."

녕결은 마음속의 충격을 다스리며 조심스럽게 물었다.

"대사형은 뭐든지 다 알고 어떤 분야에서든 최강인 분이셔?"
"사실 대사형이 서원 뒷산을 가르치고 있지."
"아니, 세상에 어떻게 그런 만능인 사람이 있을 수 있지?"

진피피는 푸른 하늘에 떠 있는 새를 올려다보며 대답했다.

"충격적이지? 너도 교만하고 나도 교만하고
　둘째 사형은 더 교만하고. 하지만 둘째 사형마저도
　대사형 앞에서 교만하지는 못해. 가장 흥미로운 것이 뭔지 알아?
　만약 네가 대사형을 뵙게 되면 대사형은 아예 교만함이
　무엇인지도 모른다는 것을 알게 될 거야."
"세상에 진짜…… 태어나면서부터 그냥
　모든 것을 알게 되는 인물들이 있구나……."
"그런 사람은 없어."
"대사형이 그런 인물이 아니면 누가 대사형 같은
　만능의 인물을 가르쳐?"
"이런 백치 같은 놈! 대사형은 스승님의 제자니까
　당연히 스승님이 가르치셨지."

녕결은 순간 마음이 크게 흔들리며 설렜다.

'대사형의 스승님이면…… 나의 스승님이잖아?

내가 이제 진짜…… 전설 속의 부자(夫子)의 직계 제자가 되었지!'

"질문이 하나 있어."

"뭔데?"

"난 수행을 하기 위해 서원 이층루에 들어왔어. 오늘 서원 뒷산의
아름다움은 많이 보았지만 내가 뭘 배워야 하는지 알려주는
사람은 없는 것 같은데?"

"첫째, 넌 불혹의 경지이니 네가 배울 수 있는 게 별로 없어.
둘째, 뒷산 공부는 기본적으로 독학이야. 스승님께서 정해주신
방식에 따라 스스로 깨닫는 것이고, 모르는 것이 있으면 대사형께
여쭤보는 거지. 지금은 스승님과 대사형이 아직 돌아오시지
않았으니 당연히 네가 알아서 할 수밖에 없어."

"참, 대사형은…… 지금 무슨 경지야?"

"스승님 외에는 아무도 몰라.
사실 난 대사형 자신도 모르실 거라 의심하지."

"또 그런 식이야?"

"진짜야. 대사형은 경지 따위에 신경 쓰지 않으시는 것 같아.
사실 우리도 그렇고."

"잠깐, 문제가 있어. 대사형께서 정말 모든 분야에서
최고의 인물이라면 승부욕 강한 다섯째 사형과 여덟째 사형은
왜 대사형께 대국을 신청하지 않지?"

진피피는 갑자기 웃음이 터졌다.

"그건 대사형에게 두 가지 묘한 특질이 있기 때문인데,
그 특질 때문에 대사형께 대국을 청하거나 무언가를 부탁하는
행위를 하지 않지."

"특질?"

"하나, 대사형께서는 모든 일을 아주 열심히 해. 매우 열심히.
둘, 그래서 동작이 느려, 아주 느려."

"얼마나 느린데?"

"네가 상상할 수 없을 정도로 느려."

녕결은 계속해서 진피피에게 묻고 또 물었다.

"부자께서 돌아오시기를 기다린다 해도 그동안에 뭐라도 좀
 해야 할 것 같은데……."

"걱정 마. 할 일은 많을 거야."

'뭔가 잘못될 것 같은 예감이 드는 건 뭐지?'

"예를 들면?"

"예를 들면…… 많아."

"너 지금 이제 내가 막내가 되었으니, 너는 이제 새로운 기쁨의
 단계에 들어갔다고 생각하는 건가?"

진피피는 웃으며 말했다.

"정확해. 앞으로 그 고상한 곡들을 들으라고 강요당할 일도 없고,
 넷째 사형에게 모래판에 선을 그으라, 여섯째 사형에게
 물레방아를 돌리라, 일곱째 사저에게 안개 속에서 깃발을 꽂으라,
 열한째 사형에게 영문도 모른 채 논쟁하자 강요당할 일도
 없겠지. 또 매일 둘째 사형에게 산과 바다와 같은 숫자의 계산을
 강요당하며 손바닥을 맞을 사람이 더 이상 내가 아니라는 생각에
 너무 기뻐."

녕결은 한참 침묵하다 말했다.

"내가 지금 막내니까……."

진피피는 그의 가슴을 툭 치며 말했다.

"막내 사제가 있으니 좋네."

녕결은 웃었지만 이 마지막 여유로움을 이런 놈을 상대하는 데 허비할 수 없다고 생각하며 하늘을 바라보았다. 진피피도 그의 시선에 따라 하늘을 바라보며 문득 말했다.

"넌 큰 야망을 가지고 있는 사람이지. 네가 사형 사저들의 경지를
물었다는 건 그분들을 뛰어넘고 싶기 때문이란 걸 알아.
사실 나 개인적으로는 너의 그 사고방식에 동의하지 않아.
왜냐고? 너무 피곤하니까."
"살아가는 건 원래 피곤한 일이야."
"어릴 때 무슨 일을 겪었는지 모르겠지만 어떤 때에는
마음을 좀 더 크게 가질 필요가 있어."
"내 마음이 좁다는 뜻이야? 그래서 내가 계황죽을
다 돼지에게 먹였나?"
"그런 뜻이 아니라는 거 알면서. 사형 사저들을 경계하는 데
시간을 허비하지 말라는 거야. 그분들은 모두⋯⋯
좋은 사람들이야."

녕결은 잠시 침묵하다 진지하게 말했다.

"내가 네 살 때, 좋은 사람 하나를 만났어. 그런데 후일
그 좋은 사람이 날 해치려 했지. 물론 사형 사저들이
그런 분들이라 생각하지 않아. 다만 난 누굴 만나든 어쩔 수 없는
방어 심리가 생겨. 내가 정신적으로 문제가 있다고 걱정하지는
마. 이상해질 거면 벌써 이상해졌을 거니까."
"적어도 이곳에서는 너무 방어적이거나 경계하지 않아도 돼.
그냥 편하게 또 즐겁게 살아. 서원 뒷산은 정말 좋은 곳이니
소중히 여겨야 해."

"알았어, 소중히 여길게. 근데…… 넌 뒷산에 오래 있었는데,
　심심하지는 않아?"
"당연히 가끔은 심심해. 그렇지 않았다면 내가 어떻게
　너와 알게 되었겠어?"
"근데 넌 언제 서릉으로 돌아가?"

진피피는 안색이 살짝 어두워지며 입을 닫았다.

"여자와 관련 있는 것 아니야?"

진피피는 어렵게 침을 삼키며 약간 쉰 목소리로 말했다.

"너와는 상관없는 일이야."
"하하."

넝결은 어깨로 진피피의 어깨를 툭 치며 물었다.

"그러니까 어떤 여자를…… 좋아해?"
"내가 처음 썼던 서신 내용 때문에 그런 건가?"

넝결은 고개를 끄덕였다.

"그거 다 잊어 버려. 그냥 지껄인 거야. 내가 좋아하는
　여자는…… 아름답고 까만 머리카락이 있어야 하고 몸매가 작고
　눈매가 깨끗해야지. 당연히 예뻐야 하고. 볼이 불그스름한
　작은 얼굴이면 더 좋겠고."
"그게 다야?"
"독립심이 강하고…… 좀 사나운 것은 괜찮아. 어차피 나 같은
　수행 천재를 이겨낼 여자가 어디 있겠어? 하지만 그녀는……

좋은 사람이어야 해."

'뭔가 과거의 아픔이 서려 있는 것 같기도 하지만……

이놈이 서원에 올 때에 고작 열 살 남짓이었을 텐데, 여자에게

그런 감정적인 동요가 있었을 리 없는데…….'

"저기 봐! 저게 바로 둘째 사형이 키우는 거위야!"

뚱뚱한 하얀 거위 하나가 커다란 엉덩이를 흔들며 개울가로 걸어갔다. 거위는 입에 작은 대바구니를 물고 있었는데, 그 안에 무엇이 담겼는지는 보이지 않았다. 이내 거위는 두껍고 딱딱한 부리를 대바구니 앞으로 넣고 다시 잔잔하게 흐르는 개울물에 집어넣었다.

'파닥파닥.'

무수한 물고기들이 헤엄쳐 와서 큰 거위 앞에 모여 쉴 새 없이 먹이를 먹었다. 아주 질서정연한 모습. 먹이를 다 먹은 물고기가 재빨리 물러나며 뒤에 있는 물고기에게 자리를 내주었다. 거위는 물속에서 고개를 쳐들고 교만하게 하얀 목을 치켜들고 하늘을 향해 꺼억꺼억 울더니, 다시 부리를 이용하여 대바구니 안에 있는 것을 개울물 속에 집어넣었다. 이 동작을 반복하는 모습은 매우 끈질겨 보였다.

넝결은 이 장면에 적지 않은 충격을 받아 말이 나오지 않았다.

'거위가 물고기 밥을 준다?'

"둘째 사형이 기르는 거위는 매일 여기에 와서 물고기 밥을 주지.

마치 이것이 자신의 인생에서 가장 중요한 임무라고 자부하듯이

말이야. 둘째 사형도 매일매일 우리를 훈계하는 것을 사형의

인생에서 가장 중요한 임무라고 자부해서."

'와! 서원 간지 작살나는데?'

**

민산을 넘어 북으로 계속 향하면 황원보다 더 황량한 극북(極北) 황야에 자연적으로 형성된 좁은 입구가 있다. 입구 남쪽 들판에서 수천 명의 부녀자와 노약자들로 이루어진 행렬이 힘겹게 이어지고 있었다. 올해는 평년보다 밤이 길어지면서 기온이 더 떨어졌다. 추위를 잘 견디기로 유명한 북대황(北大荒) 부족도 갈수록 열악해지는 환경을 견디지 못했다. 천년 넘게 살던 고향을 떠나 눈과 흙이 섞인 진흙을 밟으며 남쪽으로 이동하는 중이었다.

수십만 명으로 구성된 북대황 부족은 중원에서 멀어진 지 너무 오래. 많은 사람들이 이 세상이 고향의 남쪽이라는 것조차 잊어 버렸을 정도로 또 그들이 이미 풍요로운 세계에서 잊혀진 존재처럼 느껴질 정도로 오래였다. 하지만 이런 열악한 환경을 먼저 견디지 못한 것이 있었다. 추운 지대에 살던 짐승과 야수들.

'아우!'

좁은 입구 북쪽에서 들려오는 짐승들의 울음소리. 부족의 덕망 높은 노인의 얼굴에 엄숙한 표정이 드러났다. 그 주름에는 슬픔과 허탈감이 가득해 보였다. 모피를 입은 부녀자들의 눈은 이미 절망감으로 가득 차 있었다. 사냥으로 먹고 사는 이들은 그들과 비슷하게 남으로 이동하는 짐승 떼가 어떤 규모인지 판단할 수 있었다. 그들이 부족을 덮치면 부족은 치명적인 재난에 직면할 게 뻔했다.

좁은 입구는 엉망진창이고 눈밭은 온통 진흙투성이였다. 낡은 모피로 온몸을 꽁꽁 싸맨 소녀가 눈밭에 서 있었다. 그녀는 시커먼 장화를 신었고 가죽 모자 아래 검고 긴 머리를 땋아 몸 뒤로 무릎까지 늘어뜨렸다. 미처 가리지 못한 눈매가 귀여웠고 찬바람에 빨갛게 물든 작은 뺨으로 미루어 볼 때 많아도 열다섯 살은 넘지 않을 것 같았다.

그녀는 계속되는 짐승들의 처량하고 날카로운 울음소리를 들으며 두 손으로 칼자루를 꽉 쥐고 설원 먼 곳의 검은 선을 노려보고 있었다. 긴장 때문인지 몸은 미세하게 떨리고 있었지만 여전히 청아한 눈매는 갈수록 밝아졌다.

울음소리가 점점 더 또렷해졌다. 설원 늑대의 사나운 눈빛이 마치 하늘의 별빛처럼 황원을 비추자 분위기는 더욱 침울하고 공포스러워졌다. 긴장한 소녀가 그곳을 노려보다 갑자기 앳된 목소리로 소리쳤다.

"당소당(唐小棠)! 너는 천하 최강의 여자가 되어야 해!
이렇게 일찍 죽을 수 없어!"

말을 끝맺는 것과 동시에 그녀는 칼을 눈밭에서 힘껏 빼냈다. 칼날은 흰 모양에 붉은 색이었다. 그녀의 작은 몸보다 더 길고 넓은 칼날이 그녀의 어깨에 들어 올려지는 모습이 마치 피를 머금은 초승달처럼 보였다. 그녀는 붉은 곡도(曲刀)를 들고 미치광이처럼 소리를 지르며 온 산 가득한 설원의 늑대 떼를 향해 돌진했다!

＊＊

남쪽으로 내려오면서 도처에서 각종 짐승들과 싸운 탓에 설원 늑대들의 털과 피가 엉켜 붙어 있었다. 오랜 굶주림으로 앙상하게 마른 몸 때문에 앞다리 위쪽 뼈대가 돌출된 늑대들의 입에서 비린내 가득한 침이 수시로 흘러내렸다. 그들이 아무리 초라하고 허약해 보여도 설원 늑대 떼는 여전히 이 극한 세계의 왕이었다.

작은 산 크기와 맞먹을 수백 마리의 거대한 늑대 무리가 질서 있게 황원에 나란히 서 있어 마치 건널 수 없는 산천처럼 보였다. 설원 늑대 떼는 조용히 좁은 입구 앞쪽으로 몰려와 자신들을 향해 무모하게 돌진하는 그 어린 여자아이를 차갑게 바라보고 있었다. 마치 살아 움직이는 신선한 고기가 달려드는 것을 보듯이.

뒤쪽의 젊은 늑대 몇 마리가 소동을 피우며 불안감을 내비치기 시작했지만 감히 경거망동하지 못했다. 호흡이 갈수록 거세지는 모습이 오히려 더욱 흉악하고 탐욕스러워 보였다.

'으르렁.'

건장한 설원 늑대 한 마리가 홀로 무리의 앞을 뚫고 나왔다. 그리고 고개를 숙인 채 입을 벌리고 좁은 입구에서 달려드는 여자아이를 향해 돌진했다. 늑대는 비록 네 발로 땅을 밟고 있었지만 소녀의 키보다 더 커 보였다. 늑대의 몸집과 소녀의 몸집의 대비는 보는 사람들로 하여금 더욱 쉽게 절망감을 느끼게 만들었다. 더구나 늑대가 달리는 천둥 같은 소리는 그 절망감을 곧 처참함으로 만들 것처럼 보였다.

느려 보였지만 실제 속도는 매우 빨랐다. 눈 깜빡할 사이에 설원의 늑대는 이미 수십 장(丈)을 뛰쳐나가 여자아이 눈앞에 다다랐다. 늑대는 강한 뒷다리로 땅을 힘차게 차며 등을 푹 숙인 온몸에 힘을 주었다. 앞다리로 어린 소녀의 작은 몸을 할퀴러 날카롭게 날아갔다. 거대한 그림자가 소녀를 곧 삼켜 버릴 것 같았다. 비린내와 악취로 뒤섞인 늑대의 앞다리가 차가운 공기를 찢었다.

동시에 그림자가 당소당의 풋풋하고 귀여운 얼굴을 가렸다. 하지만 그녀의 눈에는 한 점 두려운 기색도 없었다. 그녀는 다리를 살짝 구부려 비스듬히 뛰어올랐다. 민첩하게 늑대의 공격을 피하며 하늘로 솟아올랐다.

당소당은 그 높은 곳에서 설원 늑대를 내려다보면서 커다랗고 붉은 곡도를 두 손으로 움켜쥐고, 있는 힘을 다해 내려쳤다. 붉은 반달은 차가운 하늘을 찢었다. 곡도는 정확하게 늑대의 머리 한가운데를 내리쳤다.

'퍽!'

설원 늑대의 눈알이 순간 소녀의 머리보다 크게 변했다. 늑대는 자신의 머리에 갑자기 생긴 구멍을 알았는지 모르겠지만 두 눈동자에 서려 있던 굶주린 냉혹함이 갑자기 망연자실한 절망으로 변했다.

'착.'

가벼운 소리와 함께 시꺼먼 가죽 장화가 황원 바닥으로 떨어지며 방금 얼기 시작한 얇은 얼음 몇 조각을 밟아 깨트렸다. 그녀는 무겁고 커다란 붉은 곡도를 끌며 빠르게 발밑의 검은 그림자로부터 걸어 나왔다. 그녀의 시선은 여전히 늑대 무리 속 한곳을 노려보았다. 풋풋하고 귀여운 얼굴에 결연한 기색이 다시 스쳐갔다.

늑대 시체가 일으킨 눈과 피와 먼지 속으로 당소당의 곡도가 힘차게 휘둘러졌다. 그녀는 산처럼 이어진 거대한 늑대 무리를 향해 다시 한 번 달려들었다.

'으르렁…… 아우!'

난폭함과 분노가 늑대 울음소리에 고스란히 담겨 있었다.

'으르렁…… 으르렁…… 아우!'

얼어붙은 황원 바닥이 가볍게 흔들렸다. 수백 마리의 설원 늑대가 신속하게 흩어지면서 여자아이 하나를 에워싸서 공격하기 시작했다.

'치치치치…… 츠측츠측………… 펑펑!'

커다란 붉은 곡도가 바닥에 끌리는 소리. 귀에 거슬리는 마찰음, 때때로 들리는 무거운 소리. 가끔씩 몇 가닥의 작은 불꽃이 보이기도 했다. 당소당은 자신의 칼이 바닥과 부딪쳐 훼손되는 것은 개의치 않았다. 그냥 이를 악물고 돌진하다가 늑대가 자신에게 달려들 때에만 가차 없이 베어 버렸다.

　　무겁고 커다란 곡도를 힘겹게 들어 올려 천천히 베었다. 마치 붉은 반달이 자유롭게 밤하늘을 휘젓는 것 같았다. 하지만 어찌 된 일인지 바람처럼 또 천둥처럼 날아오는 설원의 늑대들은 그 느린 칼을 피할 수 없었다. 순식간에 늑대 세 마리가 소녀의 붉은색 칼 아래로 쓰러졌다.

　　그때 울부짖으며 공중으로 뛰어오른 늑대 하나가 비린내를 풍기는 거센 바람을 일으키며 자신의 꼬리로 당소당의 목을 감았다. 그녀는 두 다리를 굽혔다 펴며 다시 공중으로 몸을 날렸다. 하지만 설원의 늑대는 사냥의 지혜를 뽐냈다.

　　포위 살육에 능한 놈들은 마치 그녀의 다음 동작을 이미 알고 있는 듯 보였다. 당소당이 솟아오른 궤적 앞으로 이미 세 마리의 설원 늑대가 포효하며 뛰어올랐다. 날카로운 발톱이 이미 짓무른 털 사이로 튀어나와 예리한 칼처럼 그녀의 작은 몸을 찢으려고 했다.

　　"으아아아악!"

황원에서 청아하지만 분노에 가득 찬 외침이 울려 퍼졌다. 당소당이 공중에서 강제로 몸을 틀었다. 손에 들린 붉은 곡도가 번개같이 모든 것을 잘라 나갔다.

　　칼끝에 강한 기운이 튀어 오르며 늑대 한 마리의 사나운 복부 공격을 막아냈다. 또 여섯 개의 공포스러운 발톱을 밀어내고, 또 한 번 사납게 늑대 하나의 머리에 부딪쳤다. 당소당은 그 늑대의 등에 올라타 손을 뻗어 늑대 털을 잡고 다른 손목을 비틀었다. 칼끝이 기묘한 궤적을 그리면서 늑대의 눈을 찔렀다.

　　처량하고 고통스러운 울부짖음과 동시에 그녀는 늑대의 몸에서 뛰어내렸다. 두 발이 땅에 닿자 숨을 고를 새도 없이 다시 한번 늑대 무리 한가운데를 향해 돌진했다. 그녀의 얼굴에는 여전히 아무런 표정이 없었다. 맑은 눈동자에 두려움도 흥분도 없었다. 그저 어떤 험난함과 어려움도 심지어 끔찍한 죽음도 그녀의 발걸음을 막을 수 없을 것 같은 확고함만 있었다.

＊＊

소녀와 설원 늑대 떼의 싸움은 계속되었다. 적어도 일곱 마리가 그 붉고 커다란 곡도에 쓰러졌다. 하지만 그녀의 입술에도 피가 흐르는 것으로 보아 전투 중에 상처를 입은 듯 보였다.

　"헉, 헉……."

그 붉은색 큰 칼은 엄청 무거워 보였다. 칼을 바닥에 끌고 걷는 모습이 다소 힘겨워 보였다. 곡도가 늑대를 베고 땅에 떨어질 때마다 이번이 마지막이겠거니 생각되었다. 다시는 그 칼을 들 힘이 없어 보였지만 이상하게 그때마다 그녀는 그 무거운 칼을 다시 힘껏 들어올렸다.

　　작은 산과 같은 늑대 무리는 그녀를 쓰러뜨리지 못했다. 무겁고 붉은 칼도 그녀의 발걸음을 늦추지 못했다. 설원 늑대가 그녀 앞으로 달려들면 그 붉고 큰 칼은 느리지만 정확하게 날아가 작은 산과 같은 시체를 남겼다.

　　소녀와 늑대의 전투는 조용하지만 살벌했다. 또 한심할 정도로 지루했다. 휴식이나 잠깐의 멈춤도 없었다. 오직 붉은 칼과 설원 늑대의 단조로운 부딪침만 있었다.

　　남쪽의 그 번화한 세계에 사는 사람들이 이러한 전투를 직접 볼 기회가 있다면 그들은 비로소 진정한 전투가 무엇인지, 두려움이 없는 태도란 무엇인지 느낄 수 있었을 것이다.

　　설원 늑대들의 포위 공격 전투 능력을 결코 무시하면 안 되었다. 그들은 지금 비록 타향에서 굶주림과 추위에 오래 시달려 그들이 낼 수 있는 최고의 실력에 비하면 형편없었지만, 여전히 보통 인간이 상대할 수 있는 짐승들이 아니었다.

당소당의 상처는 점점 더 많아졌다. 발걸음은 점점 더 무거워졌다. 작은 손에 쥔 붉은 칼도 점점 더 무뎌지는 것 같았다. 늑대 떼는 그녀를 완전히 궁지에 몰아넣지는 못했지만 그녀 또한 여전히 늑대 떼의 한가운데로는 돌진하지 못했다.

'아우……'

늑대 떼 깊은 곳에서 나지막한 울음소리가 울려 퍼졌다. 차갑게 으르렁거리는 소리. 이 소리를 듣고 당소당의 맑은 눈동자에 긴장의 빛이 스쳤다. 그녀는 늑대 무리가 무엇을 하려는지 짐작할 수 있었기 때문이다.

'휙.'

그녀는 붉은 칼을 휘둘러 늑대들의 접근을 막고 좁은 입구로 철수하려고 했다. 그 순간 몇 마리의 젊고 건장한 늑대가 그녀가 돌아가는 길을 막았다.
설원 늑대 떼는 역할을 나누기 시작했다.
그들은 이 암컷 인간의 실력을 존중하면서도 여전히 좁은 입구에서 남쪽으로 천천히 걸어가고 있는 부족민들을 놓치려 하지 않았다. 어쩌면 그 인간들이 늑대 떼에게 이번 달 마지막 식량일지도 모를 터.
젊고 건장한 늑대 여러 마리가 당소당을 둘러쌌고 그 틈을 타서 더 많은 설원 늑대들은 그들의 옆으로 지나가서 좁은 입구로 향했다. 당소당을 둘러싼 동료를 돌아보는 늑대는 아무도 없었다. 동료 대부분이 이 암컷 인간의 손에 죽음을 맞이할 것을 알고 있음에도…….
당소당을 둘러싼 늑대들은 우두머리의 명을 받고 잠시 절망의 기색이 스쳤지만 곧바로 복종함과 동시에 흉포하게 변했다. 그들은 한가운데 둘러싸인 암컷 인간 아이를 노려보며 발톱을 날카롭게 세웠다.
당소당이 남쪽을 보기 위해 고개를 돌렸다. 몸 뒤의 새까만 머리카락이 바람에 날렸고 그 머리카락은 핏물이 흘러내리는 입가를 스쳤다. 그녀는 자기 옆을 유유히 지나가는 늑대 떼를 보고 또 남쪽으로 향하는 부녀자들과 아이들을 보며 눈빛이 어두워졌다.

'펑!'
'깨갱!'

그때 길을 터주던 역할을 담당하던 건장한 늑대가 축소된 검은 그림자로 변해 마치 불쌍한 들개처럼 허공으로 날아갔다.

'펑…… 펑…… !'

두 번째, 세 번째 늑대가 공중으로 날아올랐다. 동시에 주먹을 쥔 건장한 남자가 좁은 입구에서 나타났다. 그는 털가죽으로 만든 옷을 아무렇게나 걸치고 있어 몸의 많은 부분이 밖으로 드러나 있었다. 바위와 강철처럼 튼튼한 근육은 추위를 전혀 아랑곳하지 않는 듯했다. 그는 가까이에서 분노하며 으르렁거리는 늑대 떼를 아예 무시한 채 뒤쪽의 무리를 노려보며 말했다.

"물러서거나, 다 죽거나!"

남자의 말은 차분하고 차갑고, 무엇보다 힘이 있었다. 그러나 알아듣지 못한 것인지 두려움보다 굶주림의 고통이 더 무서운 것인지, 설원 늑대 떼는 멈추지 않고 울부짖으며 좁은 입구를 향해 돌진했다.

거대한 늑대 수십 마리가 동시에 돌격했다. 얼어붙은 황원의 대지가 강하게 흔들렸다. 진흙에 덮인 얇은 얼음이 조각조각 깨져 나갔다.

늑대 무리의 기세는 대단해 보였다.

'펑, 펑, 펑, 펑…… 펑!'

강철보다 더 단단한 다리가 앞으로 나가니 그에게 돌진하고 있는 거대한 늑대의 발톱이 부서졌고, 이어 두 걸음째 내디디니 늑대의 견갑골이 산산히 부서졌다. 그 늑대는 처절하게 울부짖으며 튕겨 나갔으며 뒤에서 달려드는 늑대 두 마리와 충돌하고서야 땅에 쓰러져 더 이상 일어나지 못했다.

그는 다리를 거두며 늑대 떼를 무표정하게 바라봤다. 그러다가 갑자기 그의 맨다리에서 피와 같은 강렬한 불꽃이 뿜어져 나왔다. 동시에 아무런 전조도 없이 광풍이 몰아닥쳤고 그의 몸은 갑자기 허공을 뚫고 솟아올랐다.

'슝…….'

마치 큰 힘에 의해 날아오른 돌같이 10여 장 위 상공으로 올라가던 그가 고속으로 바닥에 떨어지며 늑대 떼를 덮쳤다.

'쾅!'

굉음과 함께 자갈과 검은 흙이 튀어 올라 폭발이라도 일어난 것처럼 보였다. 하지만 남자는 멈추지 않고 다시 튕겨 나갔다.

'펑…… 펑…… 펑펑!'

이번에는 상공이 아닌 빠르게 돌진하는 늑대 떼의 정면을 향해 번개처럼 달려들었다. 틈이 있으면 주먹을 날리고 틈이 없으면 맨몸으로 늑대를 들이받았다. 날카로운 발톱은 귀찮은 듯 쳐다보지도 피하지도 않았다. 그는 자신의 신체에 대해 매우 자신감이 있는 듯 보였다.

설원 늑대의 몸무게는 그보다 몇 배는 더 나갔다. 그러나 남자는 마치 바위처럼 늑대 떼의 전열을 흐트러뜨렸다. 그의 털가죽 옷은 마치 피꽃이 피는 것처럼 휘날렸다. 하지만 남자는 아무렇지 않게 일어나 늑대 떼를 향해 다시 돌진하여 들이받았다. 거대한 충격이 일었다.

날카로운 늑대 발톱이 그의 강철 같은 몸에 상처를 냈지만 피부

속 깊이 파고들거나 치명적인 상처를 입히지는 못했다. 쓰러지지도 찢어지지도 않는 철인. 늑대 떼는 이런 인간과 싸울 아무런 방법이 없었다. 전투가 시작된 지 그렇게 오래되지 않았지만 좁은 입구에는 아주 큰 원형 구역이 비워졌다.

'아우⋯⋯.'

또 한 번의 명령이 내려진 듯 설원 늑대 떼는 반원을 이루고 서서 공격을 잠시 멈추었다. 숨을 헐떡이며 반라의 수컷 인간을 바라보는 그들의 눈동자에 마침내 두려움의 감정이 드러났다.

그와 동시에 당소당을 포위 공격하던 젊고 건장한 늑대들도 드디어 공격을 멈췄다. 그들의 하얀 털 사이로 검붉은 피가 흘러내리고 있어 매우 처참해 보였다. 붉고 큰 칼을 노려보며 비린내 나는 침을 흘리는 입에서 이따금씩 낮은 포효를 토했다.

당소당은 무겁고 큰 붉은 곡도를 끌며 입구 쪽으로 다가갔다. 좁은 입구에 있는 반라의 남자 옆으로 다가간 그녀는 몸을 돌려 그와 어깨를 나란히 했다. 그들은 그렇게 어깨를 나란히 하고 설원 좁은 입구에 서서, 이미 추위와 굶주림으로 미쳐 가고 있는 설원의 늑대 수백 마리와 마주했다.

★ ★

늑대 무리 깊숙한 곳에서 거대한 늑대 한 마리가 천천히 걸어 나왔다. 늑대의 털은 매끈하고 눈처럼 하얬다. 또 몸집이 거대하여 마치 설산처럼 아름답고 도도해 보였다. 하지만 이 거대한 늑대의 눈에는 평온과 복종의 기색이 가득했다. 무언가 잘못 밟을까봐 두려운 듯 걸음걸이가 가볍고 부드러웠다.

당소당은 다소 놀라며 물었다.

"오, 늑대 떼의 우두머리가 이렇게 예뻐?"

반라의 남자는 무심히 대답했다.

"암컷 늑대다. 우두머리가 아니고, 우두머리의 부인이야."

당소당은 대꾸할 시간도 없이 다음 장면을 보고 충격을 받아 말문이 막혀 버렸다. 예쁘고 거대한 설원 늑대 앞에서 작은 몸집 하나가 느릿느릿 움직였다. 작은 몸집의 늑대를 본 설원 늑대들은 모두 평소의 거만함과 포악함을 버리고 머리를 숙였고, 두 발을 한 걸음 앞으로 내디디며 절대적인 존경과 복종을 표했다. 심지어 몇몇 늑대들은 두려움 때문에 울음을 내뱉는 것처럼 보이기도 했다.

작은 몸집의 늑대.

사실 그 늑대는 작지도 약하지도 않았고 걸음걸이도 결코 느리지 않았다. 다만 작은 산처럼 생긴 거대한 설원 늑대 떼 사이로 걸으니 상대적으로 작아 보이고 느려 보일 뿐이었다.

평범해 보이는 늑대.

하지만 새하얗고 예쁜 늑대를 아내로 두며 이 공포스러운 설원 늑대 떼를 호령할 수 있었다. 그래서 이 늑대는 작지만 작지 않고, 평범했지만 평범하지 않았다.

평범하게 생긴 우두머리 수컷 늑대가 무리 앞으로 나와 천천히 머리를 쳐들고 좁은 입구의 수컷 인간을 바라보았다. 눈빛은 다소 조급해 보였고 경계하는 듯했다. 하지만 그 눈빛 속에 어떤 기이한 지혜가 깃들어 있는 듯했다. 잠시 침묵이 흐른 후 우두머리 늑대는 왼쪽 발을 앞으로 내밀어 황원의 바닥을 쳤다.

'툭툭.'

그리고 날카롭지만 공격적이지 않은 낮은 울음소리를 냈다.

'아우!'

수컷 인간은 한 걸음 앞으로 나가 10여 장 떨어진 우두머리를 노려보며 고개를 천천히 저었다. 우두머리 늑대는 오른쪽 발을 마저 내밀어 두 발 모두 앞을 향해 달려들 준비를 했다. 몸을 천천히 구부리자 허리 부근의 회갈색 털이 서며 마치 쇠 바늘로 엮은 원처럼 보였다. 수컷 늑대가 숨을 한 번 깊이 들이마시자 허리에선 털이 몸의 파동에 따라 빠르게 앞을 향해 움직였다. 털은 마치 사자왕의 갈기처럼 변했다.

"아우…… 아우…… !"

공포스러운 포효 소리와 함께 순식간에 광풍이 세차게 일었다. 추위를 견뎌낸 잡초와 진흙 그리고 그 사이의 얼음과 눈이 하늘로 솟구쳐 올랐다. 보이지 않는 힘에 의해 날카로운 칼날처럼 변해 강하고 빠르게 좁은 입구를 향해 날아갔다. 우두머리 뒤에 있던 설원 늑대들은 그 소리에 겁에 질린 것 같았다. 몸을 숙이고 온몸을 떠는 모습이 매우 고통스러워 보였다. 그들은 마치 자신의 거대한 몸집을 황원 밑바닥으로 묻어 버리고 싶은 듯 바짝 엎드렸다.

몸집이 가장 크고 털이 매끄럽고 아름다운 그 암컷 늑대만이 유일하게 영향을 받지 않은 듯했다. 그녀는 우두머리 수컷 뒤에 서서 자신의 몸을 가리는 동시에 경계심 가득한 눈빛으로 늑대 떼와 좁은 입구를 번갈아가며 지켜보았다. 마치 이 순간 누구라도 남편을 공격하려 하면 순식간에 상대방을 찢어 버릴 것처럼.

'아우…… 휘익!'

늑대의 울부짖음과 함께 폭풍이 좁은 입구에 도착했다. 당소당은 왼발을 뒤로 한 걸음 물린 뒤 딱딱한 황원 바닥에 박고, 두 손으로 붉은 큰 칼을 가로로 들고 자신의 눈앞을 가렸다. 폭풍이 그 작은 몸을 언제라도 삼켜 버릴 것 같았다. 화살 같은 얼음 조각들이 칼날을 쉴 새 없이 때리며 무서운 소리를 냈다.

　　'팅팅팅팅……!'

당소당은 두 팔을 약간 구부렸다. 동시에 이를 악물고 머리를 파묻었지만 얼마 버티지 못할 것 같았다. 남자는 피하지 않고 당소당 앞으로 가 늠름하게 서서 그 폭풍을 막아 주었다. 부러진 가지, 흙더미, 부서진 얼음 조각들이 보이지 않는 힘과 함께 강하게 그의 맨몸을 때려 귀에 거슬리는 마찰음을 냈다. 하지만 정작 그 자신은 별로 개의치 않는 듯 보였다.

　　"스읍!"

남자가 심호흡을 하자 얼굴이 마치 불타오르듯 붉어졌다. 그는 왼발을 앞으로 한 걸음을 내디디는 동시에 오른손을 허리 아래로부터 둥근 원을 그리듯 앞으로 천천히 내질렀다. 10여 장 떨어진 수컷 늑대를 향해 그의 주먹이 날아갔다.

　　'펑!'

권풍(拳風)으로 인한 기의 파도가 늑대의 울부짖음이 일으킨 폭풍을 찢어 버렸다. 권풍은 설원 늑대 우두머리의 머리를 강타했다. 늑대 정수리 쪽에서 붉은 피가 날카롭고 하얀 이빨 사이로 흘러내렸다. 심각한 상처를 입은 것처럼 보이지는 않았지만 폭풍을 일으키던 울부짖음은 그칠 수밖에 없었다.

　　"으아악!"

남자는 한 걸음 더 앞으로 나아가 허리춤에 매달린 누더기 모피를 벗어

던졌다. 그리고 거대한 늑대 떼를 향해 야성적이고 오만한 고함을 질렀다. 엄청난 힘이 실려있지는 않지만, '강함'이 배어있는 외침. 황원은 자신이 지키는 땅이니 한 발짝도 더 나아갈 수 없다는 경고.

        '아우······.'

얼마나 시간이 흘렀을까. 침묵의 시간을 깬 것은 우두머리 늑대의 나지막한 울음소리였다. 그 소리와 함께 설원 늑대들은 못마땅한 표정으로 몇 걸음 뒤로 물러섰고 그의 곁을 지키던 암컷 늑대도 잠시 침묵을 지키다 명령대로 늑대 떼의 가장 뒤로 물러났다. 당소당은 멍하니 그 모습을 바라보다가 얼굴에 묻은 피를 닦으며 물었다.

        "물러나는 거야? 늑대 떼들이 왜 저 평범하게 생긴
         늑대의 말에 모두 복종하는 거지?"

남자는 대답했다.

        "간단한 논리. 그가 가장 강하기 때문이다."

설원 늑대 떼는 질서 있게 수십 장 뒤로 물러났지만 지극히 평범해 보이는 우두머리 수컷 늑대는 자리를 뜨지 않고 당소당과 수컷 인간을 침묵하며 지켜보고 있었다.

        "무엇을 하려는 거지?"

남자는 아무 대답도 없이 무언가를 기다리는 듯 늑대만 쳐다보았다. 그때 설산처럼 아름다운 거대한 암컷 늑대가 늑대 떼 뒤에서 나왔다. 암컷 늑대는 수컷 우두머리에게 다가와 온순하게 머리를 숙이더니 입을 열어 작은 덩어리 하나를 수컷 옆에 떨어트려 놓았다.

마치 보송보송한 눈뭉치처럼 보이는 덩어리. 하지만 가끔씩 움직이기도 했다. 설산 같은 거대한 암컷 늑대가 그 작은 덩어리를 핥았고 그녀의 표정에는 애틋함이 가득했다. 우두머리 늑대는 암컷을 살짝 보고 불쾌하고 조급한 표정을 지었다. 하지만 이내 암컷의 눈에 비친 슬픔을 보고 머리를 살짝 기울여 상대방의 큰 머리에 비비며 위로의 몸짓을 건넸다.

당소당은 이들이 무엇을 하려는지 눈치챘다. 저도 모르게 손을 들어 올려 입을 틀어막은 후 놀라움과 두려움이 가득한 눈으로 옆에 서 있는 남자를 바라보았다. 남자도 우두머리 늑대가 그렇게까지 할 줄은 예상하지 못했다는 눈빛으로, 잠시 침묵하다 몸을 돌려 좁은 입구 방향으로 발걸음을 옮겼다.

우두머리 수컷 늑대는 멀어지는 수컷 인간의 뒷모습을 보며 처량하게 으르렁거렸다. 그 순간 그림자 하나가 수컷 늑대의 몸을 가렸다. 수컷 늑대가 고개를 드니 어느새 그 여자가 자기 앞에 다가와 있었다. 그녀의 표정과 행동을 보니 더 이상 늑대 떼의 습격을 경계하지 않는 것처럼 보였다. 당소당은 보물을 만지듯 눈덩어리 같은 새끼 늑대를 들어올렸다. 그리고 맑은 눈빛으로 앞에 있는 수컷 늑대를 보며 입을 열었다.

"안심해. 그 사람이 감히 내 말을 안 들을 수는 없어. 그러니까
그 사람보다 나를 따르는 게 더 좋아."

수컷 늑대는 그녀의 품에 안겨 있던 자신의 새끼를 한참 동안 바라보다가 결국 무리 쪽으로 발길을 돌렸다. 하지만 설산 같은 거대한 암컷 늑대는 그녀의 품에 안긴 새끼를 애틋하게 바라보았다. 당소당은 암컷을 보며 부드럽게 말했다.

"내가 잘 보살펴줄게."
'아우……'

낮고 위엄 있는 울음소리와 함께 설원 늑대 수백 마리가 서쪽을 향해 달렸다. 가장 큰 새하얀 암컷 늑대 등 위에 몸집이 작은 수컷 늑대가 앉아 있는 모습이 어렴풋이 보였다. 당소당은 점점 멀어져가는 늑대 떼를 보고 또 좁은 입구에 남겨진 몇 마리 거대한 늑대 시체를 보다 갑자기 입을 열었다.

"어둠이 완전히 내려 깔리기 전에 새로운 침엽수림을
찾을 수 있을까?"

남자는 그녀의 품에 잠들어 있는 하얀 새끼 늑대를 힐끗 쳐다보며 대답했다.

"그들은 늑대고 우리는 사람이다. 설록(雪鹿, 사슴)은
침엽수림의 수피를 갉아먹고 늑대는 설록을 먹지. 우리 인간은
수피를 갉아먹을 수도 있지만 때로는 늑대를 죽일 수도 있다.
황원에서 생존하는 데 온정은 필요 없다. 내가 그런 것에
관심 없듯이 너도 그런 것에 관심을 갖지 말거라."

당소당은 아랑곳하지 않고 새끼 늑대를 더욱 껴안으며 말했다.

"됐어. 어차피 내가 키울 거야."

전투 중 늑대 발톱에 의해 그의 몸에난 상처는 이미 옅은 하얀 선으로 변했고 그 하얀 선들도 점점 사라져 갔다. 거칠고 강한 그의 피부에서 피의 흔적은 더 이상 찾아볼 수 없었다. 그가 연마한 이토록 회복력이 강하고 거친 공법이 무엇인지 알 수는 없었다.
　　눈보라가 일고 어둠이 다가오고 온도는 점점 떨어지고 있었다. 늑대 떼가 이미 멀어졌음을 확인한 후 그들은 좁은 입구를 떠나 황원의 남쪽으로 발걸음을 재촉했다. 각 부족의 건장한 남자들은 미리 남쪽으로 몰

려가 초원의 만족들과 싸우고 있었다. 가는 길에 당소당은 남자를 따라다니며 남쪽에 있는 낯설고 신비한 세계에 대해 자꾸 질문을 던졌다.

"우리 꼭 남쪽으로 가야 해? 난 황원에서 사는 게 좋은데."

"……"

"당(唐), 남쪽 세계는 어떤 모습이야? 왜 내게 말해주지 않아?"

"……"

"당, 당국에는 가 봤어?"

"……"

"당, 당국은 우리의 적이잖아. 그 사람들이 우리를 북쪽 황원으로 내몰았는데 그런데 왜 우리의 성씨가 당(唐)이야?"

"……"

"천 년 전 원한을 기억하라는 뜻이야?"

"……"

"그런 거라면…… 정말 재미없네."

"……"

"낯선 곳으로 가서 사는 건 정말 익숙하지 않아. 남쪽에는 성(城)이라는 것이 있다던데 성은 어떤 모습인지 모르겠네."

당(唐)이라고 불리는 남자는 계속 침묵하며 생각했다.

'이놈이 태어난 후부터는 줄곧 황원에 살았으니 성을 본 적이 없겠구나.'

"성은…… 크고 건물도 많고, 시끌벅적하고 번화하다."

남자는 어린 시절 보았던 중원의 성을 회상하며 서툴게 설명했다. 당소당은 호기심에 고개를 들며 물었다.

"건물이 뭔데?"

"천막 같은 것."

"아, 그럼 성은 큰 천막 같은 거구나?"

"황원 생활은 힘들다. 너는 그런 힘든 삶을 살아서는 안 돼."

"힘들지 않은 곳이 어딨어?"

"괜찮은 곳이 있다 들었어. 당국 도성 장안 남쪽에
서원이라는 곳이 있어."

당소당은 그의 등 뒤에 있는 푸른 문신 부적을 살짝 찌르며 말했다.

"남쪽 사람들은 우리를 마종 잔당이라 부른다 했잖아?"

"스승님을 찾아야 해. 벌써 23년이 다 되어 가네. 하늘 아래
누구도 스승님께서 어디 계시는지 몰라. 그러니 찾으려면
시간이 꽤 걸릴 거다. 그동안 내가 널 지켜주지 못하니
너를 안전한 곳에 두어야 해."

"부족에 남으면 안전하잖아?"

남자는 고개를 저었다.

"남쪽으로 이주하면 먼저 초원 만족들과 싸워야 하고,
그렇게 되면 중원의 사람들을 놀라게 할 것이다."

'중원 사람들? 장안? 서원?'

"천지가 우리들을 이렇게 혹독하고 무자비하게 대하지만
우리는 결국 살아남았다. 결국 사람의 몸이 세상에서 가장 강한
존재임을 증명하는 것이지. 그러니 너도 두려워할 필요는 없다."

"알았어. 내가 서원으로 가든 안 가든 잘 살아남을 거야."

"스승님을 찾기 전에 한 사람을 죽여야 한다."

"누구?"

"하후라는 당국 대장군."

"성이 하, 이름이 후야?"

"아니, 내가 당이라 불리듯이 그는 하후라 불린다."

당소당은 품에 안고 있는 새끼 늑대를 보다가 문득 한 가지 일이 떠올랐는지 맑은 눈과 귀여운 얼굴로 물었다.

"이해할 수 없는 게 하나 있는데…… 저 수컷 늑대와
그의 아내인 암컷 늑대의 체격 차이가 그렇게 큰데……
어떻게 새끼를 낳을 수 있지?"

당은 표정이 약간 굳어지며 대답했다.

"그 문제는 나중에 너의 남편에게 물어라."

눈보라가 다시 일고 황원은 추워지고 남매 간의 대화는 더 춥다.

2

부적으로 알린다

1

○ ○ ○

서원 뒷산 돌길 위.

"사람의 감정적 욕구는 항상 자신을 향하지. 겁이 많은 뚱뚱보가
작고 귀엽고 강한 여자를 찾는 것도 당연한 일이야."

넝결은 진피피를 바라보며 진지하게 말을 이었다.

"다만 난 네가 살을 빼야 한다고 생각해. 그렇지 않으면
작은 낭자가 네 몸의 압력을 어떻게 감당하겠어? 체격 차이가
너무 커도 안 돼."
"아까 말한 조건에서 하나를 더 추가해야겠네.
그 작은 낭자는 꼭 강대한 실력이 있어야 해."
"여자가 강한 실력을 천신만고 끝에 닦는 이유가 결국
네 뚱뚱한 몸의 압력을 이겨내기 위해서?"

넝결은 진피피를 보며 한심한 듯 고개를 저었다.

"정말 그런 여자가 있다면 그때는 그녀가 너에게 눌리는 것이
아니라 네가 매일 그녀에게 눌려. 평생 그녀 위에 올라타지도
못할 거야."

진피피는 시큰둥했다.

"강하면 강한 거지, 나보다 더 강한 여자가 어디 있겠어?
있다 해도 깊은 산속에 칩거하고 있는 할머니겠지."

녕결은 갑자기 웃음이 터졌다.

"서릉의 그 여자는?"
"이놈이! 정말 내가 제대로 싸우면 그 미치광이 여자가 어떻게
　내 상대가 되겠어? 난 그냥 그녀의 오라비를 무서워하고 또
　존경하니까 그녀와 싸우지 않는 것뿐이야."

녕결이 진지하게 말했다.

"난 네가 앞으로 좋아할 낭자들에게 모두 천하에서
　가장 용맹한 오라비가 있기를 기도할게."

진피피는 비아냥거렸다.

"이 몸은 절세의 수행 천재. 젊은 세대 중 나보다 나은 사람은
　몇밖에 없어. 사형 두 분, 서릉의 사형 한 분, 벙어리 한 명,
　그리고 그 벙어리와 비슷한 당(唐)이라는 사람. 대사형,
　둘째 사형은 여동생이 없고, 그리고 내가 수많은 낭자들 중에
　그 세 명의 여동생을 고를 정도로 멍청해 보여?"
"장담하지 마. 만에 하나 그런 날이 오면 어떻게 하려고 그래?"
"됐어, 내 이야기는 그만하고 넌 어떤 여자를 좋아하는데? 상상?"
"상상이 여자야?"

녕결은 고개를 가로저으며 미소 지었다.

"여자? 차라리 개를 키우는 게 낫겠다."

진피피는 진지하게 말했다.

"내가 그 말을 일곱째 사저에게 일러바치진 않을게, 절대로."

녕결도 진지하게 말했다.

"계황죽 한 그릇."

진피피는 협박을 거두며 웃었다.

"개는 먹는 것이지 키우는 것이 아니야."

녕결은 오래된 옛날로 돌아가 마치 화단에 키우던 하얀 큰 개를 보는 듯 앞을 멍하니 쳐다보다 고개를 저으며 말했다.

"난 하얀 사모예드 한 마리를 키우고 싶어. 이름도 지어주고……
소백(小白, 흰둥이)이라고."

추억은 추억일 뿐. 하물며 이미 돌아갈 수 없는 다른 세상의 추억이라면 더욱 쓸모없는 추억. 녕결은 재빨리 현실 세계로 되돌아왔다.

"그런데 네가 말한 벙어리가 누구야?"
"불문(佛門)의 천하행주."
'천하행주? 이름 한번 거창하네.'
"서릉의 네 사형도 호천도의 천하행주지? 그러면
벙어리와 비슷한 당이라는 사람은 누구야?"
"마종의 천하행주."

진피피의 낯빛이 변했다.

"아주 신비한 놈이지."

넝결은 세상에 이름도 알려지지 않은 절정의 고수들 이야기를 들으며 기해설산 열 개밖에 뚫리지 않은 자신의 형편없는 자질을 떠올리며 탄식과 함께 말했다.

"난 아직도 불혹이고 또 서원의 그 많은 법문은 언제 배울지도 몰라. 그런데 내가 그 사람들과 어깨를 나란히 할 수 있는 날이 과연 오기는 할까?"

"그렇게 열등감 가질 필요 없어. 넌 아직 스무 살도 안되었는데 벌써 불혹이야. 어느 종파에 간다 해도 훌륭한 학생이겠지."

"왜 난 그런 느낌이 들지 않을까? 만나는 수행자가 모두 나보다 너무 강하다는 생각밖에 들지 않아."

"장안에 오자마자 조소수를 만났고 서원에 오자마자 나를 만났고, 또 서원 뒷산은 모두 괴짜 천재들이지. 심지어 융경도 사람들의 눈에는 천재로 보이는데 우리 같은 진정한 천재들을 만나면 스스로를 어리석은 놈으로 인식하기 쉽겠지. 하지만 넌 수행의 길에 들어선 지 불과 반년. 그런데도 이미 남진 사승운을 뛰어넘었어. 결론은 네가 타고난 자질은 부족하지만 깨달음과 학습에서는 천재적이야."

"뚱보, 네가 날 칭찬하는 건 처음인 것 같은데?"

"사실 개인적으로 널 많이 칭찬하고 다녔어. 다만 네가 그 사실을 알기를 원치 않았을 뿐."

"하지만 내 설산기해가 열 개만 통한다는 것도 사실. 마종의 수련 법문을 들어본 적이 있는데…… 그 수련 법문은 설산기해의 뚫린 혈의 개수도 중요하지 않고 천지 원기를 바로 몸 안에 집어넣어……"

진피피는 손으로 그의 어깨를 무겁게 누르며 말을 끊었다.

"무슨 말을 하고 싶은 거지? 마종의 공법을 닦고 싶어?"

"꼭 그런 건 아니지만…… 내가 아무리 이해력이 좋고 수행을
열심히 한다 해도 결국 뚫린 혈이 적으니 너 같은 진정한 천재를
따라잡지 못할 것 같은데……."

넝결은 진지하게 말을 이었다.

"그리고 그 천하행주라 불리는 사람들은 이미 지명의 경지에
올랐으니 난 그런 사람들 앞에서는 작은 개미에 불과하겠지.
솔직히 말해 지금 융경 황자가 손가락 하나 까딱하면 나를 죽일
수 있고, 내가 아무런 저항도 하지 못하겠지. 그런데 난……
이런 느낌이 매우 싫어. 그들을 빨리 따라잡고 싶고 또
가능하다면 앞서고 싶어."
"때론 인간의 힘이란 보잘 것 없어. 천도(天道)는 이미 스스로
정해져 있는 거야."

진피피도 진지하게 또 엄숙한 표정을 지으며 말을 이었다.

"수행은 호천께서 인간에게 내린 선물. 수행의 길은 단 하나고,
그 길을 끝까지 유지해야 해. 그래야 마지막에 그 끝에 다다를 수
있는지를 알 수 있지. 갈 길이 멀다 생각해서 지름길로 가려 하면
결국 만장심연(萬丈深淵, 깊고 깊은 물)에 빠지게 될 것이야."

넝결은 여전히 무슨 말을 더 하고 싶었다. 진피피는 고개를 가로저었고
그 통통하고 귀여운 얼굴에 평소와는 사뭇 다른 엄숙함과 신중함이 드러
났다.

"방금 전 네 생각은 이미 마도에 빠진 거야. 그 잘못된 생각을
바꾸지 않으면 결국 오장육부가 불에 타는 주화입마에 빠져
죽을 거야. 그렇게 되면 무슨 천하행주를 생각할 필요가 뭐 있어?

그저 죽음을 맞이하는 거지."

넝결은 여청신 어른의 말을 떠올리며 말했다.

"마도를 수행하는 자 중 결국 살아남는 자는 백 명 중 한 명……
하지만 결국 누군가는 살아남는 것이고 그 사람은 강하지.
너도 말했듯 네 서릉 사형이라도 해도 그 마종의 천하행주라는
당(唐)을 이긴다는 보장이 없지 않아?"
"이기고 지고의 문제가 아니라 그 길이 '맞느냐'가 중요한 거야.
마종은 하늘을 거슬러 수행하여 천지를 강제로 몸 안에 수용하고,
인간의 몸으로 호천을 대신하여 천지와 만사를 다스리려고 해.
그들은 천지의 엄청난 원기를 받아들일 수 있는 강한 몸을
만들기 위해 수많은 사악한 수단을 시도했고, 심지어 어떤
마종의 유파(流派)는 인육을 먹고 산다고 해. 이 같은 사악한
외도(外道)에서 그들의 몸은 이미 인간의 몸이 아니고, 그들의
생각은 더더욱 인간의 생각이 아니야. 즉 마도를 수행하는 것은
비인도적인 것이야!"

진피피는 넝결의 눈을 노려보며 차가운 목소리로 말했다.

"넝결, 경고한다. 네가 마도를 시도한다면 나는 네 몸이 폭발해
죽는 것을 가만히 지켜보는 대신…… 내가 너를 직접 죽일
것이다."

넝결은 진피피의 말을 들으며 그해 민산의 기억을 떠올렸다.

'인육을 먹는 것이 입마(入魔)라면 세상에는 이미
마도를 수행하는 사람들로 가득 찼겠다.'
"마종은 정도(正道)에 쫓겨 황원으로 잠입했으니 지금 중원에

남은 잔당은 극히 드물고, 또 감히 사람을 먹고 사는 유파는
없을 거라고 생각해."

녕결은 잠시 침묵하다 다시 말했다.

"만약 어떤 마종 유파의 수련 방식이 무고한 사람들을
해치는 것이 아니라면 굳이 시도하지 못할 이유가 있나?
서원은 개방과 관용을 추구하는데, 넌 왜 이렇게 정도와
마도의 구분에 신경을 쓰지?"

진피피는 천천히 고개를 저었다.

"마도 사람들이 수행할 때 무고한 사람을 해치지 않는다 하더라도
결국 자신은 해칠 거야. 목숨을 건 수행 방법은 호천께서
내려주신 선물이 아니라 호천의 빛을 빼앗으려는 것과 같아.
설령 마도 수행 방법에 문제가 없다 해도 결국 그 이념 자체가
잘못된 것이고 인간을 더 비인간적으로 만들 뿐이야."

녕결은 한참 생각에 빠진 뒤 입을 열었다.

"옳고 그름을 어떻게 구별하지? 또 인간적인 것과
비인간적인 것을 어떻게 구별하지?"

진피피는 그의 눈을 보며 진지하게 말했다.

"인간이 세상을 살아감에 있어, '경외(敬畏)'를 이해해야 한다."

＊＊

녕결이 정식으로 수행의 길에 발을 들여놓은 지 반나절도 되지 않아 자신의 자질로는 멀리 있는 산봉우리에 영원히 오를 수 없을 것 같은 씁쓸한 감정이 밀려왔다.

'설산기해가 열 개 통한다…… 수행의 길에 오르니 진정한
강자들과의 차이가 얼마나 큰지 실감이 나네…… 어떻게 하면
가장 짧은 시간에 이런 차이를 좁힐 수 있을까? 어떻게 하면
열 개만 뚫린 설산기해가 수행의 걸림돌이 되지 않을까?'

서원 이층루에 올라가기 위해 당당하게 진피피에게 '뒷문'을 요구했던 것처럼 녕결은 너무나 자연스럽게 지름길이나 다른 부정한 수단들을 강구하기 시작했다. 그는 지금까지 마도를 수행하는 사람을 만난 적이 없다. 그는 마도 수행 서첩을 한 권도 본 적이 없고, 단지 여청신 어른에게 설명을 들었을 뿐이다.

하지만 그것만으로도 어렴풋이 자신의 성공 가능성을 발견할 수 있었다. 아쉽게도 여청신 노인과 진피피의 엄숙한 경고를 볼 때 그것을 시도할 수 있는 상황은 오지 못할 것 같았다. 녕결은 호천 신휘와 서원의 정도 앞에서 세력이 이미 미미해져 버린 마종이 이 세상에서 할 수 있는 일이 많지 않다는 것을 알고 있었다.

정사(正邪)의 구분은 결국 아무런 실질적 의미가 없었다. 그래서 그는 자신의 생명이 비극을 맞이하지 않도록 일찌감치 포기하기로 결심했다. 마종은 이제 길거리에 숨어 지내는 쥐와 같았고, 사람들은 모두 그들을 때려잡으려 했다. 만약 사람들이 녕결이 마종 공법에 관심을 가졌다는 것을 알게 되면 그 또한 처참한 최후를 맞이하게 될 것이다. 물론 진피피가 그를 팔아넘길 정도는 아니었다. 하지만 이런 상황에서 진지할 필요가 있을까.

녕결은 없었던 일처럼 생각하며 뒷산을 내려왔다. 그때 서원 밖

풀밭 옆에는 두 대의 마차가 조용히 그를 기다리고 있었다. 한 대는 당연히 마부 단 씨의 마차. 다른 한 대도 같은 검은색이었지만 마차가 무슨 재질로 만들어졌는지 매우 두툼하고 단단해 보였고, 각양각색의 복잡한 무늬가 새겨져 있었다. 그리고 말이 머리를 숙이고 살짝 흔드는 모습이 매우 지루해 보였다.

녕결은 마차의 주인이 누구인지 짐작하고 단 씨에게 먼저 성으로 돌아가라고 말을 건넨 후, 옷매무새를 가다듬고 검은 마차에 다가가 공손히 예를 올렸다.

"대사님을 뵙습니다."

마차 장막이 늙은 손에 의해 젖혀졌다. 안슬 대사는 고개를 살짝 내밀고 하품을 하며 나지막이 화를 냈다.

"오후에 나를 따라가 공부를 하기로 하지 않았나?
서원이 아무리 높은 곳에 있다 해도 네놈은 불혹의 경지고
부자께서도 아직 돌아오시지 않았는데 도대체 뭘 배울 수
있겠나? 안에서 이렇게 오래 있어야 뭐 해?
풀밭에서 누워 잤느냐?"

녕결은 깜짝 놀랐다.

'신부사는 점도 칠 수 있는 건가?'

＊ ＊

전설 속에서 가장 신비한 부도(符道)에 대해 녕결은 거의 아는 바가 없었다. 하지만 이 강철로 만들어진 듯한 무거운 마차에 앉아 있으니, 이미 자신이

부도의 세계 속에 있다는 것을 느낄 수 있었다. 마차가 아무리 빨리 달려도 마차에 앉아 있는 사람은 조금의 흔들림을 느끼지 못했기 때문이다.

　'말 하나가 어찌 이런 무게를 견뎌낼 수 있는 거지?'
　"네놈이 무슨 생각을 하는지 안다."
　"이 마차에 무슨 부적이 새겨져 있기에 무게까지 줄일 수 있나요?
　무슨 마법 같아요."

안슬은 다소 불쾌한 표정으로 대꾸했다.

　"부도면 부도지, 마종과 무슨 상관이 있느냐?"

녕결은 단지 신기해서 마법(魔法)이라 부른 것인데, 호천도 남문 공봉에게 이 마(魔)자가 얼마나 귀에 거슬릴 것인지 생각하지 못했다. 부드럽고 유쾌하던 말발굽 소리가 점차 느려지고, 검은 마차는 장안성 남쪽 외곽 관도에 멈춰 섰다. 안슬 대사는 녕결을 데리고 마차에서 내려 관도 옆의 정자와 정자 옆의 가느다란 버드나무 몇 그루를 보며 말했다.

　"차에 부적이 새겨져 있다는 것을 이미 알고 있으니
　네가 직접 한번 느껴 보거라."

녕결은 마차 옆으로 가 검은 마차를 열심히 바라보았다. 정말 자세히 봤다. 확실히 강철로 주조되었고 그 복잡한 문양들은 어떤 날카로운 칼날이 강철 속에 깊이 박혀 있는 듯 또 그 위에 엷은 빛이 나는 칠이 발라져 있는 듯하여 매우 아름답고 신비로웠다.
　하지만 그 부적 문양은 너무 복잡하여 미학의 기본 원칙에 어긋날 정도였다. 그는 한참을 보았지만 아무런 단서를 얻지 못했다. 그리고 순간 어떤 생각이 머릿속을 스쳐갔다.

'덩굴처럼 보이는 이 복잡한 선들이 실제로 작용하는 것이 아니라 진짜 부적 문양을 가리는 속임수가 아닐까?'

그리고 또 하나의 생각이 스쳤다.

'사실 나 같은 놈에게 부적을 느껴 보라는 것은 불가능한 일인데…… 그래도 안슬 대사가 느끼라고 한 것은 하나의 시험이겠지?'

그는 두 눈을 감고 잠시 생각에 잠겼다가 팔을 들어 손끝으로 강철 속으로 깊이 들어간 부적을 부드럽게 만졌다. 그의 미간이 찌푸려졌다. 눈을 뜨고 보았을 때에는 몰랐는데 염력으로 천지 원기를 제어하여 감지를 하니, 자신의 손끝에 어렴풋이 무엇인가 하나의 층이 더 생겼다는 느낌이 들었기 때문이다.

보이지 않는 얇은 막이 손가락과 마차 판 사이에 끼어 있는 느낌. 순간 집중력이 흐트러지자 얇은 막도 순식간에 사라졌다. 녕결은 다시 한 번 명상을 하며 천지 원기의 미세한 변화를 감지하려고 시도했다. 또 한 번 무형의 막이 나타났다. 그리고 그 막은 천천히 '흐르고' 있었다.

"무엇을 느꼈느냐?"
"야주 얇은 천지 원기의 흐름이요."
"어떤 흐름? 뭐 같은가?"
"물 같은데 물보다 더 가볍고…… 더 공허하고……
 바람 같기도 한데 바람일 리는 없어요."

안슬은 미간을 찌푸렸다.

"왜 바람일 리가 없느냐?"
"왜냐하면…… 부적의 원기 흐름이 너무 규칙적이어서,

마치 어떤 정해진 길을 따라가는 것 같고 또 마치 어떤 완전한
체계 안에 있는 것 같아요. 하지만 바람은 공기의 흐름이니
이렇게 규칙적일 수가 없어요."

안슬 대사의 찌푸려진 미간이 점점 풀렸다. 그가 녕결의 등을 바라보는
눈에는 밝은 빛이 흘렀는데 칭찬하는 듯 혹은 감탄하는 듯 보였다. 지금
녕결이 보여준 실력은 안슬이 생각한 것을 훨씬 뛰어넘었기 때문이다. 이
를 모르는 녕결은 손가락을 마차 판에서 거두며 몸을 돌려 자신감 없이
말했다.

"대사님, 저는 그냥 직감에 따라 아무렇게나 말씀드렸어요."
"감각, 부도를 수행하는 데 가장 중요한 자질."

안슬은 마치 뒤뜰에서 땅을 파며 골동품을 캐내는 늙은 농민처럼 말했다.

"넌 예민해. 내가 생각한 것보다 훨씬 날카로워.
아주 마음에 들어."

녕결은 어찌 대답해야 할지 몰랐다.

"네놈이 느낀 천지 원기의 흐름이 바로 바람의 맛이야.
내가 마차에 바람 부적을 그려놓았거든. 그런데 왜 바람이 정해진
노선을 따라 가고, 왜 이렇게 규칙적인지는…… 네 말대로
완전한 체계 안에 있기 때문이지. 즉 부적이 바람의 방향을
정해줬기 때문이야. 따라와."

안슬 대사는 도포 소매를 살랑거리며 뒷짐을 지고 길 옆 정자로 향했다.
녕결은 말에게 다가가 그의 새까맣고 큰 눈을 보며 웃었다.

"넌 틀림없이 세상에서 제일 편한 말일 거야."

'이힝.'

말은 가볍게 콧방귀를 뀌었고 다시 고개를 숙여 건초 더미를 우물거렸는데, 마치 녕결의 말에 자신도 동의한다는 뜻 같았다. 녕결은 안슬 대사의 뒷모습을 보며 재빨리 걸음을 옮겼다.

안슬 대사는 정자 중앙에 가부좌를 틀고 있었고 그 옆으로 작은 화로와 다구(茶具)가 놓여있었다. 안슬 대사는 조용히 차를 따르는 녕결을 보고 고개를 끄덕이며 검지로 찻잔을 가볍게 두드렸다.

"수행 법문은 많지. 검술, 진법술, 체술(體術) 등이 있는데
우리같이 부적을 그리는 재주를 부적술이라고 하지. 하지만
우리는 부적술이라고 하지 않고 부도(符道)라고 부른다."

안슬은 찻잔을 들어 한 모금 마시며 물었다.

"부도가 무슨 뜻인지 아느냐?"

"부적으로 입도(入道)한다?"

"하하하하하……."

안슬 대사는 큰 소리로 웃으며 말했다.

"사람들은 다 도를 구하려고 하지. 검으로 입도(入道),
살인으로 입도, 심지어 정(情)으로 입도…… 서릉 신전도
이런 사고방식에서 벗어나지 못하는데 네놈도 그러하느냐?
그럼 속세 개미 나라의 대도(大道)는 어떠한가? 대도는 본디
허무맹랑한 것인데 어떻게 찾을 수 있겠느냐?
부도, 이 두 글자의 뜻은 매우 간단한데 그것은 바로
부적으로 알린다는 뜻이다."

'부적으로 알린다?'

"부적이 무엇이냐? 부적은 문양이고 선이고 흔적이다."

안슬은 자못 엄숙한 표정으로 설명했다.

"뱀이 모래판을 기어간 궤적이 부적이고 마른 잎 사이의 잎맥이
부적이다. 큰길 흙바닥에 남은 수레 자국이 부적이고 짐승의 몸속
혈관이 부적이다. 물이 흐르는 궤적이 부적이고 바람이 지나간
흔적이 부적이다. 대지의 갈라진 틈새가 부적이고 구름이
푸른 하늘에 유유히 떠다니는 것도 부적이다."

'그렇다면 세상 모든 흔적이 부적!'

이런 사고방식은 이미 녕결의 기존 사유의 방식을 완전히 넘어섰다.

"스승님, 그렇다면 혹시 부적을 그리는 것은 자연 속의
모든 흔적을 모사하는 것인가요?"

안슬 대사는 약간 어리둥절해하며 말했다.

"그건 화가가 하는 일이지 부적사가 하는 일이 아니다."

관도 옆으로 바람이 불어와 나뭇잎 몇 개가 가지에서 떨어졌다. 나뭇잎은
습기를 머금은 들판에 떨어지기도 전에, 가볍게 정자 위쪽으로 날아와 검
은 기왓장 위에 먼저 떨어지며 가볍게 소리를 냈다.

"짐승의 몸속 혈관도 부적인데 이런 부적은 생명을 유지하게
만들지. 물이 흐르는 흔적도 부적인데 이런 부적은 호천의 뜻에
따라 물을 높은 곳에서 낮은 곳으로 흐르게 만들지. 마른 잎의
잎맥도 부적인데 이런 부적은 억만 년 동안 해온 것처럼 뿌리가

영양분을 흡수해 잎으로 전달하게 만든다."

안슬 대사는 담담하게 설명을 이었다.

"이 부적들은 모두 자연의 부적이다. 자연에서 생겨 천지 원기와
함께 살아가는 것이지. 우리 모두가 이 세상에서 살아가는 이치와
똑같다. 그러나 수행을 하든 부도를 연구하든 이미 천지가
인간에게 부여한 본래 사명을 넘은 것이야. 즉 생존에
필요한 것들을 넘었지. 그래서 진정한 의미의 부도는 자연에서
기원했지만 자연보다 높이 있어야 한다."
'대단한 도리가 있는 것 같기도 하고, 아무것도 없는
맹탕 같기도 하고……'
"자연에서 오고 또 자연보다 높은 부적이 되기 위해서는
반드시 몇 단계를 거쳐야 한다. 모사, 회의(會意 뜻을 모으다),
귀납, 순수화 그리고 뜻을 부여하기. 부적이란 인류가
오랫동안 자연의 부적으로부터 배우고 또 정수를 추출해 온
그 선들의 흔적이다."
"그럼 도는 무엇입니까?"
"도는 알려주는 것이다."
"누구에게 알려주나요?"
"천지 원기에게."

넝결은 다시 한번 고개를 가로저으며 물었다.

"천지 원기에게 무엇을 알려주는 거죠?"
"우리가 무엇을 하고 싶은지 천지 원기에게 알리는 거다."

안슬 대사는 미소를 지으며 말을 이었다.

"인류가 수행하는 모든 수단은 천지의 원기를 조종하는 것이지.
검술은 염력으로 천지 원기를 조종해서 원격으로 비검을
움직이지만 그건 결국 너무 간접적인 방식이다. 염사는 직접
천지 원기를 조종하기는 하지만, 지나치게 간단하여
상대방 의식의 바다를 직접 공격하는 방식을 취할 수밖에 없다."

안슬은 다소 거만한 표정을 지으며 말했다.

"부도는 그 둘 사이에 있으며 경지는 그 둘 위에 있다.
부도가 추구하는 궁극적인 목적은 천지 원기에게
자신이 무엇을 하고 싶은지 알려주는 것이기 때문이다.
그렇게 하면 천지 원기는 네가 무언가를 할 수 있도록 도와준다."

안슬의 이야기는 계속되었다.

"다만 천지 원기는 눈이 없고 귀가 없지. 천지 원기는 네가
의식의 바다에서 어떤 기괴한 생각을 하는지 알 도리가 없다.
아무리 네가 내리는 비를 날카로운 무형의 칼로 응결시키고
싶어도 원기는 네 뜻을 알 수 없지. 그렇다면 넌 어떻게 그에게
너의 뜻을 전달하겠느냐?"
"……."
"부적은 바로 인간의 염력과 천지 원기 사이의 교량이다.
부사는 염력으로 천지 원기를 그 선의 흔적들 안에 응결시키고
한 번에 격발시켜 감응을 일으키는 것이지. 그렇게 되면 바람을
불게 할 수 있고 물이 흐르게 할 수 있고 구름을 움직일 수 있고
대기를 말려 버릴 수 있다."

안슬 대사는 녕결의 얼굴을 보며 나지막이 물었다.

"뭔가 이해한 것 같은데?"
"예전에 어떤 친구에게 들었어요. 인간의 몸은 악기와 같고
설산기해는 구멍이고 염력이 곧 공기이다. 따라서 염력을
악기 속으로 불어넣어 구멍을 통해 나오게 함으로써 아름다운
악곡으로 변하게 할 수 있어야 천지 원기가 그 연주를 듣고
공감할 수 있다."

넝결은 안슬을 보며 진지하게 물었다.

"스승님의 설명을 들으니 부도는 결국 부적을 이용하여
천지 원기에게 무엇을 하고 싶은지 알려주는 것인데,
그렇다면 부적이 곧 우리 몸 안의 기해설산과 같다고
할 수 있지 않을까요?"
"네 친구의 경지가 아주 높구나. 표현이 절묘해.
너의 몸속에 설산기해가 적게 뚫려 수행하기 어려울 수는 있지만
부도는 다르다. 천지 원기를 감지하고 또 그 사이의 미세한
차이를 알아차려 부적으로 기술(記述)하면
성공할 수 있는 것이야."

넝결은 이해가 안 되는 것이 있는지 미간을 찌푸리며 물었다.

"그런데 천만 년 동안 부사가 자연 부적을 배우고 기록했는데
이미 만들어진 부적이 없나요? 만약 있다면 천지 원기 파동을
감지하지 않아도 부도를 닦을 수 있는 것 아닌가요?"

안슬 대사는 가볍게 수염을 쓰다듬으며 물었다.

"세상에 완전히 똑같은 나뭇잎 한 쌍이 있느냐?"
"없습니다."

"그렇다면 세상에 똑같은 두 사람이 있을까?"

"그럴 리 없지요."

"그래서 네가 나일 수 없고, 너의 염력도 내 염력과 같을 수 없다.
 그런데 완전히 똑같은 부적을 쓴다 해도 천지 원기가 그것이
 같은 뜻인지 알 수 있겠느냐?"

넝결은 여전히 이해가 되지 않았다.

"부사에게 염력은 무수히 많은 다른 언어와 같다. 부적이란
 바로 이러한 문자 언어의 조합 방식인 것이지. 내가 장안
 표준어를 쓰고 네가 남쪽 사투리를 쓰는데 각기 다른 언어를 같은
 조합 방식에 집어넣으면 같은 글이 될까? 물론 세상의 언어는
 수십 가지 정도겠지만 부사의 염력은 사람마다 모두 다르다."

넝결은 그제야 이해가 되는 듯 공손히 예를 올리며 감사를 표했다. 안슬
은 부드럽게 웃으며 마른 팔을 들어 올려 검지로 허공에 아주 간단한 그
림을 그렸다. 정자 안의 공기가 갑자기 건조해지고 희미한 불꽃이 넝결
앞에 나타나더니 피식 하며 곧 사라졌다.

"네 친구가 설산기해를 통소 구멍이라고 표현한 것은 절묘하다.
 뭐 현악기라면 현일 수도 있고. 부적의 선(線)도 천지가 알아들을
 수 있는 곡을 연주하는 현이라고 생각해도 된다. 하지만 나는
 악기보다 글로 표현하는 것이 더 정확하다고 생각하지.
 부적은 천지가 선율의 묘미를 알아듣게 할 뿐만 아니라, 생각을
 더 또렷하게 전달해서 더 세밀한 차이를 부여할 수 있다."

안슬은 다시 한번 검지로 허공에 여섯 개의 선을 그렸다. 넝결은 마치 축
축한 기운이 얼굴로 밀려온다는 기분이 들어 무의식적으로 손으로 얼굴
을 만졌다. 자신의 얼굴이 방금 씻은 것처럼 젖어 있었다.

"염력에 따라 또 부적의 선에 따라 확연히 다른 글을 쓸 수
있고, 또 확연히 다른 효과를 낼 수 있다. 결국 내가 너에게
부도를 가르쳐 준다는 것은 글 쓰는 방법을 가르쳐 주는 것이지."
"글 쓰는 거라면 뭐…….''
"글은 어떻게 쓰는가? 사실 아무런 요령은 없다. 다시 말해
너만의 요령을 찾아야 한다. 그리고 요령을 찾는 데는 타고난
재능이 중요해. 부도의 마지막 한 획은 바로 천부적인 재능에
의한 것이다. 천부적인 재능은 하늘이 우리에게 부여한 가장 귀한
선물이고, 또 극소수만 가질 수 있는 행운이야. 네놈에겐 바로
그런 행운이 있는 것이야."

넝결은 망연자실한 표정으로 중얼거렸다.

"이건…… 너무 어려운 것 같아요."

넝결은 다시 의혹의 눈빛으로 조심스럽게 물었다.

"부도가 결국 천부적 재능에 의한 것이라면 세상에 처음으로
부도를 발견한 수행자가 천지간의 문양과 흔적을 보며
무의식적으로 모사하여 첫 번째 부적을 써냈고……
그런데 대사님 말씀으로는 부도가 전승될 수 없는데
그럼 그는 어떻게…….''

넝결은 한참 적절한 단어를 고르다 이어 말했다.

"이런 문명을 물려줄 수 있었나요?"
"부도는 전승할 수 없지만 부도의 정신은 물려줄 수 있다.
문자는 생각을 기재하는 것이고 지난 일들을 기록하는 것이지.
최초의 그 부적사가 어떻게 첫 번째 부적을 발견했는가는……

아마도 우연의 일치였을 거야."

안슬은 먼 곳의 어느 허공을 바라보며 말을 이었다.

"아마도 수만 년 전 어느 대수행자가 어느 절벽 앞에 가서
　바위가 갈라지는 것을 보고 문득 깨달음을 얻었을 수도 있지.
　허리춤의 검에 염력을 불어넣어 검을 휘두르자 절벽의 원기가
　검 안으로 모였을 수도 있어. 첫 번째 부적은 우연의 일치이자
　자발적인 존재일 수밖에 없어. 그 후로 그 대수행자가
　검의 흔적들이 간직하고 있는 비밀을 발견했고, 그가 다시 한번
　시도했고…… 그러다가 그가 또 다시 성공했다면 그 두 번째
　부적은 더 이상 우연의 일치가 아니라 자각의 산물이 된 것이지."
"그 대수행자가 평생 두 번째 부적을 쓰지 못했을 수도 있잖아요?"
"첫 번째 수행자가 성공하지 못 했으면…… 두 번째, 세 번째
　수행자가 있었겠지. 천지도 무궁무진하고 수행자도
　무궁무진하고, 앞사람이 쓰러지면 뒷사람이 세상의 비밀을
　탐구하고…… 그러다 보면 반드시 성공하고 자각하는 선현이
　나타났을 것이고…… 이러한 것들은 필연적으로 일어나는
　일이야."

넝결은 마침내 고개를 끄덕였다.

"똑같은 이치로 부도는 전할 수 없지만, 부도 정신을
　전승할 수는 있다. 물론 중간에 무수한 실패가 있었겠지.
　심지어 그 맥이 끊어질 수도 있겠지. 하지만 긴 세월이
　흐른 후 또 어떤 대수행자가 부도의 비밀을 발견하고 그의 제자가
　전수하고…… 그렇게 오늘날까지 내려왔을 것이라고 믿는다."

넝결은 개탄하며 말했다.

"정말 세월이라는 큰 파도가 모래를 씻어 내는 것처럼,
많은 수행자들의 기량이 제대로 계승되지 못했을 수도
있겠네요."
"영원히 정상에 오르지 못할 산을 오르는 것일 수도 있어.
누구는 산허리에서 발걸음을 멈췄고 누구는 산중턱에서 바람에
밀려 절벽 아래로 떨어졌고…… 그렇게 부도는 오늘날까지
전해왔고, 지금의 산 정상에 오른 셈이지. 물론 네가 미래를
바라본다면 그 봉우리가 여전히 높이 솟아 있다고
생각할 수도 있고."

안슬 대사는 진지하게 넝결의 눈을 보며 말했다.

"부도의 탄생도 어려웠고 그 전승은 더 어려웠지. 그래서 내가
너의 재능을 발견했을 때 그렇게 감격했던 것이야. 다행히 네놈이
그런 재능을 가졌으니, 반드시 소중히 여겨야 한다. 너 자신을
위한 것이기도 하지만 부도를 위한 것이기도 해."

넝결의 머릿속에 수만 년의 시간이 흐르고 있었다.

＊＊

수피를 입은 부족 주술사가 제천 의식을 집전한 후 절벽 아래 동굴에 내
려와 쉬고 있었다. 그는 의미가 명확하지 않은 노래를 부르며 붉은 돌을
주워 동굴 담벼락에 그림을 그렸다. 그는 원래 붉게 타오르는 아름다운
불을 묘사하려고 했는데, 뜻밖에도 그 그림이 다 그려지기도 전에 동굴
벽에서 타오르기 시작했다.
　　주술사가 허겁지겁 넘어지며 불타는 그림에 절을 했다. 엉덩이의
수피는 두려움에 부들부들 떨렸다. 부족 사람들은 주술사의 비명을 듣고

잇따라 동굴에 뛰어들었다. 그들도 불타는 그림을 보며 겁에 질려 단체로 무릎을 꿇고 무슨 사람을 해치는 귀신을 보듯 울부짖었다.

주술사는 부족에서 가장 지혜로운 사람. 그는 정신을 차리고 다른 사람들을 동굴에서 몰아냈다. 그림에서 불이 꺼지고 그는 동굴 벽에 남은 까만 흔적을 바라보다 손가락을 뻗어 살살 만져 보았다.

이내 그의 눈빛이 밝아졌다. 재빨리 붉은 돌을 다시 찾아 몸을 떨며 그림을 그려 보았다. 그날 이후 그 주술사는 다시는 불타는 그림을 그리지는 못했지만, 그는 고원 주변에서 가장 훌륭한 주술사가 되었다.

* *

중원과 황원의 싸움으로 수많은 사람들이 죽고 핏물이 벌판에 새어 들어가 풀과 진흙이 엉겨 붙었다. 민산에서 온 수행자가 아무 말없이 벌판에 쭈그리고 앉아 동생의 시신을 보며 어디서 주워 온 것인지 모르는 나뭇가지를 들고 무의식적으로 피와 흙 사이로 그림을 그렸다.

그와 멀지 않은 곳의 검붉은 황원의 땅이 살아 숨 쉬듯 쉴 새 없이 올라오다 젖혀지다 흩어지다…… 수많은 지렁이와 곤충들이 뿔뿔히 흩어지며 도망치고 있다. 마치 그 땅 아래 변종된 거대한 지렁이가 한 마리 있는 것 같았다.

* *

어떤 제자가 스승이 남긴 부적 원본을 들고 모사했다. 소년에서 노년이 될 때까지 방 뒤편으로 노란 종이가 가득 차고 대들보 위에 걸릴 때까지 계속 베껴 쓰고 있었다.

어떤 사람이 종리산의 우뚝 솟은 봉우리 위에 앉아 화판을 품에 안고 있었고, 그의 옆으로 색색의 물감이 놓여 있었다. 그는 산과 구름을 보며 새벽부터 저녁까지 그림을 그리고 일출과 일몰을 그렸다. 겨울이 가고 봄이 왔지만 여전히 그곳에서 그림을 그리고 있었다.

먼 옛날부터 지금까지 운이 좋게 혹은 공교롭게 부도에 들어온 사람들, 그리고 부도를 터득하려던 제자들이 붓의 털이 빠질 정도로 붓을 씻은 물이 연못을 검게 물들일 정도로 끊임없이 천지의 흔적을 모사하며 마음속으로 글자를 고심했다.

성공도 하고 실패도 했지만, 개의치 않고 죽기 살기로 노력하며 시도했다. 바로 이런 필사적이 노력과 시도 덕분에 호천이 인류에게 내린 이 신비한 선물은 온전히 회수되지 않고 오늘날까지 전해졌다.

★★

"부적사에게는 평생 배운 것을 전승할 의무가 있다.
우리는 거역할 수 없는 책임이라고도 부르지. 왜냐하면 선현들이
바로 그렇게 했기 때문이다. 그들이 모든 기력과 정신력을
다 바쳤기에 지금 우리 세상에 부도가 존재하는 것이야."

안슬은 엄숙한 표정으로 말을 이었다.

"너 같은 후계자를 찾은 것만으로도 나는 만족해. 그리고 부도는
정신만 전승될 뿐 그 기법은 물려줄 수 없다. 그러니 부도의
정신이 나에게서 끊길지 말지는 결국 네 자신에게 달려 있다."
"대사님을 실망시키지 않겠습니다."
"실망? 실망이란 게 뭐지? 난 네가 날 실망시키지 않을 것이라
믿는다. 왜냐하면 난 신부사의 눈이 있고 너에게 이 모든 것이
어려운 일이 아니라는 것을 알기 때문이지."

안슬은 녕결의 눈을 보고 똑똑히 말했다.

"하지만 너에 대한 나의 기대는 거기서 그치지 않아.
나를 포함한 이 세상의 신부사들이 모두 부도를 제대로
간파할 수 없다고 생각한다. 간파할 수 없으니 부도의
가장 핵심적이며 단순한 도리를 전승할 수 없지."

안슬의 눈가에 슬픔이 스쳐갔다.

"난 이미 나이가 많아 그 문턱을 넘을 수 없다. 난 언젠가 네가
그 문턱을 넘을 수 있을 것이라고 생각해. 그때쯤이면 부적으로
도(道)를 쓰고 손가락으로 산과 강을 흔들고…… 기적처럼
들리지만 언젠가 어떤 사람이 할 수 있다고 믿고……
그것은 부도가 반드시 해내야 할 일이라고 생각한다."

안슬은 녕결을 보며 담담하게 말했다.

"녕결, 나는 네가 그런 사람이 되었으면 좋겠다."

기대가 크면 실망이 크다. 녕결은 안슬 대사를 실망시키지 않기 위해 얼마나 큰 기대를 짊어져야 하는지 상상할 수도 없었다. 그는 멍하니 맞은편을 바라보았다. 마치 어깨에 커다란 산 두 개를 짊어진 듯한 기분이 들었다.

"제가 그런 사람이 될 수 있을까요?"
"반드시 그런 사람이 되어야 한다."
"대사님, 이제 학생에게 기본적인 것부터 가르쳐주세요."

안슬은 그를 한참 쳐다보다 웃음기가 돌며 위로하듯 말했다.

"만 리 길도 한 걸음부터 시작된다. 가는 길이

순조롭길 바랄 뿐이다."
"어떻게 하면 부적을 그릴 수 있나요?"
"먼저 천지 원기를 감지해라. 섬세할수록 좋아. 그리고
 보이는 대로 천지 원기가 흐르는 흔적을 찾아 그려라."
"안 보이는데 어떻게 그려요?"
"수행자는 눈으로 세상을 보지 않아."
"그럼 느낌으로?"
"그래 느낌대로 그려."
"아무렇게나 막 그려도 돼요?"
"네놈의 눈부터 멀게 만들어 볼까?"

안슬 대사는 퉁명스럽게 말을 내뱉으며, 손을 뻗어 책 몇 권을 집어 녕결에게 던졌다. 녕결은 하마터면 날아오는 책에 맞아서 실명할 뻔했다. 몇 권이 아닌 수십 권의 책. 한 권 한 권이 모두 두꺼운 데다 모두 합치니 진피피보다 더 무거운 것 같았다.

   '이 늙은 도사가 언제 이 책들을 여기로 옮겨 놓은 거야?'

녕결은 불만을 삼키고, 책 한 권을 주워 펼쳐 보았다. 꼬불꼬불한 선들. 선 모양이 매우 추했고 추상화라고 하기에도 이상해 보였다.

   "이것이…… 부적이라는 것인가요?"
   "내가 평생 모은 부적인데 대부분이 도부(道符)다. 모두 선현들이
    남긴 지혜의 결실이니 앞으로 천지의 흔적을 찾으며 이 부적들을
    참고해라. 물론 선대 부적사들이 자신들만의 문자로 써낸 글이니
    설령 네가 원문을 다 외워 쓸 수 있어도 채점 선생님은
    못 알아본다."
   "알아요. 채점 선생님의 존함은 천지(天地)이고 안타깝게도
    문맹이시겠지요. 그런데 이해가 안 되는 것은 어차피 베끼지 못할

바에는 제가 왜 이런 선대의 부적들을 공부해야 하는 거죠?"

"천지자연의 부적들을 감지하는 것과 같은 이치다. 이 부적들은
너에게 귀감이 될 뿐 그 흔적에 너의 상상력이 얽매이게 되면
안 된다. 관찰을 통해 그 흔적들의 형태를 잊고 정신으로 뜻을
깨닫고 자신에게 맞는 흔적을 찾는 것이지."

'형태를 잊고 뜻을 깨달아라? 형상을 잊고 뜻을 남겨라?'

넝결은 지난 일 년 동안 구서루에서 독서를 하던 기억이 떠올랐다.

'영자필법을 이런 용도로 써야 하는 거였구나!'

안슬 대사가 그의 표정을 보고 몇 마디 물었다. 넝결은 구서루에서의 독
서를 포함한 자신의 과거를 고스란히 대사에게 전했고, 또 닭백숙첩의 유
래에 대해서도 이야기했다.

"그날 영자필법으로 부적사들이 남긴 글을 알아볼 수 있을 거라
생각하고 너무 기뻐 홍수초에 갔고, 기쁨에 술을 마시다
과음해서 닭백숙첩을 쓰게 된 것이에요. 아마 취기에 아무 생각
없이 영자필법으로 터득한 약간의 필의를 글에 담아서 썼기에
대사님의 눈에 든 게 아닐까요?"

넝결은 말을 마치고 고개를 돌려 정자 밖 하늘을 바라봤다.

'정말 하늘의 뜻은 있는 것일까?'

안슬은 미소를 지으며 말했다.

"호천께서 널 선택한 것이 아니라 네가 그런 선택을 받을
능력과 자질을 갖추고 있었구나."

"대사님, 그런데 좀 전에 아무렇게나 허공에 부적을 그리셨는데
물 한 움큼이 제 얼굴을 때렸어요. 만약 부적사들의 부적이
모두 둘도 없는 것이라면 그럼 최소한 한 부적사가 그린 부적은
절대적으로 같아야 하고, 그러기 위해선 붓과 먹으로만 제어할 수
있을 것 같은데…… 손으로 허공에 마음대로 한 획을 그었는데
어떻게 제어할 수 있는 거예요?"
"붓과 먹으로 쓴다 해도 모든 부적이 똑같다고 보장할 수는 없지.
설령 그 글자가 똑같다고 해도 쓰는 종이가 다를 테니 말이야.
부적은 부적사의 마음에 따라 움직인다. 미세한 차이는 그다지
중요하지 않아. 오히려 이런 미세한 차이는 그 뜻에 역행하는
것만 아니라면 그 상황에 맞는 부적사의 염력 파동에 정교하게
맞춰져서 효과를 극대화시키지."

안슬 대사는 이어 말했다.

"손가락이 허공에서 부적을 그리는 것은 붓과 먹으로 쓰는 것에
비해 훨씬 불안정하지만, 사물에 의존하지 않고 무물(無物)의
부적을 그릴 수 있는 부적사는 이미 자신의 염력 파동을
완전히 파악하고 있다고 볼 수 있지. 즉 손가락으로 그리면 앞에
그린 것과 뒤에 그린 것이 매우 다를 수 있지만 결국 나오는
효과는 같을 수 있다."
"어느 경지의 부적사가 무물의 부적을 그릴 수 있나요?"

안슬 대사는 손가락으로 자신의 코를 가리키며 대답했다.

"신부사."

녕결은 좌절감을 느꼈다.

"나는 부적을 두 가지로 나눴지. 정식과 부정식. 정식은
외물에 의한 거야. 붓과 먹으로 새긴 흔적이든, 깎아 만든
조각상이든 만드는 데 오랜 시간이 걸리지만 발생하는 위력은
훨씬 강하지. 부정식은 무물의 부적인데 순식간에 완성할 수
있지만 위력은 정식 부적만 못하지."
"이왕 그런 거 뭐 하러 부정식 부적을 배워요?
그건 엄청 어려울 것 같은데."

안슬은 백치를 보듯 그를 쳐다봤다.

"부도의 위력이 아무리 대단하다고 해도 또 같은 경지라면
검사나 염사가 부사를 이길 수 없다고 해도, 이는 책에서나
나오는 이야기. 만약 실전에서 다른 수행자와 싸우게 되면?
류백 그놈의 비검이 허공을 찢으며 날아오고 있는데 설마 내가
허둥지둥 붓과 먹을 찾아다녀야 하나?"

녕결은 잠시 망설이다 참지 못해 물었다.

"대사님 혹시 그 세상 최강자라는 검성 대인 류백과
붙어 보셨어요?"
"비유야! 그냥 비유!"

안슬 대사는 소리쳤지만 얼굴에 분노의 기색은 없었다.

'내가 류백의 검에 팔을 다치긴 했지만 그때 그놈의
눈썹 반쪽도 날려 버렸지. 이런 눈부신 전적을 굳이 내 입으로
말해 줘야겠느냐?'
"네가 전장에서 적이 쏜 화살에 죽고 싶지 않으면
부정식 부적은 반드시 배워야 한다."

"그런데…… 신부사만이 무물의 부적을 쓸 수 있다고
   하셨잖아요……."
"넌 부도에 천부적 재능이 있고 또 나처럼 대단한 부도 대가를
   만났는데 신부사가 되는 것이 뭐가 그리 어렵겠느냐?
   돌아가서 이 작은 책자들을 잘 외운 다음에 자세하게
   천지 원기를 느껴 보아라."

넝결은 산더미 같은 작은 책들을 멍하니 바라보았다.

   '이것이 '작은 책자'?'
"네놈은 아직 불혹 경지이니 천지 원기 흐름의 규칙을 간단하게만
   알 수 있을 것이다. 동현 경지에 들어가면 천지 원기를 몸에
   담을 수 있고, 지명 경지에 들어서면 근본적으로 원기의 규칙을
   파악할 수 있지. 그때가 되어 너의 부도에 대한 천부적인
   재능까지 더해지면 그 관문을 넘기가 훨씬 쉬워질 것이다."
'젠장! 내가 지천명, 지명 경지에 들어가서 천명을 알게 되면
   이토록 귀찮은 부도를 왜 배우겠어요!'
"대사님, 제 재능으로 볼 때 몇 년 후쯤 대사님과 같은
   신부사가 될 수 있을까요?"
"10년?"
"아직도 10년이 더 필요하군요……."

안슬 대사는 화를 내며 말했다.

"10년 후라 해도 네놈은 아직 서른이 안 돼. 그때 신부사가
   될 수 있다면 천 년의 수행 역사에서 적어도 서열 3위 안에
   들어갈 수 있는데, 그것으로도 만족하지 못하겠느냐!"
'나의 재능이 역대 3위? 진피피가 알면 오히려 놀릴 것
   같은데…….'

안슬 대사는 화를 누그러뜨리며 생각했다.

'내가 앞으로 10년을 살 수 있을까 걱정이구나…… 미안하다.'
"대사님, 제자가 대사님을 따라 부도를 배우기로 한 이상
앞으로 스승님이라고 부르겠습니다."

안슬은 잠시 생각에 잠겼다가 고개를 저었다.

"네가 서원 이충루에 들어갔으니 부자(夫子)가 너의 스승이지.
부자가 너의 스승인 이상 네 스승이 될 자격이 있는 사람은
더 이상 없어…… 나를 그냥 안슬 대사라 부르거라.
듣기에도 좋네."

녕결은 안슬 대사의 부자에 대한 존경심을 이해하고 웃으며 말했다.

"그럼…… 사부님으로 불러도 되겠습니까?"

안슬은 환하게 웃었다.

'정말 총명한 아이구나!'

3

백치의 본질

1

녕결은 당연히 총명했다. 그렇지만 안슬 대사를 '사부님'이라 부른 것은 선천적인 총명함과는 별개의 문제. 세상을 힘겹게 살아오면서 단련된 눈치와 아부의 솜씨일 뿐이었다.

> "내가 사부님이라고 부르자…… 큭큭, 정자 분위기가
> 얼마나 좋아졌는지 알아? 스승과 제자의 화기애애한 웃음소리가
> 가득했고 마지막엔 사부님이 첫 만남 기념이라며 선물도
> 주셨지…… 그런데 첫 만남은 아니었는데 왜 처음 만날 때
> 주시지 않았지?"

47번 골목 노필재에서 녕결은 찻주전자를 들고 침을 튀기며 그간 일어난 일과 자신의 자랑을 늘어놓고 있었다. 하지만 상상은 망치를 들고 일전에 부서진 가게 문을 수리하느라 정신이 없었다. 반응이 전혀 없자 흥미가 떨어진 녕결이 엄숙하게 말했다.

> "내 이야기에 집중해주면 안 되겠니?"
> "바빠요."
> "너의 도련님이 10년 후엔 전설 속의 신부사가 될 것인데,
> 넌 왜 조금도 좋아하지 않지?"

상상은 그제야 고개를 돌리며 말했다.

> "도련님 10년 후의 일이에요. 오늘 우리는 문을 고쳐야 해요."
> "고치기 전에 물건 좀 사 와."
> "뭘 그렇게 급하게 사요? 문 수리는 아직 시작도 못 했는데."

"붓, 먹 등 이런저런 자잘한 재료들."

녕결은 붓을 들어 몇 가지 물품을 종이에 적어 건네며 말을 이었다.

"10년 후에야 신부사가 되는 건…… 너무 느려. 나는…… 지금!
당장! 바로! 즉시 부도를 배워야겠어! 시간을 아껴야지!
시간을 아껴야 해!"

상상은 덩실덩실 춤을 추는 녕결을 보며 입을 열었다.

"도련님……."
"응 무슨 일이야?"
"너무 기뻐서…… 정신이 나가신 게 아닐까요?"
"…… 좀 그런 것 같기도 하고……."

서원 뒷산의 사형 사저들 중에 장안에 집이 있는 사람은 없었다. 설령 그가 남해 외딴 섬 또는 타국에서 왔거나 당국인이라고 할지라도. 녕결은 둘째 사형의 귀여운 사동을 본 이후로 상상과 함께 뒷산에 들어가 살 생각을 하기 시작했다. 하지만 막내인 그가 들어가자마자 그런 요구를 하는 것이 염치없다고 생각해서 어쩔 수 없이 당분간 서원 뒷산의 유일한 통학생이 되기로 했다.

상상은 녕결이 적어준 종이의 물품을 잔뜩 사온 후 바쁘게 저녁식사 준비를 시작했다. 야채를 썰면서 오늘 노필재의 장사에 대해 이야기했다.

"오늘 장사가 너무 잘돼서 심지어 문턱이 망가질 뻔했어요.
어제 가게 문을 고쳤는데도 오늘 또 조금 망가져서 아까
고친 거예요. 오후에는 도련님이 안 계시다는 걸 사람들이 알고
손님이 좀 줄었어요."

상상은 야채를 썰던 칼을 놓고 안방으로 들어가 두꺼운 종이 더미를 책상 위에 올려놓으며 말했다.

"여러 사람들이 이런 것들을 남겼어요. 도련님을 초대한다고요.
너무 많은 사람의 이름이 적혀 있어서 기억은 못 하겠어요."

녕결은 종이 뭉치와 부도 관련 서적을 번갈아 본 후 말했다.

"밥 먹고 중요한 것만 고른 후 나머지 것들은 나중에 처리하자."
"어떻게 골라요? 또 어떻게 처리해요?"
"야채를 다듬는 것처럼 하는 거지. 싱싱하면서 비싼 것은 남기고,
시들었으면서 싼 것은 치우고…… 싱싱하면서 비싼 게 뭐냐고?
관직이 높으면 비싼 것. 처리는 내가 할게. 일단 예의상 답장을
쓰지. 어차피 그 어르신들이 원하는 것은 내 글씨니까."

상상은 눈살을 잔뜩 찌푸렸다.

"도련님 글씨는 지금 금인데 이렇게 답장을 막 써서 보내면
아깝지 않아요?"

녕결은 상상에게 웃음을 날리고는 다시 고개를 숙이고 부도 서적을 외우는 데 몰두했다. 이제 겨우 반 권을 읽었는데 두꺼운 책은 수십 권이나 되니 한눈팔 틈이 없었다. 안슬 대사가 준 책은 모두 서른세 권. 그 안에 전대 부사들이 남긴 부문(符文)이 387편이며 2만 4천 77개의 부적이 기록되어 있었다. 대충 훑어봤는데 모양이 모두 달라 아무런 공통점을 찾을 수가 없었다.

'이것들은 참고일 뿐 결국 깨달음에 달려 있다. 다만
올챙이 같기도 하고 낙서 같기도 하고 빗방울 같기도 하고

글씨도 그림도 아닌 이 먹물 덩어리들 사이에서 어떻게 내가
필요한 것을 가려서 깨달을 수 있지?'

작은 산과 같은 서적에서 아무렇게나 뽑은 한 권. 제3권 제1부, 수권(水卷)
의 첫 부분.

'수권이니 물과 관련되었겠지. 인류 생존에 가장 필수적인 물이
아무래도 이해하기 쉽겠지?'

수권의 첫 부분은 네 장의 종이로 되어 있었는데, 이 네 장에 1백여 개의
부문들이 있었고 모두 다른 모양이었지만 상당히 유사해 보였다.
　　대부분 위에서 아래로 내려오는 여섯 개의 먹선. 다만 그 먹선의
굵기와 길이 또 조합 방식이 각기 달랐다. 가장 기괴하게 생긴 것 몇 개는
여섯 개의 먹선이 완전히 뒤엉켜 있었다.

"이게 다 물 수(水)자인가? 천(川)자 위에 또 천(川)자가 있는 건가?"

가장 높은 곳에 그려진 부분을 보니 여섯 개의 먹선이 잘 정렬되어 있고,
가운데에 구부러진 먹선이 사람의 마음을 편안하게 했다. 눈앞에 한 폭의
그림이 연상되었다. 먹선이 흐르는 물줄기로 변하고 처마 끝에서 빗물이
미끄러져 청석판에 고인 빗물로 떨어지며 비의 꽃을 피우고, 또 그 주위
의 빗물과 다시 하나 되는 그림.
　　녕결은 더 이상 책을 보지 않고 벼루에 물을 부어 천천히 먹을 갈
기 시작했다. 그리고 중간 크기의 붓 하나를 꺼내 벼루에 살짝 넣어 붓털
이 부풀 때까지 먹물을 흡수시켰다.
　　그의 동작은 가볍고 여유로워 보였지만 사실 안슬 대사가 가르쳐
준 대로 의식의 바다에서 염력을 천천히 설산기해로 내보내 마치 작은 마
당의 우물에 떨어지게 하듯 물의 원기 맛을 섬세하게 느껴본 것이다.
　　붓을 들었는데 어찌된 일인지 손목이 벼루에서 떨어지지 않았다.

녕결은 약간 눈살을 찌푸리며 다시 그 여섯 개의 먹선을 보고 또 영자필법으로 의식의 바다에서 분해했다.

그 먹선들이 갈라지다가 갑자기 빠르게 퍼져나가 검은 비구름으로 변해 자신의 머리 위를 덮었다. 하지만 어찌 된 일인지 그 새까만 비구름에서 끝내 한 방울의 빗물도 떨어지지 않았다.

그는 손목을 살짝 떨며 억지로 붓을 들려고 했으나 끝내 그 동작을 멈췄다. 우물과 부적에 담긴 의미를 느끼며 자신만의 부적을 쓸 수가 없고, 자신의 느낌과 그 우물에 담긴 물의 의미를 연결시킬 수 없다면 아무래도 의미가 없다고 생각했기 때문이다.

밤이 깊어 인적이 끊기니 촛불의 은은한 빛이 퍼졌다. 탁자 위에 흰 쌀밥 한 그릇과 두 그릇의 반찬이 놓여 있고 등잔불 밑에는 맑은 물 한 그릇이 밤바람에 가볍게 흔들리고 있었다.

녕결은 여전히 창가 탁자에 서서 수권에 그려진 부문을 보고 있었다. 살짝 긴장된 몸에 붓을 쥔 오른손이 가늘게 떨렸다. 그는 오랫동안 이 자세를 유지하고 있었지만 손에 쥔 붓은 쉽사리 종이 위에 떨어지지 않았다.

침대 머리맡에 앉아 신발에 수를 놓고 있는 상상은 탁자 옆에 있는 그를 가끔씩 올려다보았다. 그녀는 몇 시진 전에 이미 밥을 먹었지만 녕결에게 밥을 먹으라고 강요하지 않았다. 걱정되었지만 익숙했기에 그저 침묵했다.

녕결에게는 아주 훌륭한 또는 아주 나쁘다 할 수 있는 성품이 있다. 그는 자신이 풀고 싶은 난제가 닥치면 자신의 온 정신을 그곳에 집중하는 편이었다. 난제가 풀리기 전에는 잠도 못자고 아무리 맛있는 음식도 그를 막지 못했다. 마치 문제 외에는 주변 세상이 완전히 존재하지 않는 것처럼.

그가 〈태상감응편〉을 처음 봤을 때 보름 동안 잠도 안 자고, 시시각각 자신을 강제로 명상 상태로 끌어올리며 주변의 천지 원기를 감지하려고 했다. 결국 위성의 전임 장군이 그 꼴을 더 이상 볼 수 없어 친위병들을 시켜 채찍질을 하고서야 겨우 그 짓을 말릴 수 있었다. 그리고 그 후로 녕결과 상상은 동시에 큰 병을 앓았다.

구서루에 올랐을 때에도 마찬가지. 피를 토한 건 녕결이었지만 그를 지켜보며 숙면을 취하지 못한 사람은 상상이었다. 상상이 말은 하지 않았지만 이따금씩 곁눈질로 그를 보는 눈빛에는 걱정의 기색이 가득했다.

몇 년 동안 녕결은 난제가 자신을 미치게 하는 것에 익숙해져 있었다. 몇 년 동안 녕결은 자신이 난제를 풀 때마다 곁에서 늘 자신을 돌보는 사람이 있는 것에 익숙해져 있었다.

'치칙.'

밤이 깊어 기름이 다해 등불이 꺼졌다. 침대 머리맡에서 옷을 입은 채 잠이 들었던 상상은 눈을 비비며 일어나 창밖의 어슴푸레한 하늘빛을 바라보고 또 아직 탁자 앞에 서 있는 조각상 같은 녕결을 보았다.

창가에 다가가 탁자를 힐끗 보니 하얀 종이 위에 먹물이 한 점도 없었다. 녕결은 매우 지쳐 보였고, 그 메마른 눈에 핏발이 가득했다. 상상은 창가에 서서 녕결을 한참 노려봤지만 그의 눈에 자신이 전혀 보이지 않는 것을 발견하고 고개를 저으며 물을 끓이러 뒤채로 갔다.

김이 모락모락 피어오르는 뜨거운 수건을 얼굴에 덮어주고 나니 그제야 녕결은 무아(無我)의 정신 상태에서 깨어나 비틀비틀 의자에 주저앉았다. 뜨거운 물로 얼굴을 두어 번 세게 비비고 양치질을 하고 상상이 갓 지은 밥을 먹고 진한 차를 한 잔 마시고서야 정신이 든 듯, 녕결은 그 수권(水卷) 책을 소매에 넣으며 서원으로 가려 했다.

"이번에 만난 이 난제는…… 예전 것보다 훨씬 더 어렵네.
며칠 더 밤을 샐지 몰라. 그러니 오늘부터 너는 나와 함께 밤을
샐 필요가 없어. 반년 넘게 병을 앓지 않고 있지만 그래도 여전히
몸조심 해야지. 내가 몸이 상하면 네가 날 돌봐 주어야 하는데
우리 둘 다 아프면 누가 돌봐 주겠어?"

상상은 고개를 끄덕였다.

＊＊

서원에 도착했을 때 각 서당은 이미 수업을 시작했지만 녕결은 구서루로 발걸음을 옮겨 깊은 숨을 한 번 내쉬고 산길 앞 운무로 들어갔다. 안개 바다를 나오니 여전히 맑은 아침 햇살이 비쳤다. 아름다운 절벽 위 평지 풍경이 눈앞에 나타났다. 녕결은 아름다운 경치를 보며 정신을 가다듬은 후 소매 안의 책을 꺼내 풀밭에 누워 책을 읽으려 했다.

> '서원 뒷산은 현묘한 곳이니 부도를 깨치는 데
> 도움이 되지 않을까?'

그가 막 걸음을 옮기려 할 때 갑자기 옆에서 맑고 아름다운 소리가 들려왔다.

> "막내 사제, 마침 잘 왔어."

녕결은 서원 봄옷을 입은 아담한 일곱째 사저에게 예를 올렸다.

> "일곱째 사저를 뵙습니다."
> "왜 그렇게 안색이 안 좋아?"
> "어제 서원 뒷산에 들어온 이후 흥분되어 잠을 잘 못 잤어요."
> "오, 그럼 걱정 안 해도 되겠네."

일곱째 사저는 소매에서 종이 하나를 건네며 말을 이었다.

> "안개 속 진법을 내가 지키고 있는 건 알지? 마침 이번 달은
> 크게 변화를 주는 달이라 자재가 많이 필요해. 앞 서원에 가서
> 좀 가져다 줘. 직접 문란(文瀾) 교수님을 찾으면 돼."
> "앞 서원이라면 어디를 말하는 겁니까?"

"이층루가 아닌 서원 일층!"
"네, 일곱째 사저."
'이것이 진피피가 말한…….'
"미안한데 좀 급해. 재료를 가지고 오면 진법 안에서
교체하는 것도 좀 도와줘."

녕결은 다급하게 안개를 가리키며 말했다.

"사저…… 저보고 안개 속으로 들어가 재료를 바꾸라고요?
저는 안개 속에 있으면…… 맹인과 다름없어요……."

일곱째 사저는 연약한 여자처럼 옷소매를 가린 채 웃으며, 또 거친 남자
처럼 가슴을 세게 두드리고는 말했다.

"네가 날 도와주는데 설마 내가 널 눈 뜬 장님으로 만들까?
하지만 나는 진추(陳樞, 진법의 핵심 위치)에서 상황을 지켜봐야 해서
직접 들어갈 수는 없어. 네가 수고 좀 해줘."
"수고는 무슨…… 혹시 제가 빨리 가서 진피피를 잡아 올까요?
두 사람이 하면 더 빠르지 않을까요?"
"막내 사제, 비록 여기 오기 전에 피피와 친했다지만 이제 그는
너의 열두째 사형이니 호칭을 바꿔야지."

일곱째 사저는 달콤하게 웃으며 말했다.

"서원 이층루는 세상의 다른 사문이나 종파처럼 고루하지는
않지만, 스승님을 존경하고 사형이 사제에게 친절히 대하고
사제는 사형을 존경하는 것은 그래도 따져."

사저의 말뜻을 눈치 빠른 녕결이 못 알아들을 리 있겠는가.

'서원 이층루에 들어온 막내는 거절할 자격이 없다.'

다음 날 녕결이 서원 뒷산에 들어왔을 때에는 더욱 초췌해 보였다. 더욱 메마른 눈에 핏발은 더 많아져 있었다. 이틀 밤을 새운 그는 여전히 사저의 명을 받고 일꾼처럼 산의 이곳저곳을 다녔다.

　　'적어도 한 달은 걸릴 것 같아…… 스승님과 대사형께서
　　돌아오시기 전에 고쳐야…….'

녕결은 일곱째 사저의 말이 머릿속에 맴돌아서 들쥐처럼 빠르게 숲의 안개 속으로 뛰어들었다. 뒷산에 들어서서 그는 일반 산길을 걷지 않고 빽빽한 밀림 속으로만 뛰어다니고 있었다. 어느 순간 절벽 위의 호수가 점점 작아지고, 맞은편의 폭포가 점점 가늘어지는 것을 본 녕결은 저도 모르게 안도감을 느꼈다. 그는 노송에 기대어 먼 곳 절벽 위 평지를 바라보며 처음으로 평온함을 되찾았다.

　　'밀림 속 여기라면 일곱째 사저도 쉽게 찾지 못하겠지…….'
　　"어, 산에 사람이 들어왔어? 어, 너야? 막내 사제 어떻게
　　여기 왔어? 우리에게 줄 밥이라도 가져온 거야?"

오래되고 높은 푸른 소나무 뒤에서 갑자기 지친 목소리가 울려 퍼졌다. 분명 두 사람이 말하고 있는데 소리가 한데 뒤섞여 마치 한 사람의 입에서 나온 것처럼 느껴졌다.

　　녕결은 깜짝 놀라 몸을 돌렸다. 노송 뒤에 석탁이 하나 있는데 수염이 길고 머리카락이 너저분하게 헝클어진 나이를 알 수 없는 두 사람이 마주앉아 있었다. 이미 늦봄도 지나가고 있는 지금 그들은 아직도 서원의 두꺼운 겨울옷을 입은 채였다. 그리고 옷 위에 가득한 얼룩은 그들이 씻은 지 얼마나 되었는지 짐작할 수도 없게 만들었다.

"녕결, 두 사형을 뵙습니다."
"막내 사제, 정말 잘 왔어. 빨리 와 봐."

말한 이가 다섯째 사형인지 여덟째 사형인지 알 수 없었다. 녕결이 걸어가니 석판 위에 흑백 바둑알 수십 개가 동쪽으로 몇 개 서쪽으로 몇 개 놓여 있는 모습이 뭐가 뭔지 알 수가 없었다.

"사형······."
"응, 여덟째 사형이야."
"여덟째 사형······ 근데 손을 왜 제 품에······?"

그는 손을 녕결의 품에서 거두며 망연자실하여 물었다.

"막내 사제, 먹을 것은?"
'너희 둘은 어린애인가? 사람을 보자마자 사탕을 달라고?'
"막내 사제······ 아니지 열두째 사제가 그저께 저녁에 와서
    이제부터는 네가 밥 배달을 담당한다고 했는데 어제는 밥을
    안 가져다 줬어. 근데 문제는······ 너도 안 왔던데?"

여덟째 사형은 불쌍한 표정으로 녕결을 바라보며 말을 이었다.

"막내 사제. 우리는 벌써 이틀이나 밥을 못 먹었어.
    그런데 넌 어찌 오늘도 먹을 것을 안 가져온 거야?"
'난 이틀 밤낮 잠도 못 잤는데, 너희들 밥까지 책임져야 해?'

녕결이 생각은 이렇게 했지만 눈앞의 사형 둘을 보니 마치 먹이를 기다리는 불쌍한 작은 새 두 마리 같았다.

"제가······ 밥을 가져올게요······."

이 말에 줄곧 침묵하던 다섯째 사형은 정신이 번쩍 든 것 같았다.

"막내 사제, 급하지 않아. 하루 굶어도 죽지 않아."

여덟째 사형은 손가락 두 개를 펴서 다섯째 사형에게 들이밀며 말했다.

"백치, 우리 벌써 이틀째 밥을 못 먹었어."

다섯째 사형은 그 손가락을 못 본 체하며 진지하게 말했다.

"한 판 하고, 일단 한 판 먼저 해."

여덟째 사형은 손가락을 접으며 고개를 끄덕였다.

"그래 좋아. 그게 바로 중요한 일이지."

녕결은 굶어 죽을 듯한 두 사형을 보며 묵묵히 생각했다.

'굶어 죽어도 싸네…….'

★ ★

셋째 날, 녕결이 노필재를 떠날 때에도 책상 위의 종이는 여전히 첫눈처럼 하얗고 깨끗했다. 그리고 서원 뒷산의 아침 햇살이 그의 초췌한 얼굴과 눈동자의 핏발을 더욱 선명하게 비추었다. 그런데 운무에서 벗어나 두어 걸음도 채 못 가 누군가에게 길을 막혀 버렸다.

"막내 사제, 어제는 바빴나 봐. 오늘은 괜찮겠지?"

넝결은 일곱째 사저를 보며 오른손에 든 묵직한 도시락을 들어 올렸다.

　　"사저, 어제 다섯째 사형과 여덟째 사형이 하루 종일
　　　바둑을 두었는데 지금 그분들에게 먹을 것을 가져다 주러
　　　가는 중이에요."
　　"그렇구나…… 그 백치 같은 둘 때문에 수행을 지체하진 마.
　　　바둑을 두고 고금을 치는 것이 도에 무슨 도움이 되겠니?
　　　나를 따라 진법을 고치는 것이 네 수행에 그나마 도움이 될 거야."
　　"네."
　　'내가 산에서 내려오나 봐.'

그 소나무 아래에서 굶주림을 참고 바둑알만 쳐다보는 두 사형을 보고 넝
결은 도시락을 내려놓으며 말했다.

　　"사형들, 얼른 밥을 드세요."

그들은 아직 온기가 남아 있는 도시락을 열어 식사를 한 후 넝결에게 바
둑을 권했다. 넝결이 어찌 거절할 수 있겠는가. 하지만 이내 아쉬운 탄식
소리가 터져 나왔다.

　　"막내 사제가 바둑에 있어서는…… 정말 둔하네."
　　"막내 사제는…… 아예 바둑을 둔 적이 없나 봐."

소나무 아래에서 넝결은 열두 판이나 졌다. 두 사형은 그 사실을 확인한
후 더 이상 그와 같이 하자고 하지 않았다.

　　'내가 바둑을 못 두는 건 정말 복이야…….'

넝결은 재빨리 구름 속으로 도망갔다.

'이제 반나절 동안은 휴식을 취할 수 있겠네. 사부님이 주신 책을
제대로 연마해 봐야겠어.'

그리고 몇 걸음이나 옮겼을까. 꽃나무 사이로 한 사람이 나와 그의 소매
를 잡았다.

"막내 사제, 넌 어디에서 왔고, 또 어디로 가는 걸까?"

녕결은 꽃잎을 뒤집어쓴 열한째 사형을 보며 울음이 터질 것 같았다. 만
약 사형이 그가 '너는 누구인가'까지 물어봤다면 녕결은 혼절했을지도 모
른다. 그는 재빨리 열한째 사형의 손목을 뿌리치고 산 아래로 내달리며
목청껏 외쳤다.

"일곱째 사저 어디 계세요? 제가 도와드릴게요!"

산 아래 호수 정자 안에서 일곱째 사저의 자수바늘을 쥔 손가락이 멈칫했
다. 그녀는 고개를 들어 숲을 바라보며 의아하게 생각했다.

'막내 사제는 어쩜 저렇게 성실할까? 그에 비하면 피피는
완전…… 게으름뱅이였구나.'

그 시각 폭포 앞 작은 정원에서 둘째 사형은 계단 아래에 있는 그 자랑스
러운 거위를 향해 칭찬하듯 말했다.

"서원 뒷산이 여러 해 동안 답답했지. 사제 사매들이 모두
파렴치했는데 마침내 도에 전념하는 막내 사제가 들어왔으니
내가 다 뿌듯하다."

그 시각 산속 깊은 곳에서 닭다리를 뜯어먹고 있던 진피피는 기름이 묻은

입술을 닦고 경악하며 탄식했다.

　　"사저의 비위를 맞추려고 소리를 지르다니!
　　　녕결 역시 네놈이 한 수 위구나!"

그 시각 절벽 위 숲 안에서 고금과 통소 소리가 잦아들었다.

　　"갑자기 생각났는데, 우리가 잊어 버린 게 하나 있어요."
　　"그래. 지난달에 새로 만든 곡을 아직 막내 사제에게
　　　들려주지 않았어."

　　　　★ ★

서원 이층루에 들어온 이후 녕결은 지쳐서 죽을 만큼 성실하게 살았다.
노필재의 그 붓은 좀처럼 종이에 먹물을 떨어뜨리지 못했고, 그는 밤마다
난제를 푸느라 잠들기 어려웠다. 서원에 가면 사형에게 음식을 주고 진법
을 고치고 연주를 듣느라고 미치도록 힘들었다.
　　열한째 사형에게 붙잡혀 철학 문제를 논하지 않으려 하면 일곱
째 사저의 일꾼이 되었고, 이따금씩 아홉째 사형과 열째 사형의 새로 만
든 곡을 감상하는 것을 강요당했다. 그는 높이 자란 풀숲 사이에 앉아 고
개를 끄덕일 정도로 졸았는데 두 사형의 눈에는 그가 꽤나 음악적 재능이
있다는 증거가 되어 버렸다.

　　'곡의 뜻을 알아채지 못했다면 어떻게 고개를 끄덕일 수
　　　있겠는가!'

오랜만에 서원의 풀밭에서 녕결을 마주친 저유현이 그 처참한 모습을 보
고 놀라며 물었다.

"너 어쩌다 이 지경이 되었어?"

사도의란과 김무채는 집안 어르신을 대신하여 초청장을 건네려다 저유현의 말을 듣고 녕결의 초췌한 얼굴을 보며 놀랬다. 녕결은 초청장 두 개를 품에 넣으며 무감각하게 인사를 하고 뒷산으로 향했다. 마치 넋이 나간 사람처럼. 사도의란은 녕결의 뒷모습을 보며 나지막이 중얼거렸다.

"설마 서원 이층루에…… 귀신이 사나?"
"와! 네가 귀신을 봤구나?!"

진피피는 녕결을 보고 깜짝 놀란 후 손으로 입을 막았다.

"너야말로 귀신을 봤겠지."

진피피는 고개를 끄덕이며 진지하게 말했다.

"그래 너 지금…… 정말 귀신 같아."

녕결은 멍한 표정으로 숲을 바라보며 말했다.

"나도 귀신을 만났어. 서원 뒷산에 밥을 먹여 줘야 할 정도로
바둑만 두는 아귀들을 봤고, 내가 잠든 것도 모른 채 고금과
퉁소를 연주하는 우아한 귀신도 봤고, 날 보기만 하면 개똥 같은
문제를 물어보는 철학적인 귀신……."

녕결은 고개를 돌려 진피피를 보며 고통스럽게 말을 이었다.

"그리고 너처럼 의리 없는 겁쟁이 귀신."
"비인간적인 삶이란 걸 나도 잘 알아. 나도 그렇게 몇 년을

보냈다는 것을 잊지 마. 하지만 난 너처럼 되지는 않았는데,
도대체 무슨 일이 너를 이 지경으로 만든 거야?"

녕결은 망연자실한 표정으로 대답했다.

"안슬 대사를 따라 부도를 배우고 있는데… 아직 방향도 못 잡고
있어. 그래서 기분이 별로 안 좋아."
"너 또 그 영자필법을 썼어?"
"별수 다 써봤지만 여전히 갈피를 잡을 수가 없네."

녕결은 고개를 떨구며 피곤한 목소리로 말을 이었다.

"나는 두려움과 절망을 느꼈어…… 그거 알아? 내가 뭔가를
배우면서 평생 처음으로 느껴본 절망이야."

구서루에서의 녕결 모습을 잘 아는 진피피는 고개를 끄덕였다.

"위성에서 수행이 불가능하다는 것을 처음 알았을 때에도
이렇게 절망적이지 않았고, 또 지금처럼 포기하고 싶다는 생각이
들지도 않았어."
"좋아. 너에게 소개시켜줄 사람이 있어. 따라와."
"어디? 누구?"
"열한째 사형에게 그 질문은 절대 하지 마라."

진피피는 농담처럼 말했지만 녕결은 피곤해서 웃음이 나오지도 않았다.
진피피는 한숨을 내쉬며 그의 소매를 잡고 뒷산 어딘가로 향했다.

"그때 내가 말한 노선생(老先生) 기억나?"
"네가 그때 그분을 어떻게 불러야 할지 모른다고 하지 않았어?'

"그 말은 진짜야. 그 어르신은 대사형과 둘째 사형보다도
일찍 뒷산에 들어오셨다고 들었어. 그럼 우리가 그분을
사숙이라고 불러야 하는데 스승님께서는 그분이 서원에 속하지
않는다고 하셨거든."
'방향을 제시하시는 지혜로운 자?'
"혹시 그 어르신이······ 부도 대가?"
"아니."

진피피는 천천히 고개를 저었다.

"그 어르신은 부도는커녕 아무런 수행 법문도 할 줄 몰라."
"그럼 나를 데려가서 뭐해?"
"네가 처음으로 두렵다고, 처음으로 포기하고 싶다고······
그럼 내가 물어볼게. 넌 수행을 좋아해, 안 좋아해?"

녕결은 단호하게 대답했다.

"좋아하지."
"좋아하는 만큼 버텨야 하는 거야. 널 그분에게 데리고 가는 것은
진짜 도에 빠진 사람은 절대로 포기하지 않는다는 것을 보여주고
싶어서 그래."
"수행을 못 하신다며? 그런데 무엇을 좋아하고 무엇에
빠지셨는데?"
"독서······ 그냥 책 읽는 것을 좋아하셔."

107

＊＊

푸른 나무와 짙은 꽃향기가 어우러져 더없이 아름다운 늦봄의 호천도 남
문 관내. 남문의 깊고 조용한 전각에서 이청산은 맞은편에 있는 더러운
노도사에게 말했다.

"그 방법에는 문제가 있는 것 같습니다."
"무슨 문제?"
"녕결이 자질이 있다고 해도 처음 부도를 접했기 때문에
　그는 마치 백지와 같습니다. 그 부도에 관련된 정교한
　전승 지식은 사형께서 평생 깨달으신 것들이고 수십 권의
　부도 서적은 우리 남문이 수백 년 동안 쌓아온 정수입니다.
　그것들을 그에게 주는 것은 마치 백지에 먹물을 아무렇게나
　뿌리는 것과 다름없습니다. 절대 좋은 글이 나올 리 없고
　잘못하면 먹물의 악취만 가득한 새까만 종이로 변할 수도
　있습니다."

안슬 대사는 묵묵부답이었다.

"지금 녕결은 속이 비어 있는 찻주전자인데 작은 구멍이
　뚫리자마자 사형께서 바닷물을 강제로 집어넣은 꼴이니,
　주전자가 터지지 않을까 걱정입니다."
"자네가 녕결을 찻주전자로 비유했다는 것을 그가 알면
　먼저 분통이 터져서 죽을지 모르겠네."

안슬 대사는 웃으며 말을 이었다.

"녕결은 백지가 맞지. 허나 내가 본 가장 큰 백지야.
　그런 큰 백지에 그림을 그리는 것은 너나 나나 해본 적이 없지

않나? 그러니 그 백지에 스스로 그림을 그리게 할 수밖에……
마지막에 무엇을 그릴 수 있는지는 결국 그의 깨달음의 정도와
끈기에 달려 있어. 자네 말도 일부 일리는 있지만 이 방법이
가장 빠르고 효과적이라는 것은 인정해야 하네. 찻주전자가
터지지만 않는다면 결국 차가 우러나오는 날이 있을 거야."
"하지만 여전히 너무 위험하고 신뢰할 수 없는 방법입니다."

이청산은 근심 가득한 목소리로 말했다.

"만약 찻주전자에서 향이 좋은 차가 나오기도 전에
주전자가 산산조각이 나면 어떻게 합니까? 녕결은 사형의
후계자일 뿐만 아니라 부자의 제자이기도 하고 폐하의 기대를
한몸에 받고 있는 젊은이기도 합니다. 사형께서 왜 이렇게
급하신 것인지 이유를 모르겠습니다."
"그가 조급해 하니 나도 급해지고 세상이 급해지는 거지……
10년 안에 신부사가 된다? 내 제자의 야망도 나의 야망도
여기서 그치지 않아. 세상이 요동치기 시작한 이상 녕결에게
안정된 수행 환경을 만들어 주기는 어려워. 무엇보다 최근에
나에게…… 시간이 얼마 남지 않았다는 것을 깨달았네."

이청산은 한참 침묵을 한 후 슬프게 말했다.

"그런 것이었군요……."

안슬 대사는 가볍게 미소를 지었고 한 중년 여인의 부축을 받아 힘겹게
일어서서 전각 밖으로 나갔다. 이청산은 그의 쓸쓸한 뒷모습을 바라보다
갑자기 입을 열었다.

"사형, 이리저리 놀러 다니지만 말고 나랑 자주 대화 좀 해요.

우리가 같이 바둑을 둔 적도 오래된 것 같네요."

안슬 대사는 고개를 돌리지도 않고 손을 내저으며 말했다.

"네가 젊고 예쁜 낭자도 아니고 내가 왜 너와 바둑을 둬?
걱정 마시게. 정말 죽는 날이 오면 내 꼭 마지막으로
너를 보러 올 거네."

이청산은 고개를 돌려 화로 위에서 뜨거운 안개가 피어오르는 작은 찻주
전자를 물끄러미 바라보았다.

'사형께서 그렇게 마음먹으셨다니 나도 어쩔 수 없이 그 녀석을
도울 방법을 모색해야겠구나.'

안슬 대사는 호천도 남문을 떠나 바로 홍수초로 향했고 또 그가 가장 잘
아는 그 작은 정원으로 갔다. 수주아는 그때 시녀와 함께 은표를 세고 있
었다. 바로 닭백숙첩 탁본을 팔아 번 돈.

'끼익.'

문소리가 나고 너무도 익숙한 더러운 노도사가 들어오자 수주아는 놀라
움과 함께 기쁜 얼굴로 재빨리 자리에서 일어났다.

"도사 어른 오셨어요?"

수주아는 허리를 깊이 숙여 예를 올렸고 안슬 대사는 손을 뻗어 그녀의
풍만한 허리를 한번 꼬집고서 말했다.

"내 신분을 알았다고 이렇게 긴장할 필요 없어. 오히려 내가

너에게 잘 보여야지."
"도사님, 또 저를 놀리시네요. 신선이 속세에 오래 머무는 법은
없으니, 혹시나 다시는 뵙지 못할까 봐 서운해하고 있었어요."

안슬 대사는 버럭 했다.

"부적에 묻은 먹물 냄새가 어디 낭자의 지분 향기만 할까!
내가 안 올 리가 있겠느냐?"

★ ★

절벽 방향으로 가다 보니 넝결의 눈에 높이가 제법 높은 동굴이 보였다.
동굴 입구 위쪽에는 새가 빠르게 드나들었고, 동굴 밖의 완만한 언덕 위
에는 2층짜리 목조 건물이 세워져 있었다. 작은 건물 표면에는 온통 풍파
의 흔적과 새똥뿐. 이 건물이 몇 년째 침묵하며 이곳에 있었는지 모를 일
이었다.

"이 냄새는 뭐지?"

넝결의 질문에 진피피는 의아하게 반문했다.

"무슨 냄새?"
"이렇게 진한 냄새를 못 맡아? 황주 종이와 먹물 냄새.
지금 난 이 냄새만 맡으면 게워낼 것 같은데?"
'이놈이 미치광이처럼 부도를 연마하더니 이렇게 예민해진 거야?'

넝결은 소매로 코를 가리며 목조 전각으로 걸어갔고 가까워질수록 종이
와 먹물 냄새가 더 심해져 몹시 불편했다. 전각 아래에는 노천 석판이 놓

여 있었고, 석판 위에는 커다란 책상이 놓여 있었다. 그리고 책상 위에는 산더미처럼 쌓인 책들이 올려져 있었다.

　　산더미 같은 책 뒤에는 머리가 희끗희끗한 늙은 서생이 앉아 있었다. 늙은 서생은 왼손에 헌책 한 권을 들고 오른손에 반쯤 벗겨진 붓을 들고 있었다. 그는 때로는 헌책을 향해 몇 마디 중얼거리고 때로는 붓을 들어 종이에 숫자를 썼다. 그러다가 무슨 묘미를 보았는지 긴 눈썹이 바람결에 날아오르며 얼굴 표정은 춤을 추듯 움직였다. 책을 보고 책을 베끼는 데 전심전력을 하느라 전혀 잡념이 없다. 동굴을 날아다니는 새의 울음소리, 진피피와 녕결의 발걸음 소리에도 그는 아랑곳하지 않았다. 그가 책을 보기 시작하면 마치 온 세상이 한순간에 사라지는 모양이었다.

"묘하다! 묘해!"

늙은 서생은 재빨리 그 문구를 종이에 베껴 쓴 후 반쯤 벗겨진 붓을 입술 사이에 넣어 핥은 후, 마치 세상에서 가장 좋은 맛을 본 사람처럼 기뻐서 덩실덩실 춤을 추었다.

"저분이 책을 읽고 있는 것은 확실한데…… 그 모습을 보는 게
　나의 부도 수행에 무슨 도움이 되지?"
"대사형께서 말씀하신 적이 있지. 오래 전에 부자께서 이 노선생이
　수행의 소질이 있다는 것을 발견하셨는데, 이 노선생은 바로
　거절하셨대. 이 세상에서 독서만이 의미가 있으니 수행하느라
　시간을 헛되이 쓸 수 없다고."

진피피는 어깨를 으쓱하며 말을 이었다.

"노선생은 책을 읽는 것을 제외하고 다른 어떤 것도 할 줄 모르고
　심지어 할 가치가 없다고 생각해. 부자께서도 이분을 어떻게 할
　방법이 없어. 더구나 성질이 급해서 독서를 방해하면 화를 내지.

성품이 가장 좋은 대사형도 이분을 상대하기 힘들어 하셔."
"아마 책을 너무 많이 오래 읽어서 고리타분해지신 거겠지."
"말을 참 좋게 하네. 둘째 사형은 이분을 이렇게
평가하시지. 책을 너무 읽어서 백치가 되었다고."

넝결이 웃다가 순간적으로 웃음기를 거두며 물었다.

"잠깐…… 네가 지금 나에게 백치가 된 이분을 보게 한 것은
나도 미치광이처럼 부도를 연마하다가는 결국 이런 백치가
된다는 것을 알려주려고 한 거야?"
"정반대야. 우리 모두 이 노선생을 매우 싫어하지만 동시에
이 노선생에게 매우 탄복하지. 네가 의연한 마음으로 각고의
노력을 다하는 것을 가장 잘한다 생각할지 모르겠지만
그런 사람들은 세상에 많고, 심지어 어떤 이는 너보다 더
잘한다는 것을 알려주고 싶었어."

넝결은 납득이 되지 않았다. 그래서 화제를 바꿔 물었다.

"이분 말고도 서원 뒷산에 높은 분이 더 있어?
사형 사저 외에 사숙 사백은 없는 건가?"
"옛날에 어떤 사숙이 계셨는데, 세상에서 제일 잘나가는
일류의 대인물이었다고 들었어. 안타깝게도 대사형과
둘째 사형만 그분을 뵐 수 있었지만……."

말을 마친 진피피는 산더미 같은 책 뒤의 노선생에게 웃으며 예를 올렸다.

"독서인, 오랜만입니다."
'독서인? 하하.'

녕결은 웃음을 참으며 공손히 예를 올렸다. 독서인은 못 들은 것인지 못 들은 척하는 것인지 아무 반응이 없었다. 진피피는 다시 한번 큰 소리로 말했다.

　"독서인! 오랜만입니다!"

그의 목소리는 목조 건물 옆부터 절벽의 동굴까지 쩌렁쩌렁 울렸고, 새떼는 놀라서 하늘로 솟아오르며 날카롭게 울었다. 독서인은 그제야 정신을 차린 듯 고개를 들어 두 사람을 보더니 갑자기 표정이 굳으며 혐오 가득한 눈빛으로 소리쳤다.

　"또 뭐 하러 왔어? 빨리 가! 방해하지 말고!"

진피피는 전혀 개의치 않고 녕결을 한번 보더니 어깨를 으쓱했고, 다시 독서인을 향해 웃으며 말했다.

　"막내 사제를 보여드리려고 왔습니다."
　"볼 거 뭐 있어? 막내 사제가 책도 아니고!"

독서인은 얼굴에 흩날리는 흰 머리카락을 뒤로 젖히며 말했다.

　"지난번에 서원에서 막내 사제를 받는다고, 그놈에게 서원의
　　정중함을 보여주기 위해 어른이 한 명 있어야 한다는 이유로
　　날 속여 산 정상에 데리고 가 밤새도록 그곳에 있게 했지!"

그는 마치 아버지를 죽인 원수를 보듯 진피피를 보며 소리쳤다.

　"하룻밤이면 내가 책을 얼마나 읽을 수 있는지 아나?"

진피피도 퉁명스럽게 소리쳤다.

"그날 일곱 권이나 가져가셨잖아요!"
"산 정상에는 불빛도 없어!"
"산 정상에는 불빛보다 더 밝은 별빛이 있잖아요!"
"독서는 햇빛 아니면 불빛 아래서 하는 건데 별빛이
 무슨 소용이야!"
"별빛은 왜 안 돼요?!"
"느낌이 없어!"
"도대체 책을 읽으시는 거예요, 느낌을 읽으시는 거예요?!"
"백치! 책을 읽을 때 느낌이 있어야 기쁘게 읽을 수 있지!"
"백치! 별빛 아래서 느낌 있게 연애도 하는데 왜 책을 느낌 있게
 못 읽어요?!"

두 사람은 무수한 침을 상대방에게 튀기며 으르렁거렸고, 그것을 지켜보
던 녕결은 이미 넋이 나간 것 같았다.

'와…… 이 독서인은 진짜 책을 너무 많이 읽어서 백치가
 되었나 봐. 사형 사저들이 이 사람을 별로 좋아하지 않는 이유를
 알겠네…….'
"너하고는 더 이상 말 안 해! 네놈이 이렇게 방해하면 내가
 이 많은 책을 언제 다 읽느냐? 네가 지금 무슨 짓을 하고 있는지
 알아? 넌 지금 내 인생을 파괴하고 내 생명을 줄이고 있어!"

이 말을 마치고 독서인은 정말 진피피의 이어진 공세에 아랑곳하지 않고
다시 책을 보고 책 구절을 모사하는 데 집중했다. 녕결은 건물 내 서가에
빼곡히 꽂혀 있는 책을 보며 의아한 표정으로 말했다.

"책이 많긴 한데 이 정도 속도면 몇 년이면 다 읽을 수

있을 것 같은데…… 구서루에 있는 책까지 다 합해도……
이렇게까지 고통스럽게 읽을 필요가 있나?"

진피피는 쓴웃음을 지으며 말없이 그를 데리고 동굴로 걸어 들어갔다. 절벽 동굴 안에는 신비하게도 적당한 습도가 유지되고 있었고 동굴 위 몇 개의 암석 틈 사이로 햇빛이 들어와 그렇게 어둡지 않았다. 심지어 동굴 안에는 이름 모를 나무 몇 그루도 자라고 있었다. 녕결은 동굴 안을 훑어보다가 절벽처럼 되어 있는 한쪽 벽을 보고 놀라서 더 이상 말을 하지 못했다.

　　절벽에는 수많은 나무틀이 놓여 있어서 마치 자연적으로 형성된 확장형 서가처럼 보인다. 이 나무틀에는 새 둥지, 조각상, 분재, 나무, 보물 따위는 없이 단 한 가지 물건만 놓여 있었다.

　　책. 셀 수 없이 많은 책. 절벽 한 면이 온통 책.

　　온 산에 널린 것이 책이었다.

　　★ ★

"서원이 세워진 후 책을 모으는 것을 멈춘 적이 없어.
이미 천 년이 흘렀으니 얼마나 많은 책이 모였겠어?
상고시대부터 오늘날까지 모은 책을 모두 이곳에 두었으니
독서인의 고통은…… 사실이야. 정말 고통스러울 거야."

진피피는 녕결을 보고 또 절벽에 빽빽하게 꽂혀 있는 책을 보고 감탄하며 말을 이었다.

"지식을 책의 수량으로 계산할 수 있다면 천하 지식의 7분 1은
서원에 있는 셈이지."

사실 이 순간 녕결은 진피피의 말이 귀에 들어오지 않았다. 그는 먹물의 바다를 보는 것 같은 충격을 받고, 가슴이 답답해지며 숨조차 쉬기 힘들어졌다. 한참 후 정신을 차린 녕결은 가장자리의 가파른 사다리를 타고 올라 절벽 서가 3층에 이르렀다. 겨우 한 사람만 지나갈 수 있는 나무판자 통로를 지나가며 책을 구경하다가 순간 걸음을 멈췄다.

'이렇게 오랜 시간이 지났는데 책의 색이 살짝 노랗게 변하고 낡았을 뿐이라고? 그리고 먼지는 왜 하나도 없지?'

진피피는 그의 생각이라도 읽은 듯이 말했다.

"어떤 경지에 이르면 먼지 제거 같은 일은 매우 간단하다는 것을 알 수 있을 거야. 손을 가볍게 들어 올리기만 해도 동굴의 바람이 그런 일을 대신해 주거든."
'그래? 상상이 수행을 할 수 있다면 집안일이 한결 수월해지겠네?'

녕결은 이런 쓸데없는 생각을 하며 아무 책이나 하나 꺼내니, 겉표지에는 〈양경잡기(兩京雜記)〉라고 쓰여 있었다. 그는 어느 문인(文人)의 잡기록이라고 생각하며 무심코 책을 펼쳤다가 표정이 굳어졌다.

'엉덩이 후려치기, 혀 집어넣기…….'
"서원에서 이런 야한 책까지 모으는 거야?"
"부자께서 말씀하시길 책을 펼치면 이로움이 있는데 어찌 소재로서 좋고 나쁨을 정할 수 있겠는가라고 하셨어. 네 마음속에 개똥이 있으면 만물이 개똥으로 보이고 네 마음속에 음탕함이 있으면 일곱 권의 천서(天書)를 읽어도 마음이 어지러운 법. 야한 책을 야한 책으로 보지 않으면 되는 거지."

녕결은 진피피가 뚱뚱한 얼굴에 엄숙한 표정을 짓는 것을 보며 혀를 차며 물었다.

　　"그럼 넌 이 책을 무슨 책으로 보는데?"
　　"나?"

진피피는 소매를 한번 휘두르며 담담하게 말했다.

　　"난 경지가 아직 부족해서 산을 보면 산으로 보이고
　　야한 책을 보면 야한 책으로 보인다. 굳이 그런 대답을
　　강요할 필요가 있겠느냐?"

녕결은 한숨을 쉬고 더 이상 아무 말도 하지 않았다.

　　＊＊

동굴을 빠져나와 녕결은 독서인의 조급한 마음을 이해하는 듯 책상 옆으
로 가 나이 든 서생에게 예를 올리며 진지하게 물었다.

　　"사숙, 책을 전부 다 읽지 못하게 되면 어떻게 합니까?
　　절망하지 않으시겠습니까? 그런데도 왜 독서를
　　계속 하시는 겁니까?"

녕결은 독서인 대신 사숙이라고 부르며 자신의 존경심을 표현했다. 녕결
의 말에 담긴 진지함을 느꼈는지 자신과 닮은 점을 발견했는지 그는 손을
흔들어 쫓아내는 대신, 책을 내려놓으며 무엇인가 회상하듯 입을 열었다.

　　"내가 몇 살 때부터 산에 들어와 책을 읽었는지 잊었지만
　　스무 살 때 내가 이 세상의 모든 책을 다 읽을 수 있을 것이라고

생각했던 기억은 나지."

녕결은 묵묵히 경청했다.

"하지만 쉰 살이 되어서야 그 일은 도저히 할 수 없는 일이라는
것을 깨달았어. 왜냐하면 내가 책을 읽는 동안 사람들은 끊임없이
책을 쓰고 있고, 또 내가 늙고 쇠약해지면서 책을 읽는 속도도
느려지고…… 더 무서운 것은 내가 어렸을 때 보았던 책의 내용은
대부분 잊어 버렸다는 사실이야."

그는 미소를 짓고 말을 이었다.

"읽은 책이라도 그 내용을 잊었다면 어떻게 읽었다고 할 수
있겠나? 그래서 그 책을 다시 읽어야 했고 다시 잊지 않기 위해
베끼기 시작했지."
"그럼 속도가 더 느려지는 것 아닙니까?"
"맞아. 그래서 내가 깨달은 거야. 내 평생 세상의 모든 책은커녕
서원의 장서도 모두 다 읽지 못한다는 것을."
"실망하셨습니까?"
"실망? 그뿐인가? 완전히 절망했지. 그 사실을 확인한 날 세상이
무너진 듯 밥도 먹고 싶지 않고 잠도 자고 싶지 않고 심지어……
책도 읽고 싶지 않았어."
'이런 분에게 책을 읽고 싶지 않을 충격이란…….'

녕결은 진지하게 가르침을 청하였다.

"사숙, 그 고비를 어떻게 넘기셨습니까?"
"나 자신에게 질문 하나를 했어. 너는 책 읽는 자체를 좋아하느냐
아니면 책을 다 읽는 것을 좋아하느냐?"

독서인이 웃으며 말을 이었다.

"오래지 않아 바로 답을 얻었지. 내가 좋아하는 것은 결국 책을
읽는 일이었어. 내가 올해 백두 살이니 언제 눈을 감아도
이상하지 않아. 하지만 내가 죽는다는 것을 내 자신은 확인할 수
없으니 내가 그때까지 계속 책을 읽기만 한다면 설령 이 세상의
책을 다 못 읽더라도 별일 아니지. 최소한 난 여전히 내 자신을
위로해줄 수 있을 것 같아. 내가 죽기 전까지 매시간 내가 하고
싶은 일을 하고 있으니…… 얼마나 행복하고 만족스러운가!"

★★

"내가 좋아하는 것은 수행인가 아니면 수행을 통해 어느 경지에
도달해 사람을 죽이는 것인가?"

녕결은 서원 뒷산 산길을 걸으며 자신에게 질문을 던졌고 무엇인가 중요
한 것을 어렴풋이 깨달은 것 같았다. 절벽 위 평지에 다다르니 은은한 음
악 소리가 들렸다. 진피피는 천천히 걸음을 멈추며 녕결에게 물었다.

"잘 생각해 봤어?"
"응. 난 수행 그 자체를 좋아해."

녕결은 그동안의 삶 그리고 최근 며칠 동안 만났던 사형 사제, 그리고 사
숙을 회상하며 말을 이었다.

"누구나 많은 난제를 만나 그것을 풀려고 하지. 그러기 위해서는
열심히도 해야 하지만 아주 광적이고 때론 백치 같은 기운이
필요해. 그 기운은 어깨를 짓누르는 부담이 아니라 내면에서부터

우러나오는 기쁨이어야 해.”

녕결은 아름다운 서원 뒷산으로 시선을 돌렸다.

　　“옛날에 내가 그랬던 것 같아. 다만 며칠 동안 난 백치의 본질이
　　‘내가 그것을 좋아한다.’라는 사실을 잊었어. 허망한 희망이
　　없으면 허망한 실망도 허망한 절망도 없잖아. 인생은 하나의
　　문제와 같지. 여러 종류의 백치가 있고, 또 여러 종류의 ‘좋아함’이
　　있지. 좋아하는 것을 하면 문제의 답이 곧 찾아올 거라고 생각해.”
　　“정말 좋은 말이네.”

녕결은 진피피의 칭찬에 어깨를 으쓱하며 말했다.

　　“나는 항상 내가 생각지도 못한 멋진 말을 한다니까.”

두 사람은 서로 마주보고 웃었다. 어느새 은은하게 울려 퍼지던 음악 소
리가 멈추었다. 그리고 녕결은 진피피와 어깨를 나란히 하고 숲을 향해
내려갔다. 그때 숲에서 두 사람이 휘청거리며 걸어 나왔다. 두 사람이니
열한째 사형은 아니었고 각자 고금과 통소를 안고 있는 북궁 사형과 서문
사형이었다.

　　“막내 사제, 네가 어제 연주를 들었을 때 고개를 끄덕이는 빈도가
　　높지 않았어. 그래서 내가 그 곡에 문제가 있다고 생각했지.”

아홉째 사형 북궁미앙의 눈에는 녕결처럼 핏발이 가득 서 있었다.

　　“어젯밤에 서문 사제와 밤새우며 세 마디를 조율했어. 우리는
　　만족하는데 네가 한번 들어봐.”

열째 사형 서문불혹이 고금을 끌어안고 진심으로 말했다.

　　"부탁이야, 막내 사제."

진피피는 연민의 눈빛으로 녕결을 바라봤다.

　　'서원 뒷산의 막내는 정말…… 고통스러워.'

다시 멍해진 녕결은 좀 전 독서에 열중하던 노인을 떠올리며 미소를 짓고
담담하게 말했다.

　　"두 사형, 용서해주세요. 저는 오늘 연주를 들을 수가 없어요."
　　"그럼 뭐 하게? 혹시 그놈들이 널 붙잡고 바둑을 두자고 하나?"

북궁미앙은 소매를 걷어 올리며 불쾌하다는 듯 말했다.

　　"막내 사제, 이 사형이 너를 대신해 결판을 내주지.
　　사제의 시간이 얼마나 소중한지 모르고!"

이 말을 듣고 녕결은 웃음이 터졌다.

　　"아홉째 사형. 오늘은 연주도 안 듣고 바둑도 두지 않고
　　열한째 사형과 논박도 하지 않을 거예요. 그냥 집에 가서
　　푹 자고 싶어요."

북궁미앙은 눈을 부릅뜨며 물었다.

　　"막내 사제, 왜 연주를 듣지 않겠다는 거야?"

녕결은 온화하게 대답했다.

"왜냐하면 이 막내 사제가…… 듣기 싫어요."

북궁미앙은 어리둥절한 표정으로 통소를 만지작거렸다.

"그럴 리가 없잖아? 연주를 들을 때 분명 즐거워 보였는데……."
"그건 두 사형을 기쁘게 하기 위해서였어요. 사실 전 별로
즐겁지 않았어요."

서문불혹이 불쑥 끼어들었다.

"그럼 막내 사제가 연주를 들을 때 고개를 끄덕인 것은……."
"졸았던 거예요."

진피피는 녕결이 두 사형과 대화하는 것을 보고 눈이 휘둥그레졌다. 그는
녕결의 소매를 살짝 잡아 끌며 나지막이 귀띔했다.

"사형에게 어찌 그런 식으로 말을 해? 아무리 듣기 싫어도
그렇게 직설적으로 말하면 안 되지."
"근데 이게 다 솔직한 말이야."

바로 그때 산길 위에서 조용하고 엄숙한 소리가 들려왔다. 이 소리에 넋
을 잃은 두 사형과, 녕결에게 훈계하던 진피피는 모두 표정이 순식간에
얌전해졌다.

"듣기 싫으면 듣지 않고, 진실을 말하고
성실히 일하는 것이 군자다."

고관을 쓴 둘째 사형이 숙연한 얼굴로 산길 위에서 내려왔다. 그는 가볍게 고개를 끄덕이며 사제들과 인사를 나눈 뒤 칭찬을 이어갔다.

"막내 사제가 군자다운 품격이 있으니 너희들도 잘 배워라."

뜬금없는 칭찬을 들은 녕결은 더욱 넋이 나갔다.

'누군가가 나를 군자와 같은 기괴한 생명체와 연관시킨 것은
처음인 것 같은데?'

둘째 사형은 웃음을 거두며 진피피와 다른 두 사제에게 말했다.

"오늘부터 누구도 막내 사제의 수행을 방해하지 말거라.
그렇지 않으면 내가 직접 서원의 규칙대로 처리하겠다."

그의 목소리는 우렁차지도 크지도 않았다. 하지만 마치 실체를 가진 존재처럼 숲의 바람을 타고 뒷산에 울려 퍼졌다. 소나무 아래 꽃나무 아래 호수 위 정자까지 그 소리는 전해져서 모든 사제 사매들의 귀로 들어갔다.
　　그들이 가장 경외하는 둘째 사형의 명을 아무도 감히 어길 수가 없었다. 하지만 진피피는 지난날을 떠올리며 마음속으로 분개했다.

'이놈이 무슨 복을 타고났기에!'
"사형, 운무 진법을 지금 새롭게 설치하고 있습니다.
일곱째 사저는 날마다 녕결의 도움이 필요한데 어떻게……."

녕결은 진피피를 노려봤고, 진피피는 새침하게 그를 바라봤다.

"운무 진법이 아직도 고쳐지지 않은 것인가? 일곱째는 그동안
뭘 했지? 음…… 막내 사제는 막 입문해 그런 일에 쏟을 시간이

없다. 피피야. 네가 재작년에 일곱째 사매와 함께 진법을 고친
경험이 있으니 올해도 네가 고생을 좀 하거라."

진피피는 입을 크게 벌리고 울먹거렸지만 감히 대꾸는 못 했다.

　"막내 사제는 날 따라오거라."

이 말과 함께 둘째 사형은 뒷짐을 지고 천천히 산 아래로 내려갔다. 녕결
은 동정하듯 진피피의 어깨를 토닥인 후 둘째 사형을 쫓아갔다.

　'둘째 사형이 엄격하고 두려운 존재라고 하더니……
　둘째 사형이 세상에서 제일 귀여운 것 같은데?'

심리 상태가 현실 지각에 절대적인 영향을 미친다. 녕결은 둘째 사형의
딱딱한 자태를 보며 감탄사를 내뱉었고, 둘째 사형 머리 위의 빨래방망이
같은 고관을 보며 구름같이 고결하다고 생각했다.

　"막내야, 네 경지가 확실히 너무 낮아……."
　"네, 그렇습니다."
　"대사형께서 처음 서원에 들어올 때 초경이긴 했지만
　사형은 스승님께 직접 가르침을 받아서…… 지금 두 분 모두
　천하 여행 중이시니 내가 널 어떻게 가르쳐야 할지 모르겠다."

둘째 사형은 다시 침묵하며 발걸음을 옮겼고, 호숫가에 이르러 정자에서
수놓고 있는 사매를 보며 마침내 입을 열었다.

　"두 분 모두 안 돌아오셨지만 너는 결국 서원 이층루의 학생.
　당당한 서원이 안슬이라는 늙은 도사에게 밀릴 수는 없지.
　뭘 배우고 싶은지 말해 보거라."

'내가 뭘 배우고 싶지?'

녕결은 둘째 사형의 기본적인 질문에 오히려 당황했다. 그때 문득 중요한 문제가 떠올라서 주저하다가 결국 입을 열었다.

"사형, 그런데 다른 것을 수행하면 부도와 충돌할 수 있나요?"
"만 가지 사물이 변해도 그 본질을 벗어날 수 없고,
 만 가지 사물은 결국 바다로 돌아가는 법. 수행을 시작할 때에도
 신경 쓸 필요가 없고 정상에 올라서도 신경 쓸 필요가 없다.
 다만 시간적 간격은 필요할 수 있으나, 너는 이제 막 수행을
 시작했으니 그렇게 많은 것까지 생각할 필요가 없다."

녕결은 둘째 사형의 뒷모습을 보며 한참을 생각했지만 쉽게 결심을 내리지 못했다. 그때 그의 생애에 처음 본 수행자인 그 북산도 입구의 검사가 머리를 스쳐 지나갔다. 그리고 자신의 힘으로 처음 죽인 수행자인 검사 안숙경, 구서루에서 보았던 〈오섬양론호연검〉, 서원 잔디밭 뒤편의 검림을 떠올렸다.

"사형…… 호연검을 배우고 싶습니다."

둘째 사형은 천천히 몸을 돌렸다. 그는 눈빛이 점점 밝아지면서 흡족한 표정으로 말했다.

"호연검이 가장 신묘한 법문은 아니지만 남자라면
 반드시 배워야 할 법문이지."

4

검과 바늘
그리고 붓

1

둘째 사형이 새로 온 막내 사제에게 호연검을 전수한다고 하니 오랫동안 조용했던 서원 뒷산이 모처럼 들썩이기 시작했다. 평소 여기저기 흩어져 있던 사형 사저들이 평지로 나와 서서, 신기한 듯 호숫가에 있는 두 사람을 바라보며 때때로 몇 마디씩 속삭였다. 북궁미앙은 고개를 저으며 말했다.

"비검이란 게 뭐 그리 배울 게 있나? 아름다움이라고는
하나도 없고 사람 죽이는 것 외에는 뭘 할 수 있지?"

다섯째 사형은 북궁의 머리를 세게 한 대 때리며 훈계했다.

"호랑이가 얼마나 아름다운데 그럼 넌 호랑이를 안고
입 맞추기라도 할 건가? 사람과 짐승의 구별은
아름다움에 있는 것이 아니라 지혜의 유무에 달렸다.
너를 따라 통소를 배운다고 무슨 좋은 미래가 있을까?"

다섯째 사형은 호숫가로 시선을 돌리며 퉁명스럽게 말을 이었다.

"하지만 막내 사제가 둘째 사형에게 비검을 배운다는 것은
정말 잘못된 길로 들어서는 것이야. 차라리 우리에게 바둑을
배우면 국수(國手)가 되지는 못하더라도 지혜를 배울 텐데……."

북궁미앙은 버럭 하며 대꾸했다.

"다섯째 사형, 지혜가 폭력은 아니잖아요? 그러니 제 말에
동의하지 않으시더라도 제 머리를 때리면 안 되죠."

"내가 네 사형인데 때리지도 못해? 불복하는 거야?"

"불복은 아니고…… 그런 논리라면 막내 사제가 둘째 사형을 따라 비검을 배우는 것도 원망하지 마세요."

절벽 위 평지에 있는 어떤 이는 표정이 어두웠고 또 어떤 이는 녕결이 잘못된 길로 들어섰다고 생각했다. 하지만 둘째 사형과 녕결은 개의치 않고 호숫가에서 진지한 대화를 나누고 있었다.

"〈오섬양론호연검〉을 봤겠지만 그 책은 서원 전현(前賢)인 오(吳) 대가께서 만년 전에 쓰신 것으로 가장 중요한 목적은 호연검의 뜻과 천지 원기의 감응과 충돌을 연구하는 데 있다."

둘째 사형은 엄숙하게 말을 이었다.

"그 책은 주로 도, 외부의 도, 즉 도외도(道外道)를 논하고 있으니 지금 너의 경지로써는 이해할 수 있는 것이 아니다. 네가 호연검을 배우고 싶다면 기초적인 것부터 배워야 한다."

"둘째 사형, 가르쳐 주십시오."

"비검은 바로 신체의 통제를 벗어나 날아갈 수 있는 검. 염력으로 천지의 원기를 조종하고 보이지 않는 검을 만지며 제어하여 검을 신체 주변에 날아다니게 하는 것이 비검의 기초이다. 비검의 위력은 크게 세 가지로 결정된다. 염력의 강도와 제어할 수 있는 천지 원기의 양 그리고 그 둘의 연계 강도. 두 번째로 검 자체의 강도. 마지막으로 검이 비행할 때의 정교함."

"연계 강도, 검 자체의 강도, 비행할 때의 정교함……."

"넌 아직 불혹의 경지에 있지만 외부의 사물을 조작할 수 있어. 그건 네 염력이 충분히 강하고 또 외부 사물과의 연계성도 좋다는 뜻이다. 하지만 말했듯이 다룰 수 있는 천지 원기의 수량도 중요하다. 검사가 다루는 천지 원기는 손 안에 있는 보이지 않는 밧줄. 다룰 수 있는 천지 원기의 양이 많을수록 이 무형의 밧줄이 튼튼하고 길다는 뜻이다. 튼튼하고 긴 밧줄이 있어야 검을 너의 통제 안에서 더 멀리 날릴 수 있다."

"네."

"소위 통칭하여 검법이라 하지만 염력으로 천지 원기를 다루는 것과 검을 제어하는 것, 두 가지의 서로 다른 수단이 섞여 있는 것이다. 호연검은 '곧음'을 취하고 '굽음'을 바라지 않는 것. 마음을 곧게 하여 의심 없이 검을 내어, 막지 못하게 하는 것을 중시한다. 구체적으로 어떻게 할지는 내가 이제 구술하는 〈호연검결〉을 잘 듣고 따라하면 된다."

"감사합니다 사형."

그렇게 〈호연검결〉을 외우는 시간이 제법 흘렀다.

★★

"다 외웠느냐?"

"절반은 외웠습니다."

"그럼 다시 한 번만 더 말하겠다."

"네."

다시 한번 반복한 둘째 사형이 물었다.

"지금은?"

"다 외웠습니다."

"역시 막내 사제의 이해력이 좋구나."

말이 끝나자마자 둘째 사형은 손을 흔들었고, 봄바람에 아무렇지 않게 가늘고 짧은 목검 하나가 그의 손에 들어왔다. 그는 목검을 녕결에게 건네며 말했다.

"말했듯이 가장 기초적인 것부터 한다.
먼저 검을 꺼내는 것부터 해 보자."

녕결은 목검을 건네받고 숨을 깊이 내쉬며 대답했다.

"네. 준비됐습니다."

호숫가 주변에서 구경하던 서원 이충루 제자들은 일제히 일어나 다음 장면을 기대했다. 미적 감각도 없고 지혜도 없는 살인술이라 비하했지만 이 순간 모두들 막내 사제의 수준이 어떤지 궁금했던 것이다.

녕결은 천천히 눈을 감고 목검의 무게를 느꼈다. 가벼운 목검이 점점 더 무거워지는 것을 느끼며 의식의 바다로부터 염력을 체외로 끌어내고, 또 천지의 원기와 융화되어 어렴풋이 목검의 본체와 접촉하게 한 후 둘째 사형이 가르쳐 준 방법대로 천지의 원기를 목검에 휘감았다.

"기(起)!"

녕결은 나지막이 외쳤다. 의식의 바다에서 염력이 솟아나와 천지의 원기와 감응하여 살짝 굳어지며 검을 휘감았다.

'웅웅웅웅…….'

그 순간 목검이 맹렬히 진동하며 날아올랐다. 목검은 아주 느리게 날았고 떨리며 불안한 모습이 마치 겁에 질린 듯했다. 그리고 목검이 이동할 때 아무런 규칙이나 일정한 궤적이 없었다. 녕결의 오른쪽에 있다가 갑자기 왼쪽으로 이동하고 또 불쑥 솟아올랐다가 이내 호수에 떨어질 것 같기도 했다. 마치 방향 감각이 없는 술주정뱅이처럼 제멋대로 움직이는 목검. 호숫가에 구경하던 서원 뒷산 제자들은 입이 쩍 벌어졌다.

　　일곱째 사저의 손가락에 끼어져 있던 자수 바늘은 어느새 호수에 빠졌는데 이내 먹성 좋은 잉어 한 마리의 배 속으로 들어가 버렸다. 북궁 미앙은 목검을 바라보며 엄숙한 표정으로 말했다.

　　"날았다고 말하기엔…… 부끄럽네."

진피피는 부끄러워 고개를 숙였다.

　　'어디 가서 내 친구라 말하지 말아라…….'
　　'휘청.'

목검이 불안하게 돌아왔다. 녕결은 곧 떨어질 것 같은 목검을 보며 재빨리 손을 내밀어 거두었다.

　　약간 겁이 난 그는 이마에 흐르는 땀을 훔치며 사형을 보며 조심스레 물었다. 사실 그는 흥분해 있었다. 최선을 다했고 생애 최고의 경험이라고 생각했다.

　　"막내 사제, 아직 본명물을 기를 방법이 없으니
　　　이렇게 하는 것만도 쉽지 않지…… 천천히 연습해. 힘내!
　　　넌 성공할 수 있을 거야."

말을 마친 둘째 사형은 뒤도 돌아보지 않고 호숫가를 떠났다. 녕결은 사형의 뒷모습을 멍하니 바라보다가 호숫가 옆에 모여 구경하던 사형 사저들에게 뛰어갔다. 재빨리 여섯째 사형을 붙잡고 물었다.

　　"사형, 저게 무슨 뜻이에요?"

여섯째 사형은 한참 생각한 후 순박하게 웃으며 말했다.

> "막내 사제, 둘째 사형은 항상 직설적으로 말씀하시는데
> 오늘 저렇게 완곡하게 말씀하신 건…… 상황이 정말
> 안 좋은가 봐."

사형 사저는 모두 호숫가를 떠났고 아무도 그를 비웃거나 위로하지도 않았다. 왜냐하면 녕결이 보여준 수준은 어떻게 말해야 할지 모를 정도로…… 황당했기 때문이다. 녕결의 눈에는 꽤 괜찮았지만 이층루 사형 사저들의 눈에는 엉망진창이었다. 물론 이러한 심리적 괴리감이 일반인에게는 엄청난 타격일 것이다. 하지만 녕결에게는 특히 지금의 녕결에게는 아무것도 아니었다.

그날 이후로 서원 뒷산 호숫가에서는 수시로 목검이 날아올랐다. 비틀거리고 겁에 질려 날고 목적 없이 날고, 정확히 말하면 그냥 막 다녔다. 때로는 땅에 떨어지고 때로는 녕결 자신을 찌를 뻔했다. 심지어는 호수 속으로 떨어져 녕결이 몸을 적시며 들어가 건져내기도 하였다.

이렇게 미친 듯이 연습하고, 마지막까지 의식의 바다의 염력을 완전히 소모하고서야 녕결은 거친 숨을 내쉬며, 호숫가 바위에 털썩 주저앉아 호숫물을 얼굴에 뿌리며 만족스러운 탄식을 내뱉었다. 오늘 진법 수리 작업을 끝낸 진피피가 곁으로 다가와 녕결의 창백한 얼굴을 보고 말했다.

> "어떤 일에 목숨을 건다고 다 해결되는 건 아니야."

녕결은 고개를 들어 푸른 하늘 흰 구름을 보고 웃었다.

> "네가 예전에 말한 적 있지? 수행은 호천께서 우리에게 준
> 선물이니 수행의 자질이 없으면 수행을 못 하고 또 그 문제는
> 목숨을 건다고 해결할 수 없다고……. 그런데 지금 나는 최소한
> 수행을 할 수는 있잖아?"

"그래도 이렇게 죽기 살기로 하면 몸이 버틸 수 있겠어?"
"죽기 살기로 하는 게 아니라 그냥 좋아서 그러는 거야."

녕결은 옆에 있는 작은 검을 손에 들고 허공에서 마구 휘두르며 웃었다.

"언젠가 이 검을 꼭…… 비…… 빌어먹을……
비검으로 만들 거야."

    ★ ★

노필재는 장소가 좁아 비검을 연습하기에는 너무 위험했다. 화초는 다쳐
도 상관없지만 상상은 어쩌란 말인가. 상상이 검은 우산을 쓰고 밥을 지
을 수는 없지 않은가.

    그래서 녕결은 집에 돌아가면 다시 붓에 먹물을 묻히고 하얀 백지
만 뚫어지게 쳐다봤다. 오늘 그는 조각상처럼 멍하니 있지는 않았다. 때
로는 심호흡도 하고 때로는 허리를 숙이거나 앞뒤로 천천히 걷고 때로는
콧노래를 부르곤 했다.

    비록 붓은 여전히 종이에 닿지 못했지만 녕결은 이전보다 훨씬 홀
가분해 보였다. 상상이 호박을 잘라 쌀에 올리고 찜통에 넣은 후 앞치마
를 두르고 앞채로 들어오다 이 신기한 장면을 보았다.

"도련님 정말 근질근질하면 대충 마음 가는 대로 써보세요."
"안 될 게 뻔한데 왜 해?"
"안 되더라도 먹물을 아무렇게 뿌리기만 하면
  이제 돈을 벌잖아요."
"하하."
'도련님이 이상해졌네…… 붓을 들어도 백치가 되지도 않고,
  나와 잡담도 하시다니…….'

잠시 후 녕결은 상상과 식사를 했고 별을 보며 차를 마시니 한결 마음이 가볍고 즐거웠다. 그리고 그는 방에 들어가 침대 머리맡에 비스듬히 기대어 책 한 권을 꺼내 열심히 봤다. 상상은 그 모습이 너무 이상했다.

　　　'도련님이 난제를 푸는 데 왜 이렇게 느슨해졌지?
　　　 설마 진짜 절망하신 건가?'
　　　"도련님 무슨 책 읽어요?"
　　　"남녀 사이의 그런 일들…… 너는 아직 어려서 못 봐."

상상은 녕결의 신발과 양말을 벗긴 후, 녕결의 발을 뜨거운 물이 담긴 대야에 넣으라고 손짓하며 말했다.

　　　"남자와 여자의 시큼한 사랑 이야기일 뿐인데
　　　 못 볼 건 또 뭐예요?"

녕결은 웃으며 대답했다.

　　　"그 묘미를 네가 어떻게 알아…… 아이구…… 편해……
　　　 발바닥 긁지 마."

　　　★★

서원 뒷산 절벽 위 평지. 안개가 걷히며 청아한 경치가 펼쳐진 집 뒤편으로 물레방아가 돌았다. 쇠를 두드리는 둔탁한 소리가 이따금씩 울려 퍼지며 물안개가 방을 가득 채웠다.
　　　어두운 구석에서 넷째 사형은 창문으로 들어오는 희미한 빛을 빌려 모래판 위에 부적 선의 방향을 살피고 있었다. 모래판 위의 선들은 어떤 말로도 설명할 수 없는 법칙에 따라 서로를 향해 뻗어가다가 마지막에 닿으면 다시 선으로 변하여 새로운 조합으로 변해갔다. 넷째 사형의 눈빛은 점점 밝아지고 안색은 점점 창백해졌다. 집중하여 엄숙한 표정을 짓는 것을 보면 이번 부적 무늬를 위한 가장 중요한 순간에 이르렀다는 것을 알 수 있었다.

"으악!'
'휙!'

우왕좌왕하는 비명 소리. 곧이어 우렁차지 않은 바람 소리와 함께 검 그림자 하나가 비뚤비뚤하게 방 안으로 날아든다.

'훅!'

여섯째 사형은 오른손으로 종잇장을 들듯 무거운 망치를 가볍게 들고 검 그림자를 내려쳤다. 이 한 방은 절묘했고 수십 년 동안의 경력을 증명하듯 정교하고 정확했다. 하지만…… 조종자의 당황스럽고 형편없는 또 예측 범위를 넘어간 능력 때문에, 검 그림자의 속도는 너무 늦었고 그 궤적은 너무 불규칙했다. 그야말로 범상치 않게 여섯째 사형의 쇠망치를 피해 어두운 곳으로 날아갔다!

'쌩!'
'푹.'

검 그림자가 구석의 모래판에 박혔다. 검신(劍身)이 미세하게 떨리고 검봉(劍鋒)이 '정확하게' 그 부적 선의 교차점에 명중했다.

선들은 갑자기 풀린 밧줄처럼 조금씩 끊기더니 다시는 이전의 상태로 회복하지 못했다. 여섯째 사형은 그 모습을 못 본 체하며 재빨리 몸을 돌려 쇠를 두드렸다. 모래판에 온 정신을 쏟아붓고 있던 넷째 사형의 몸이 심하게 떨리기 시작했다.

그때 또 하나의 그림자가 문 앞에 나타났다.

"사형들 죄송합니다. 죄송합니다."

넷째 사형은 몸을 휙 돌려 문 앞의 깨끗하고 귀여운 얼굴을 쳐다보았다.
마치 세상에서 가장 더럽고 괘씸한 생명체를 보듯이.

"녕결! 아무도 없는 곳에서 연습하면 안 되나? 벌써 세 번째야!
다음에 또 이러면 너를 찢어 버릴 거야!"
"사람이 실수할 수도 있는 거지. 원숭이도 나무에서 떨어질 수
있고 말이 실족할 수도 있고, 부자께서도 배고프실 때가 있는
거지. 내가 막 호연검 수행을 시작했으니 좀 실수를 해도
이해해 주셔야지. 넷째 사형이 왜 이렇게 화를 내는지 모르겠네."

녕결은 목검을 들고 호숫가를 따라 걸으며 중얼거렸다.

"그나마 여섯째 사형이 망치로 목검을 쳐내지 않아서 다행이야.
검이 망가지면 둘째 사형에게 다시 달라고 해야 하잖아."

녕결의 비검 제어 능력은 정말 형편없었다. 설산기해가 열 개밖에 뚫려
있지 않으니 제어할 수 있는 천지의 원기가 불쌍할 정도로 적었기 때문이
다. 사실 그가 뜻하는 대로 움직일 거라는 생각 자체가 망상이었다.

'나의 경지로는 설령 소우주가 폭발한다 해도 이 검을
호수 맞은편으로 날릴 수 없을 거야…… 에휴!'

녕결은 겨우 마음을 가라앉혔다. 숨을 고르고 잠시 명상을 한 후 다시 목
검을 공중으로 날렸다. 목검은 그의 머리 위를 두 바퀴 천천히 돌았다.

"그래도 이 느낌은 참 좋아. 사람을 죽일 수는 없지만
    마술을 부리는 거잖아?"
    '획!'

검봉이 그의 얼굴을 향해 날아왔다. 그는 겁에 질려 머리를 감싸며 바닥에 바짝 엎드렸다. 비검이 땅에 떨어지기 전에 그의 본능적인 염력에 감응을 했는지 모른다. 아니면 녕결 자신도 이해할 수 없는 또다른 어떤 이유 때문이었을까. 비검은 다시 진동하다가 고개를 쳐들고 날아올라 그의 머리를 스치며 숲속으로 날아 들어갔다. 녕결은 재빨리 손가락을 뻗었지만 검이 이미 자신의 염력 통제를 벗어났다는 것을 알고는 욕을 내뱉으며 일어났다.

    "이 말을 안 듣는 작은 놈!"
    '우수수.'

숲에서 나뭇잎이 떨어져 흩날렸다. 아홉째 사형, 북궁미앙이 한 손에 퉁소를 또 다른 한 손으로는 목검을 쥔 채 이마를 문지르면서 딱하게 숲에서 나왔다. 그는 녕결에게 다가가 무표정하게 바라보다 자신의 이마를 가리키며 말했다.

    "막내 사제, 재능이 없으면 무리하지 마…… 이런 식으로
    계속 연습하면…… 사형 사저들이 좀 다치는 건 괜찮은데,
    숲속의 새들이 놀라서 날아가 버리면 누가 우리의 연주를
    들어 주겠어?"

녕결은 억지로 웃음을 참으며 목검을 건네받았다. 그리고 문득 한 가지 일이 생각난 듯 재빨리 말했다.

    "사형, 숲속 새들이 곡을 듣지 않으면 대신 이 막내 사제에게

한 곡 연주해 주시겠어요?"

＊＊

일곱째 사저는 꽃을 수놓으며 노랫가락을 흥얼거리고 있었다. 콧노래가 끊기고 그녀의 눈썹이 갑자기 올라갔다. 그녀가 손목을 뒤집으며 손가락 사이에 낀 자수바늘로 허공을 뚫었다.

'틱.'

목검이 바늘에 맞아 호수 속으로 떨어졌다. 이어 녕결이 헐레벌떡 정자로 달려오며 그녀를 향해 손을 흔들었다.

"일곱째 사저…… 그 비검을 건져 주시면 안 될까요?
　오늘 벌써 세 번이나 호수에 들어가서 이제는 정말
　갈아입을 옷이 없어요."
"이제 상대하기도 귀찮네. 네가 당당한 호연검을
　꿀벌의 침으로 만들었어."
"사저, 저도 그렇게 하고 싶지 않은데 검이 제 말을 안 들어요……
　한 대 때릴 수도 없고."

사저는 손가락을 가볍게 튕겼다.

'치익.'

녕결은 자신의 옷깃에 무엇인가 닿는 것을 느끼고는 고개를 숙였다. 섬뜩하게 반짝이는 바늘이 옷깃을 찌르고 그 자리에 멈춰 있었다. 하마터면 그의 목을 찌를 뻔한 바늘.

'이렇게 먼 거리에서…… 이 정도의 정확함과 힘이?'

사저는 미소를 지으며 일어났다.

  "백치, 다룰 수 있는 천지 원기도 많지 않은데 왜 굳이
  비검을 배워? 차라리 비침(飛針)을 배우지."

녕결은 멍하게 호수만 바라봤다.

    * *

  "바늘이 너무 가늘어. 천지 원기를 실처럼 만들어 휘감아야 하는데
  그 난이도가 너무 높아. 무엇보다 비검보다 더 작으니
  천지 원기를 더 정밀하게 제어해야 해. 그리고 목검은 둥글지만
  이 바늘은 가늘어도 뾰족하니 찔리면 아파. 정말 어떤 사형을
  찌르기라도 하면 한두 대 맞는 걸로 끝나지 않을 수도 있어."

서원 뒷산 소나무 숲에서 녕결은 손가락 사이에 끼우고 있는 가는 바늘을
보며 혼잣말로 중얼거렸다. 그는 좀 전에 엉덩이에 바늘이 찔린 거위가
산 중턱까지 자신을 쫓아오던 장면을 떠올리곤 등골이 서늘해졌다.

  "휴식! 잠시 쉬어야겠어."

그는 콧노래를 부르며 숲의 깊숙한 곳으로 들어가 두 사형을 찾았다.

  "사형, 저와 바둑 한 판 둬요."
  "막내 사제! 우리를 어떻게 찾았지?"
  "저는 어릴 때부터 민산에서 사냥을 하면서 뛰어다녔거든요.

산속에서 사람 찾는 건 식은 죽 먹기예요."

다섯째 사형은 떨리는 목소리로 말했다.

"여덟째 사제, 내가 네 사형이니…… 이 똥손과 바둑을 두는
임무는 네가 맡아라."

★★

어느 날. 녕결은 호연검을 연습하지 않고 여섯째 사형의 조수로 일하고
있었다. 새벽부터 저녁까지 쇠망치를 얼마나 휘둘렀는지 온몸이 쑤시는
것 같았다. 사형은 맨몸에 걸친 앞치마를 풀고 물 한 바가지를 건네며 웃
었다.

"도대체 무슨 일이야? 이제는 말해도 돼."
"사형, 일곱째 사저가 비침을 해 보라 제안하셨는데……."
"그런데?"
"그런데 비침이 너무 가벼워 통제가 안돼요."

여섯째 사형은 고개를 끄덕이면서 녕결 옆에 앉았다.

"넌 아직 불혹이지만 본명물에 대해 생각해본 적은 있겠지?"
"지금은 은(銀)에 대한 반응이 가장 강해요. 그런데 은괴를
본명물로 삼을 수는 없잖아요."
"그럼 내가…… 은침을 만들어 줄게."
"좀 무겁게 하면 안 될까요?"
"그럼 금으로 만들어야 해."
"금을 시도해본 적은 없지만 금에 대한 느낌이 은보다

더 강할 거라 확신해요."

여섯째 사형은 잠시 침묵하다가 어쩔 수 없다는 듯 대답했다.

"금침은 쉽게 구부러질 수 있으니 금에다 다른 것을
    섞어서 만들어 주지."

녕결이 너무 기쁜 얼굴로 정중하게 예를 올렸다. 그리고 문득 어떤 가능
성이 떠오르며 눈빛이 더욱 밝아졌다.

★ ★

다음 날 47번 골목의 어느 서화점. 검은 얼굴의 어린 시녀는 기분이 나빠
져서 걸레를 집어 던졌다. 그녀는 비상금을 들고 진금기에 가서 대량의
지분(脂粉)을 사야겠다고 마음먹었다. 그녀가 기분이 나빠진 것은 도련님
이 노름꾼처럼 은표를 한 무더기 훔쳐가서, 은과 금으로 바꿔 신나게 서
원 뒷산으로 갔기 때문이다.

★ ★

반질반질한 칼 세 자루가 여섯째 사형 눈앞에 나타났다. 녕결은 칼 세 자
루를 앞에 두고 서서 기대하는 눈빛으로 그를 바라보았다.

"비검이 아니라…… 비도(飛刀)?"
"맞아요. 사형. 제가 칼질을 제일 잘해요. 검이 날 수 있다면
    칼도 날 수 있고…… 여기 금과 은을 섞어 주시면 비검보다
    더 낫겠죠."

여섯째 사형은 황당하다는 표정을 지었다.

"세상에 이렇게 큰 비도를 본 적이 있나?"

여섯째 사형이 무심결에 한 말이 녕결의 자존심에 깊은 상처를 주었다.
그는 겨우 마음을 추스르고 앞으로 어떻게 해야 할지 천천히 고민을 해
보기로 했다. 그는 산길로 들어서 꽃나무 속으로 들어가 자문자답을 하고
있는 열한 번째 사형을 찾아갔다.

"사형, 요즘 무슨 새로운 깨달음을 얻으셨어요?
막내 사제도 배울 수 있게 이야기 해주세요."

**

천계 14년 늦은 봄 서원 뒷산에서는 이런 모습이 매일 반복되었다. 여러
해가 지난 후에도 뒷산 제자들은 그때를 회상하곤 했는데 회상만으로도
두려움을 느꼈다. 갓 들어온 막내 사제가 검과 바늘을 날리고 기괴한 생
각으로 사형 사저들을 괴롭히며 그들을 깊은 고민에 빠뜨렸던 것이다.

"너 미쳤어?"

진피피는 도시락을 내려놓으며 세 판을 연달아 지고도 흐뭇해하는 녕결
을 보며 물었다.

"뭐가? 비침 연습? 비도 연습?"
"모든 거…… 호연검은 입문도 못 했고, 안슬 대사에게 부도는
더더욱 시작도 못 했잖아. 너의 이 기괴한 짓들이 다 뭐야?"
"많이 배우면 좋은 거지."

"왜 이렇게 서둘러? 수행은 순서에 따라 천천히 나아가는 것이
중요해. 기초부터 다져야 하는 거야."

"나는 자질이 형편없어서 아무리 기초를 다져도 소용없어.
그러니 조금이라도 많은 것을 더 배우는 게 나아."

"내가 보기엔 너…… 부도에 전념하는 게 좋아. 부도는 깨닫는
능력이 중요하니까."

"왜? 다른 것도 같이 공부하면 안 돼?"

"욕심을 부리는 것은 수행에 도움이 안 돼."

"어릴 때 깨달은 것이 있는데 욕심을 부리지 않으면 일을
이룰 수가 없어."

"이제야 네놈이 이렇게 어리석은 고집불통인 것을 알았네.
둘째 사형보다 더하네."

"그 말을 둘째 사형에게 전하지는 않을게."

"계황죽 한 그릇."

"안 돼. 요즘은 내가 은표를 너무 가져다 써서 상상 그 계집애
기분이 안 좋아."

"얼마나 쓰길래……"

"2백 냥."

"뭐가 그리 많이 필요해? 그렇게 많은 은침을 만들어 뭐하게?"

"내 마음이야. 혹시 다른 의견 있어?"

"난…… 의견 없어."

진피피는 미치광이를 보듯 그를 바라보고 이를 악물며 말했다.

"좋아, 설령 수행을 위해 그런 것들을 만든다고 해도,
그럼 매일 사형들을 괴롭히는 것은 또 뭐야? 처음엔 연주 들어라
바둑 두자는 말만 듣고도 줄행랑이더니 갑자기 왜 매일같이
연주를 듣고 바둑을 두지?"

"처음엔 좋아하지 않았으니까. 그런데 생각을 바꾸니까 마음이

편해졌어. 또 이제는 사형들이 억지로 강요하지 않으니
수행 틈틈이 여가 활동하듯 하는 거지."
"그럼 열한 번째 사형은?"
"열한 번째 사형은 나를 귀찮아하시지 않는 걸?"

넝결은 진피피의 귓가에 대고 목소리를 낮춰 말했다.

"사형의 오묘한 이야기를 들으면 잠도 잘 오고 명상에 도움이 돼."

＊＊

서원 이층루의 모든 제자들이 회의를 열었다. 심지어 절벽 동굴 밖의 그
독서인까지 불러왔다. 물론 노선생은 줄곧 헌책을 읽었을 뿐 사람들의 말
에 아랑곳하지 않았지만. 넝결이 회의에 참가하지는 않았다. 그가 장안에
돌아갔기 때문이 아니라 회의의 주제가 '넝결'이었기 때문이다.

"막내 사제가 너무 비참하다고 생각하지 않아? 호연검이
꿀벌의 침으로 변했어…… 물론 막내가 원했던 것은 아니겠지.
그의 자질이 그렇기 때문에 이런 엉터리 생각들을 하게
되는 거지. 그래서 다들 많이 참아 줘야 할 것 같아. 그가 지금
매일 웃지만 난 그의 웃음 속에서 그늘과 눈물을 볼 수 있다."

회의가 열리는 곳은 둘째 사형 거처의 정원. 이 말을 듣고 가장 심각한 표
정을 한 넷째가 미간을 찌푸리며 말했다.

"참고 안 참고의 문제가 아니에요. 설마 제가 진짜 막내 사제에게
화를 내겠어요? 지금 가장 중요한 문제는 어떻게 막내 사제의
수행 난제를 도와줄 수 있나 그거예요."

셋째 여렴은 빙긋이 웃었지만 아무 말도 하지 않았다. 대신 다섯째가 눈살을 찌푸리며 말했다.

> "막내 사제에게 자신감을 심어주는 게 우선이라고 생각해요.
> 그는 날마다 나와 여덟째 사형과 바둑을 두는데 아무리 져도
> 싱글벙글…… 분명 지는 것에 무감각해진 것 같아요. 이러면
> 안 되죠."

모든 사람은 고개를 끄덕였고, 아홉째가 통소를 가볍게 두드리며 말했다.

> "스승님도 대사형도 안 계시고 둘째 사형이 현재 서원에서
> 가장 윗사람이잖아요. 방울을 단 사람이 방울을 풀어야 해요.
> 둘째 사형이 막내 사제를 칭찬해 준다면 그가 호연검 수행에
> 자신감을 얻을 수 있을 거예요."

모두 가운데 앉은 둘째 사형을 바라보았다.

> "나는…… 거짓말을 할 줄 모른다."

한참이 지나서야 일곱째가 갑자기 차갑게 웃었다. 하지만 이내 말없이 손수건에서 잣을 꺼내 침대 옆에 있는 셋째 사저에게 건넸다. 둘째 사형은 그녀를 보며 나지막이 물었다.

> "막내 사매 왜 웃어?"
> "둘째 사형이 거짓말을 못하세요? 그날 밤 산 정상에서
> 융경 황자를 속인 사람이 누구였을까요?"

둘째 사형은 잠시 침묵한 후 느릿느릿 말했다.

"사람을…… 속이는 것과 거짓말을 하는 것이 같은 건가?"

"그만하세요."

진피피는 일곱째 사저를 보며 퉁명스럽게 말했다.

"둘째 사형의 성품을 누가 모르나요? 거짓말을 할 줄 모르신다면
모르시는 거지요. 그날 밤 제가 도움을 청해 융경을 방해해
달라고 했어요. 사실 사형께서 하신 말씀도 거짓말은 아니었어요.
그래도 사형이 얼마나 긴장했는지 나무 아래 바위 몇 개를 가루로
만들어 버렸어요."

"둘째 사형이 거짓으로 녕결에게 자신감을 심어준다?
그 영악한 놈은 한눈에 알아차릴 거예요."

넷째가 입을 열었다.

"자신감이라는 것은 너무 허무맹랑하죠. 그가 호연검을
수행하는 것이 힘들면 좀 더 구체적으로 가르치면 되죠.
비검의 운행 곡선은 계산하기 쉬울 것이고, 공기 저항과
비검 속도의 상관관계는 좀 복잡하겠지만 계산이 안 되진 않을
것입니다. 녕결은 수과를 잘하니 이렇게 가르쳐 주면 이해하기가
좀 수월하지 않을까요?"

"아무리 계산하고 가르쳐 줘도 또 어떤 다른 방법을 강구하더라도
막내 사제의 근본적인 문제를 해결할 방법이 없다. 설산기해가
열 개만 뚫려 있으니 다룰 수 있는 천지 원기가 너무 미약해.
만약 이 문제를 해결하지 못하면…… 스승님과 대사형께서
돌아오셔서 신묘한 방법으로 그를 도와주지 못한다면……
막내 사제가 설령 지명의 경지에 올라도 의미가 없다. 그는 아마
천하에서 가장 약한 지명이 될 것이야."

둘째 사형은 잠시 침묵하다가 넷째를 보며 다시 말했다.

"너와 여섯째는 일단 그런 해괴망측한 것들을 해주고 잘 안되면 다른 사물들을 이용해서 도와줄 방법을 강구해 보거라."

아홉째가 갑자기 고개를 가로저었다.

"차라리 저와 서문을 따라 고금과 퉁소를 배우면 나중에 서원을 떠나서라도 먹고 살 수는 있을 텐데……."

열한째가 미소를 지었다.

"막내 사제가 요즘 저에게 격물치지(格物致知, 실제 사물의 이치를 연구하여 지식을 완전하게 하는 것)에 대해 알려 달라 하는데, 제가 보기엔 저를 따라 배우는 게 그의 심경에 도움이 될 것 같네요."

일곱째가 해바라기 씨를 한 움큼 쥐고서 빈정거렸다.

"열한째 사제, 그런 쓸모없는 것을 배우다 막내 사제가 굶어 죽겠네."
"사저, 저희 집은 남쪽에서 큰 부자예요. 제가 앞으로 가업을 물려받으면 제가 그를 먹여 살리면 되죠."

이쯤 되자 의제가 어디서부터 삐뚤어졌는지도 알 수 없었다. 하지만 동문 형제의 정(情)과 우의(友誼)는 그들 스스로를 감동시키고 있었다.

"사형 사저, 너무 생각을 많이 하신 것 아닌가요?"

진피피는 해바라기 씨를 까 먹고 맑은 차를 한 잔 마신 후 입을 열었다.

"녕결이 어떤 놈인지 제가 제일 잘 알죠. 그는 수행에 있어
좀 백치 같지만 결코 백치는 아니에요. 설마 다들 모르시는 건
아니시죠? 이런 놈을 우리가 먼저 걱정할 필요가 있나요?
전 세상 모든 사람이 다 죽어도 심지어 우리를 포함해서
다 죽어도 그놈은 죽지 않을 거라 확신해요. 하물며 설마 굶어
죽을까요?"

다들 넋을 잃은 듯 아무 말도 못 했다. 잠시 후 북궁미앙이 통소를 가볍게
문지르며 입을 열었다.

"생각해 보니 그러네. 막내 사제는 자신이 듣고 싶을 때는
저희에게 연주를 부탁하지만 듣고 싶지 않을 때는 죽어도
듣지 않지. 제가 그놈에게 노래를 파는 사람이 되어 버린 것
같다니까요."

다섯째도 무릎을 탁 치며 말했다.

"막내 사제 앞에서 저희도…… 시골의 이름 없는
바둑 선생일 뿐이죠."

여섯째는 무던하게 웃으며 말했다.

"녕결이 나에게는 도움이 되었어요. 엉뚱한 생각을 하곤 했지만
그놈은 늘 저를 도와 쇠를 두드리고 물을 길어 줬지요."

둘째 사형은 사제 사매들을 보며 덤덤하게 말했다.

"녕결은 우리의 막내 사제! 우리가 사형 사저로서 그를 돌보는
것이 당연한 일이야. 굳이 그런 일들을 말할 필요가 있나?"

둘째 사형의 훈계를 들으며 모두의 가슴이 철렁했다.

> "안슬이 인생을 놀이 삼아 사는 태도는 아주 마음에 안 들지만
> 호천도 남문 공봉으로서 그는 세상에서 일류. 심지어 세상에서
> 가장 강한 신부사라고 할 수 있다. 그는 세상 사람들이 생각하는
> 것보다 더 강하다. 막내 사제의 천부적 재능도 그러하니
> 부도의 길로 가는 것이 좋을 것 같다. 앞으로 안슬을 많이
> 따라다니며 배우라고 하자."

다들 숙연하고 조용해졌다. 잠시 후 일곱째가 입을 열었다.

> "하지만 막내 사제는 어쨌든 우리 서원 이층루 사람이잖아요.
> 또 스승님의 마지막 제자인 셈인데 그를 외부 사람이 더 많이
> 가르친다는 건 좀 그래요. 물론 우리가 세상 험담을 개의치
> 않는다 해도 스승님과 대사형께서 돌아오시면 저희에게
> 실망하시지 않을까요?"

★ ★

천계 14년 늦봄 초여름에 장안성 백성들은 온몸이 더럽기 짝이 없는 늙은 도사가 소박하지만 깨끗한 용모의 소년을 데리고 장안성을 돌아다니는 모습을 자주 보게 되었다.

안슬은 녕결을 데리고 골목길을 걸으며 수백 년 동안 이어온 낡은 건물들을 구경하고 작은 술집에 들러 술을 마시고 싸구려 기방에 가서 밤을 지새곤 했다. 또 여행하는 사람들이라면 꼭 봐야 할 풍경을 구경하기도 했다. 그러던 어느 날, 춘풍정 주변의 새로 단장한 곳을 지나며 안슬은 탄식하며 말했다.

"새로 단장하면서 본래의 의미는 다 잃어버렸네.
하지만 다행히 이 정자는 아직 남아 있군. 정자의 곡선이
참으로 아름답지 않으냐?"
"아름답다는 것은 잘 모르겠지만 제가 보기에 제법 조화롭네요.
기와가 만나는 곳들이 아주 매끄러워 보여요."
"그게 빗줄기다."

안슬 대사는 처마 끝을 가리키며 말했다.

"빗물이 기와 위에 떨어지고, 기와가 만나는 곳을 따라 아래로
흐르고…… 그래서 매끄럽다고 느낀 거야."
"사부님 그게 무슨 뜻이지요? 이 정자가 지어진 지 오래입니다.
그 장인들이 부적사는 아니었을 텐데 설마 그들이 천지 원기의
법칙을 이해하고 있었던 것인가요?"
"규칙이란 무엇이냐? 규칙은 본디 사물 운행의 일정한 법칙이야.
춘풍정을 지은 장인들이 천지 원기 운행의 법칙을 이해하지
못했을지 모르지만, 수없이 많은 세대를 거쳐 빗물을 받는 처마를
만드는 지식은 전승되었을 것이다. 그 속에 어떤 지혜가 담겨
있었겠지."

안슬 대사는 그를 데리고 정자로 향하며 말을 이었다.

"기와에 비가 내리면 어떻게 흐를까? 또 왜 그렇게 흐를까?
인류가 천지를 향해 배우는 첫걸음은 언제나 모방이다. 많이
베낄수록 자연스럽게 가장 단순한 이치, 즉 그 선 흐름의 모양을
만들어 내는 것이지."

춘풍정 아래에 이르러 안슬은 몸을 돌려 녕결을 바라봤다.

"부도를 수행하는 첫걸음도 모방이다. 선현들이 남긴 부적을 보고 천지 원기의 미세한 차이를 느껴 보라는 것도 장인들이 오래 쌓아온 건축 경험을 보라는 것과 비슷하다. 물론 알아서 체득해야 하고 그 시간이 짧으면 짧을수록 좋겠지."

두 사람은 춘풍정을 둘러본 후 골목길을 벗어나 큰 정원 옆의 회색 담장을 따라 걸어갔다. 푸른 돌바닥 멀지 않은 곳에서 졸졸 흐르는 물을 보며 녕결은 자연스레 비 오던 그날 밤을 떠올렸다.

이 도랑이 한때 피로 물들었고 이 푸른 돌바닥에는 훼손된 시신이 수북이 쌓여 있었다. 회색 담장 너머가 바로 조소수가 살던 저택. 녕결이 고개를 드니 저택 안의 푸른 나무가 보였고 이따금씩 사람 소리가 들려왔다.

'조소수 형님 가족들은 아직 여기에 사나?'

안슬은 그의 생각을 읽은 듯 미소를 지으며 말했다.

"조소수는 호수를 보다가 지명의 경지에 올랐는데,
그런 깨달음의 기연(奇緣)은 참 드물지. 아무리 조소수가
자질이 있다지만 폐하께서 그를 강제로 장안의 흙탕물에
가두지 않으셨더라면 그가 하루아침에 이렇게 찬란한 빛을
볼 수는 없었을 것이야."
'조소수 형님이 벌써 지명 경지?'
"조소수의 검술을 봤지?"
"네 사부님."
"뭔가 특이한 점이 있었나?"
"빠르기가 번개 같았어요."
"다른 건?"

녕결은 문득 한 가지 일을 떠올렸지만 입술을 훔치기만 할 뿐 입을 열지

는 않았다.

　　"네놈이 의리를 중히 여기는 사람인지는 몰랐네."
　　"조소수 형님은 제게 잘해주셨어요. 장안성을 떠나면서도
　　제 생계를 걱정해 매달 큰돈을 남겨주시고. 정(情)이 무겁지
　　않더라도 은자는 충분히 무거워요."
　　"조소수는 검 하나를 다섯 개로 변화시킬 수 있지.
　　네가 말하지 않아도 난 알고 있었다. 그럼 내가 물어보지.
　　그의 본명검이 다섯 개로 갈라졌는데도 왜 그의 말을
　　들을 수 있을까?"

녕결은 이 문제를 생각해본 적이 없었다. 사실 그때는 수행이 뭔지도 몰
랐기 때문이다. 그 뒤로 수행을 알게 되었지만 그 문제는 아예 떠올리지
도 못했다. 녕결은 사부의 물음에 깊은 생각에 잠겼다.

　　'조소수의 본명검은 다섯 자루의 소검(小劍)으로 나뉘었지.
　　이 다섯 자루의 소검의 연결 고리는 일종의 진법인데⋯⋯
　　모든 진법은 하나의 변형된 부적이며, 그 재료에 의지하는
　　큰 부적이라고 볼 수 있지.'

그는 생각을 이어나갔다.

　　'도가의 검결은 부적이고 불종의 수인(手印)도 부적인데,
　　둘 다 부정식의 부적이지. 장군의 백전갑옷 위의 무늬도 부적인데
　　그것은 정식 부적이고.'
　　"사부님, 전 사부님이 세상에서 가장 강한 신부사라는 것을 알고
　　있습니다. 부적사는 부도에 대해 마음에서 우러나오는 가장 깊고
　　진지한 감정과 애착이 있어야 한다는 것도 알고 있어요.
　　다만⋯⋯ 사부님의 말씀대로라면 세상의 모든 수행법이 결국

부도로 돌아갈 수 있는 것 아닌가요? 이런 설명은……
너무 그렇지 않나요?"

"너무 뭐? 너무 뭐가 그래?"

"너무…… 자아도취?"

"하하하하하!"

안슬 대사가 너무 크게 웃는 바람에 행인들이 가던 길을 멈추고 두 사람을 쳐다보았다.

"수행에 있어 가장 중요한 것은 마음가짐. 항상 용감하게 생각하고
자신을 인정하는 것. 자신이 끝까지 할 수 있다고 믿지 않고서
어떻게 수행길의 험한 봉우리를 넘을 수 있겠느냐?
훌륭한 수행자일수록 자신감이 넘치지. 실제로 최정상의
수행 대가는 자신감이 과할 정도로 넘쳐. 그것이 아마 네가
말하는 자아도취일 것이다."

넝결은 저도 모르게 진피피와 둘째 사형을 떠올렸다.

★★

춘풍정을 떠나 사제 두 사람이 탁 트인 대로에 이르자 멀지 않은 곳에서 말을 탄 우림군이 순찰을 돌고 있었다. 거리의 행인은 많이 줄어 강가에 솟은 푸른 나무는 한없이 고요했다. 멀리 보이는 우뚝 솟은 황성이 풍파에 씻긴 자국까지 보일듯 또렷했다.

안슬 대사는 이곳의 엄숙한 기운을 전혀 개의치 않는 듯 여전히 팔짱을 끼고 신을 질질 끌며 어슬렁거렸다. 넝결은 그 모습에 웃음을 참으며 따라갔다. 그러다 갑옷에 새겨진 부적 이야기가 떠올라 재빨리 안슬 대사 앞으로 가서 공손하게 말했다.

"사부님께 부적 하나 부탁드리고 싶어요."
"부적? 집에 무슨 일이라도 생겼나? 불결한 것을 보았느냐?
 아니면 가위에 눌리기라도 했어?"

녕결은 온몸에 힘이 쭉 빠지며 어떻게 말을 이어야 할지 몰랐다. 안슬 대
사는 옹졸하게 눈을 가늘게 뜨며 무심히 말했다.

 "농담이야."

녕결은 크게 한숨을 내쉬며 진지하게 말했다.

 "제 칼에 부적을 새기고 싶어요."

안슬 대사는 잠시 생각하다 고개를 가로저었다.

 "부적사를 떠나 스스로 작용할 수 있는 부적이 있지. 예를 들어
 갑옷이라든가 무기라든가. 그런 부적을 새기는 방법도 적지는
 않지만 결국 하찮은 도(道)에 불과하고 위력도 크지 않아.
 결국 자신의 것이 가장 좋은 것이야. 네 병기라면 너 스스로
 부적을 새기는 것이 가장 좋아."
 "어느 해에 그 소원을 이룰지 모르겠네요."

안슬은 그의 어깨를 토닥이며 위로했다.

 "난 너의 재능을 믿어. 아직 네가 깨닫지 못했을 뿐이야.
 천천히 체득을 해 보거라. 희망은 항상 네 눈앞에 있어.
 저쪽을 한번 봐라."
 "저기 뭐요?"
 "네가 직접 봐."

"사부님 제 눈에는 많은 나무들만 보이는데요?"

"나무 뒤는?"

"나무 뒤는 하늘."

"내가 너에게 보라는 건 그런 게 아니야!"

"사부님 혹시 저에게 '저기 희망을 보라' 이런 말씀을 하시는 건
아니시죠?"

"난 그런 염치없는 말은 못 한다."

"그런데 왜 말을 안 해주세요? 제가 보기엔 사부님께서는
인생을 놀이 삼아 사시고, 어여쁜 여자를 보면 꼭 꼬집고
만지고…… 사부님께서 제 영혼의 스승님 역할을 하는 건
좀 부적절해 보이네요."

"녕결."

"네, 사부님."

"더 말하면 내가 풀 초(草)자 부적을 써서 네 눈을 멀게 한다."

녕결은 뾰로통해져서 다시 봤지만 눈에 보이는 건…… 호천도 남문에서
뻗어 나온 수많은 나무 뒤 하늘뿐이었다.

'호천도 남문을 이야기하시는 건 아무래도 적절하지 않은데?
아무리 그래도 난 이층루 학생인데…….'

"남문 광명전 처마의 추녀를 보라는 거다."

안슬 대사는 이전의 대화 때문인지 안색이 안 좋고 말투가 딱딱했다. 녕
결은 사부의 말을 듣고 남문 도관 정전, 광명전 처마 끝자락을 바라봤다.

"사부님 저 추녀를 왜 보나요? 또 빗물 이야기인가요?"

"풀 초자 부적……."

"잘못했습니다."

"추녀를 보라는 게 아니고 추녀 위에 있는 신수상(神獸像)을

보라는 거야. 염력을 밖으로 내보내 뭐가 있는지 보거라."

넝결은 진지해졌다. 염력을 내보내고 추녀 위에 반쯤 웅크리고 있는 돌로 된 신수상을 느껴 보고…… 바로 그 순간 추녀의 신수들이 마치 살아난 것처럼 보였다. 그는 심지어 그들의 눈빛까지 볼 수 있었다.

심장 박동이 빨라지고 호흡이 거칠어졌다. 의식의 바다 속 신수들은 더욱 선명해지고 전해오는 위압은 점점 무거워져서 그의 안색은 창백해졌고 몸이 경직되었다. 하지만 안슬 대사는 걱정하기보다는 희열을 느끼는 것 같았다.

'예민하기는…… 허허.'
"사부님 느꼈어요! 뭔가 깨달은 것 같아요."

안슬 대사는 미간을 찌푸렸다.

'스스로 신수상의 위압에서 벗어났다?'
"돌로 만든 신수상도 부적이고, 신부사가 강인한 생명에 가까운 위압을 부여한 것이고…… 이런 것을 저에게 알려 주시려고 한 건가요?"
"맞아. 하지만 내가 더 궁금한 건 따로 있어. 네놈은 처음으로 신수상을 봤는데 왜 전혀 당황하지 않지?"
"사실 전 예전에 추녀 위 신수상을 느낀 적이 있어요."
"언제? 어디서?"
"지난 봄 황궁에서요. 마차가 세의국을 지나갈 때 웬지 황궁의 추녀 신수상들이 살아난 것 같은 느낌을 받았어요. 그땐 정말…… 고통스러웠는데."

안슬은 오랜 침묵을 지킨 뒤 갑자기 손을 뻗어 그의 머리를 쓰다듬었다. 눈에는 기특하다는 눈빛이 가득 차 있었다.

"사실 네가 말하고 행동하는 것을 보면 볼수록……
내가 혹시 네놈을 잘못 본 것이 아닌지 걱정했었다.
그런데 이번에 네 자질과 능력을 스스로 입증한 것 같아
뿌듯하네."

넝결은 웃으며 말했다.

"사부님, 자질과 능력은 제 몸 안에 있기 때문에 제가
증명하지 않아도 계속 있겠죠."
"오늘 네가 헛소리가 많구나…… 당돌한 녀석 같으니라고.
허나 그 말은 일리가 있네. 그럼 지난번 신수상의 위압을
느낀 것이 처음이냐?"

넝결은 긴 침묵에 빠졌다.

'주작상…….'

한참 뒤 그는 고개를 들고 안슬 대사의 눈을 보며 대답했다.

"사실…… 그 전에…… 주작대로에서 주작상도 같은 느낌을
췄는데…… 근데 주작상이 도대체 무엇인지를 모르겠어요."

안슬 대사는 눈을 가늘게 뜨며 나지막이 물었다.

"나와 함께 주작상을 다시 보러 가지 않을래?"

넝결은 당연히 주작상을 다시 보고 싶지 않았다. 무의식적으로 극도의 두
려움을 느끼고 있었기 때문이다. 마음 깊숙한 곳에 그 어두운 그림자가
너무 짙어서 지울 수가 없었다. 하지만 훌륭한 학생인 그는 스승의 권유

에 성실히 대답할 수밖에 없었다.

　　사제 두 사람이 황성 아래 넓고 곧은 주작대로를 따라 남쪽으로 향했다. 그들은 마치 회갈색에 청록색 테두리로 수놓은 비단 끈을 밟고 장안성이라는 거인의 머리에서 가슴까지 내려온 것 같았다.

　　대로 중앙의 주작상을 보자 녕결은 입술이 타들어 갔다. 무의식적으로 소매 안의 양손을 꽉 쥐었다. 몸은 점점 뻣뻣이 굳어가고 있었다. 주작상은 여느 때처럼 청아하고 장엄했다. 날개가 완전히 펴지기 직전의 상태로 위풍당당한 눈동자가 두 사람을 주시하고 있는 듯 보였다. 녕결의 몸은 여전히 굳어 있고 손발은 어느새 차가워졌다. 주작상의 눈동자는 천년 풍파를 겪은 이 주작이 진짜 살아있다는 것을 증명해 주는 것만 같았다.

　　　　★ ★

사제 두 사람은 주작상을 지나쳐 계속 남쪽으로 향했다.

　　"다시 주작을 보니 새롭게 느껴지는 건 없었느냐?"
　　"없…… 는 것 같은데요."
　　"살아 있다는 느낌이 없어?"
　　"사부님도 그렇게 생각하세요?"

녕결은 참지 못하고 여행 인파에 둘러싸여 이미 보이지 않는 주작상을 다시 한번 돌아봤다.

　　"어떤 존재가 생명이 있다고 할 수 있을까?"
　　'논박 좋아하는 열한째 사형을 닮았네?'
　　"물론 어려운 문제다. 사실 주작상을 보는 것과는 크게 관련이
　　　없는 문제야. 널 데려온 것은 이 조각상이 예술과 전혀 관련 없는
　　　장안성의 신부(神符)라는 것을 알려주려고 한 것이야."

'주작상이 부적?'

"이건 자아도취가 아니고 주작상은 확실히 부적이야.
선대의 성인이 남긴 신부."

"사부님, 신부사가 한 걸음만 넘으면 부적으로 천하를 흔들 수
있다고 했는데, 그럼 주작상을 남긴 선대의 성인께서는
그 한 걸음을 넘으신 거예요?"

"천 년 전 제국은 장안을 수도로 정했고 원래 있던 성을 확장했지.
그때부터 주작 신부(神符)는 있었다. 그 선대 성인은 당연히
지명의 경지는 넘었지만, 천계인지 무거인지는 알 수 없다.
허나 내가 너에게 말한 천하를 흔든다는 경지는…… 아마 더 높고
깊은 경지일 것이다."

"그럼 신선(神仙)이 되는 것 아니에요? 그런 대수행자가
있긴 했나요?"

"호천도 법문을 끝까지 수행해서 천계를 지나면 우화(羽化)의 경지.
우화란 바로 신선이 되는 거지. 나도 직접 본 적은 없지만 도문
경전에는 우화로 신선이 된 선배들이 적지 않다."

안슬 대사가 눈썹을 치켜세우며 말을 이었다.

"허나 신화는 결국 신화일 뿐이다. 평범한 사람들이 나 같은
신부사를 보면 신선이라고 생각하지 않을까?"

녕결은 떨떠름하게 대답했다.

"뭐…… 그럴지도 모르겠네요."

"그래서 우화등선 하는 것도 상상할 수 없는 일은 아닐 것이야.
다만 이러한 선인(仙人)들과 신화 속 선인들은 다르다고 생각해.
그들은 아마 속세에 초연한 대수행자겠지."

"사부님, 그런 선대 성인이 남긴 주작 신부는 위력이 대단할 텐데,

그럼 누가 이런 신부의 위력을 불러일으킬 수 있을까요?"

"대당 건국 이래 이 주작 신부는 한 번도 발동된 적이 없다.
다만 전대(前代)에 서원 사람 하나와 전임 국사(國師)가 시험해
본 결과, 주작 신부가 한 번 발동하면 지명 절정의 대수행자가
총력으로 가하는 공격의 위력을 발휘한다 그러더군.
어떤 면에서는 그것도 넘을 수 있고."

"그래봤자 지명 절정에 불과하군요."

"그래봤자?"

"사부님도 지명 절정, 류백도 지명 절정의 경지. 제 생각에
국사님도 대사형도 지명 절정일 것 같고 물론 부자(夫子)는 제가
감히 짐작도 못하겠지만 제가 아는 지명 절정 경지의 대수행자만
해도 너무 많은데요? 절정인지는 모르겠지만 둘째 사형이나
조소수 형님, 심지어 저의 그 백치 같은 친구조차 지명 경지고.
지명 경지…… 가 그렇게 희소하고 어려운 게 맞나요?"

"녕결아."

"네 사부님."

"너는 운이 좋은 편이야. 아니면 반대로 불운하다고나 할까."

"네?"

"세상에서 대수행자가 가장 많은 곳은 서릉 신전과 서원.
너는 서원 이층루의 학생인 동시에 서릉 신전 대신관인
나의 제자기도 하지. 그러니 자연히 지명 경지의 강자가 주변에
많은 거야. 이런 강자와 자주 접할 수 있는 것은 좋겠지만,
네 실력이 이렇게 미약한데 너무 높은 산을 우러러보다
산을 오를 용기마저 잃을까 봐 걱정이구나."

"그건 걱정 마세요. 저의 자아도취는 뼛속까지 새겨져 있거든요.
하하."

"그럼 됐다."

어느새 두 사제는 주작대로를 모두 지나 장안성 남문 부근에 이르렀다.

높이 솟아 있는 웅장한 성벽의 거대한 그림자가 인근 시장 골목 대부분을 가리고 있었다. 안슬은 녕결을 데리고 성벽 위로 올랐고, 군기가 삼엄하기로 유명한 성문군이 웬일인지 저지하지도 심지어 신분을 확인하지도 않았다. 그들은 그저 본체만체했다.

"사부님, 지명 경지의 위력은 얼마나 대단한가요?
사실 시연을 본 적이 있긴 하지만 지명 경지 수행자 간의 싸움은
본 적이 없어요."
"어떤 멍청한 대수행자가 네놈에게 시연을 보여 줬나?
그놈은 백치인가?"
'성은 진이요 이름은 피피. 백치긴 한데 좋은 사람입니다.'
"지명들의 싸움? 내가 류백과 한판 붙는 것을 네놈에게
보여주랴?"
"아닙니다. 그냥 궁금해서……."

사제 두 사람은 높은 성루에 올랐다. 평원에서 불어온 바람이 낡았지만 여전히 견고한 성벽을 타고 올라와 몇 차례 날카로운 매 울음소리와 함께 두 사람의 옷자락을 스쳐갔다.

"네 서원의 그 둘째, 그가 너를 한 번 보기만 하면 너는 바로
죽는다. 이게 바로 지명의 경지다."
'한 번 보면 죽는다고?'
"앞으로 꼭 사부님과 둘째 사형을 더 존경하겠습니다."

안슬은 그를 데리고 성루의 다른 쪽으로 가서 장안성을 바라보았다. 수많은 건물로 이루어진 장안성 성루에서는 북성의 황궁도 그렇게 높아 보이지 않았다. 주작대로가 예리하고 곧은 검이라면 황성은 검자루처럼 보인다.

"뭔가 알아보겠어?"

안슬은 가는 곳마다 질문을 던졌는데, 녕결의 부도에 대한 깨달음에 속도를 내기 위함이었다. 보통 사람이라면 자신의 집을 찾거나 역사적 흔적을 살펴보겠지만 부도의 눈으로 본다면 무엇을 볼 수 있을까.

　　"장안성은 그 자체로 하나의 커다란 진(陳)이다."

녕결은 충격을 받아 말문이 막혔다.

　　"수많은 선대 수행자들의 지혜를 모으고 대당의 재력을 동원하여
　　근 30여 년 만에 완성된 이 천하의 웅성은 당연히 세상에서
　　가장 강력한 진법이어야겠지. 이름하여 경신진(驚神陳)."

녕결은 장안성을 바라보며 경신진의 대략적인 모습을 파악하려고 애썼지만 별 소득은 없었다.

　　"경신진은 당연히 육안으로 볼 수 없다. 대부분 땅에 묻혀
　　있지. 내가 알려줄 수 있는 건 황궁 아래가 진추(陳樞, 진의
　　핵심)이며, 주작대로가 진근(陳根, 진의 뿌리)이라는 사실뿐이야."

안슬은 황궁에서부터 주작대로를 따라 천천히 남쪽으로 손가락으로 가리키면서 설명했다.

　　"진근은 우리 발밑까지 와 있지. 즉 주작 남문까지. 그 다음에
　　성벽을 통해 발산되어 내성과 외성의 모든 성문을 통과해서
　　다시 돌아온다. 경신진은 복잡하기 짝이 없는 거대한 부적이지.
　　이 부적은 무수한 신부(神符)로 구성된다. 진안(陳眼, 진의 눈)이
　　열리기만 하면 이 거대한 부적이 발동하여 웅성과 장안의
　　백성들을 보살피는 것이지."

넝결은 찬탄과 경외 등 복잡한 감정을 말로 표현할 수가 없었다.

> "방금 네가 본 주작상이 바로 이 거대한 부적을 구성하는 신부 중
> 위력이 가장 강한 신부다."
> "이 대진(大陳)이 발동하면 어떤 장면이 펼쳐질지 상상도
> 안 되네요. 하늘을 가리며 먹구름이 몰려오는지 땅과 산이
> 흔들리는지……."
> "그 모습은 아무도 모르겠지. 심지어 진을 설계한 사람도 진을
> 만든 전대의 수행자들도 모를 것이라고 믿어. 또 그들도 알고
> 싶지 않았을 거야. 물론 나도 알고 싶지 않고."

안슬 대사는 굳은 표정으로 말을 이었다.

> "경신진이 작동된다는 것은 곧 장안성이 함락되기 직전이라는
> 뜻이겠지. 그날이 오면 대당은 파멸의 지경에 이르렀다는
> 의미야."
> "사부님, 이런 일을 제게 알려주지 마세요. 특히 진추니 진근이니
> 뭐 이런 거…… 왠지 느낌이 좋지 않네요."
> "지금 대당 경신진을 누가 맡고 있을까?"
> "불안한데…… 누구지요?"
> "너의 사부, 나."

안슬 대사는 그를 바라보며 미소를 지었다.

> "넌 내 유일한 후계자야. 내가 죽으면 이 경신진은 당연히
> 네 책임이니 미리 알려주는 게 당연한 일 아니냐?"

넝결은 아무 말도 하지 않았다. 그저 창백한 얼굴로 고개를 돌려 나지막
이 이상한 소리를 냈다. 욕설을 퍼붓는 것 같기도 하고 냉기를 들이마시

는 것 같기도 했다. 무의식적으로 헛소리를 지껄이는 것 같기도…….

한참이 지났다. 녕결은 사부를 보며 원망스럽게 말했다.

"사부님, 이렇게 제자에게 겁을 주시면 안 되죠. 겁나서 죽겠어요."

"네가 겁에 질려 죽으면 내가 또 어디 가서 후계자를 구해?"

"문제는…… 이런 일들을 아무리 말씀하셔도 전
 현실 같지 않아요."

"이런 일?"

"장안성 경신진…… 저에게 맡긴다고요? 왜요? 절 뭘 믿고?"

"경신진을 다룰 자격이 있는 신부사는 너무 적고, 그중
 제국이 믿을 수 있는 사람은 더 적다. 넌 나의 제자인데 조정에서
 널 믿지 못할 이유가 있겠느냐?"

"누가 동의하는데요?"

"내가."

"사부님의 동의만 있으면 되나요?"

"폐하께서는 이미 동의하셨어."

"네?"

"폐하께서 너에게 말씀 하셨다던데? 네가 정식으로 부도에
 발을 디디면 너에게 어떤 선물을 하사하겠다고."

"폐하께서 그런 말씀을 하시긴 했는데…… 그게 지금 이 일과
 무슨 상관인가요?"

"후에 네가 그 물건을 보면 알게 될 거야."

'신부사가 되어 장안성과 대당 제국 백성들의 안전을
 책임진다고?'

영광이지만 동시에 큰 산과 같은 책임과 하늘과 같은 압박이었기에 녕결
은 숨쉬기가 힘들 정도로 마음이 무거워졌다.

그는 47번 골목으로 돌아오고서야 마음이 다소 진정되었다. 골목
어귀에는 어느 집 늙은 고양이가 석판 위에 누워 실눈을 뜨고 나른하게

햇볕을 쬐고 있었다.

＊＊

사실 녕결은 결코 게으른 사람이 아니었다. 다음 날 그는 여느 때처럼 일찍 집을 나서 서원 뒷산으로 향했다. 비검과 비침을 연습하고 악곡을 하나 듣고 바둑도 한 판 두었다. 서원을 나와서도 장안성 곳곳을 둘러보며 관찰하고 각종 도관(道觀)을 찾아다녔다.

물론 지금은 사부 없이 혼자 길을 걷고 있었다.

지금은 장안에서 일 년 중 가장 견디기 힘든 시기. 덥고 답답한 여름. 녕결은 10여 개의 도관을 답사한 후, 마침내 남성에 있는 만안탑에 이르렀다. 봄이 지난 탓에 기러기 떼는 이미 북상해 보이지 않았다.

비록 기러기는 없지만 벽돌에 이끼 자국이 남은 불탑과 법당 안의 정교하게 조각된 존자(尊者) 석상은 남아 있었다. 녕결은 불탑을 잠시 올려다보았지만 부도에 관련된 아무런 깨달음도 얻지 못하고, 어떤 멋스러움도 느끼지 못했다. 녕결은 어깨를 으쓱하고는 법당 안으로 들어갔다.

매끄러운 선에 유난히 무거워 보이는 존자 석상. 세상은 호천 신휘로 뒤덮여 있고 불종은 월륜국에서 침묵하고 있으며, 비록 각 성 주변에 사찰은 있지만 결코 주류라고 부를 수는 없었다. 불종 승려 대다수는 황야에서 고행하고 있었기에 세속 민중에 대한 영향력도 극히 적었다.

대다수의 사람들처럼 녕결도 불종의 교리나 경전에 대해 잘 알지 못했다. 불종의 존자도 그저 성인(聖人)처럼 느꼈고, 먼 옛날 신화 같은 전설 속 인물이라고 생각했다. 존자 석상은 한적한 불당에서 창에 붙은 황색 종이를 투과한 빛을 받으며 고즈넉한 황금빛 광택을 발산하고 있었다.

일반적으로 존자 석상은 형태가 다 다르고 표정이나 손 모양도 다 다르다고 알려졌다. 녕결은 존자상의 손모양을 흉내내기 시작했다.

'이것이 불종에서 말하는 수인(手印)이겠지?'

두 손을 소매 밖으로 내밀어 합장하고 손가락을 풀고 깍지를 끼고 손목을 연꽃처럼 구부리고…… 마음속에서 은은한 느낌이 올라왔는데 그 느낌을 말로 표현할 수는 없었다. 그래서 깔끔하게 포기하고 법당을 나왔다. 그가 막 만안탑을 떠나려 할 때 탑 아래서 중년의 승려 하나가 그를 향해 가볍게 미소를 지었다.

＊＊

만안탑 꼭대기 누추한 방. 중년의 대사는 맑은 차 한 잔을 녕결에게 건네며 입을 먼저 열었다.

"나를 황양이라 불러도 좋네."
'황양? 사부님께 들어본 것 같기도 하고…….'
"내가 왜 이곳으로 자네를 데려왔는지 궁금하겠지. 어떤 사람의 부탁을 받았어. 자네와 몇 마디 대화를 하고 싶었네."
'잠깐 황양 대사? 황제의 의형제?'

녕결은 재빨리 허리를 굽혀 예를 올리며 말했다.

"대사님…… 을 뵙습니다."
"허허. 백성들의 눈에는 어제(御第)라는 신분이 먼저일 터. 나는 보통 어제 대인이라고 불리지만 내가 어딜 봐서 대인인가? 그냥 중일 뿐이지."

녕결은 어찌할 바를 몰라 그저 웃었다.
황양 대사는 뒤편에 산처럼 쌓여 있는 불경을 가리키며 말했다.

"내가 황원에서 가져온 불종의 경전들이네. 평범한 글로 번역해서 불종의 진의를 세상에 알리려 했는데 학문이 얕아 몇 년이 걸려도 완성을 하지 못했지. 그러니 내가 직접 말로 이야기하는 것에 개의치 않기를 바라네."

대당 황제의 어제 제국에서 가장 존경받는 불종 고인(高人). 녕결이 어찌 감히 말대꾸를 하겠는가.

"난 부도에 대해서는 잘 모르니 내가 체험한 수행의 과정에 대해 말할 수밖에 없네. 불종은 명심(明心, 밝은 마음)과 깨달음을 중시하는데 불심을 가질 수 있으면 그가 바로 부처지. 천지 원기는 호천께서 하사한 선물이라고 할 수도 있고 오래전부터 존재해 온 어떤 빛이라고 할 수도 있네. 과연 호천도 인간처럼 의지가 있는지에 대해서는 도문이든 불종이든 서원이든 선현들이 오랜 시간 논쟁을 벌여 왔는데, 오늘 우리는 이런 것에 대해서는 말하지 않았으면 좋겠네."

황양 대사는 망설임 없이 곧장 바로 큰 화두로 들어갔다.

"불종 수행은 고행의 과정이네. 고행은 고생을 하는 것이 아니라 천지 사이를 걸으며 여러 해 동안 산이나 절벽이나 계곡 등과 친하게 지내는 것이야. 그러다가 어느 날 절벽 계곡에서 꽃 한 송이가 더 피면 천지 사이의 원기를 느낄 수도 있는 그런 과정을 말한다네."
"수행은 천지 원기가 흐르는 규칙을 중시하지. 원기가 어떻게 흐르고 어디서 멈추는지 감지하는 법은 불종 제자들도 배워야 하는데, 다만 우리의 학습 방법은 오랜 세월 고행을 하다 '문득' 깨닫게 되는 것. 우리는 그것을 '오(悟)'라고 부르네."

녕결은 좋은 학생이 틀림없었다. 그는 시의적절하게 질문을 던졌다.

"사물의 객관적인 존재에 대해 극단적으로 익숙해지니
  사물의 모든 속성을 인식하게 된다는 것입니까?"
"역시 이층루에 들어갈 자격이 있군."

황양 대사는 미소로 칭찬의 뜻을 전했다.

"대략 그런 이치네. 다만 불종이 보기에 천지 원기는 우리
  이전에도 존재했고 우리 이후에도 영원히 존재할 것이며,
  세속적 경험은 생존 경험을 뛰어넘는 객관적인 존재인 것이지.
  우리는 그 사이에 살면서 파악하기보다는 깨달음을 얻어야 하고
  통제할 생각은 더욱 하지 말아야 한다고 생각하는 것이네."
"파악하지 말고 깨달아라……."
"그래서 불종은 일반 수행 유파처럼 천지의 법칙에 대한
  통제 정도로 경지를 정하지는 않는다네. 유한한 생명으로 무한한
  천지를 배우는데 무슨 불혹이나 지천명이 있겠나. 모두 하늘의
  뜻인데 어찌 인간이 통찰할 수 있겠는가."
'불종의 견해는…… 너무 경직되어 있고 너무 소극적인 것
  아닌가?'
"불종은 깨달음을 추구하고 깨달음을 얻으면 깨닫게 되는 것이고
  깨닫지 못하면 깨닫지 못하는 것이네."

황양 대사는 담담하게 말을 이었다.

"난 어려서부터 스승님을 따라 세상 곳곳에서 고행을 했네.
  스승님이 세상을 떠나신 후 나는 황원 극서쪽에 불종 성지가
  있다는 말을 듣고 월륜국으로 갔고, 월륜국의 상인 무리를 따라
  황원으로 들어갔지. 7년 동안 열일곱 개 상인 무리를 따라 황원에
  들어갔는데 결국 전설의 불종 성지를 찾아내지는 못했네."

황양 대사의 눈빛은 그윽하게 변했다.

"그중 한 상인 무리는 네 번이나 황원에 들어갔는데 나도 그들을
따라 들어가면서 상인의 마부들이나 호위들과 친해졌지.
그러던 어느 날 모래 폭풍을 만나 어딘가에 갇혔고 밤이 되자
마적 떼가 그곳으로 들어와 이유 없는 살육을 했지."
'마적······!'

녕결은 본능적으로 살의가 가득한 눈빛으로 물었다.

"대사님, 그 후에 어떻게 되었습니까?"
"마적은 불종 제자들을 꺼리니 모두 죽이고서 나를 에워쌌지.
바로 그 순간 내가 드디어 깨달음을 얻었네."
"대사님께서 깨달음을 얻은 후에는? 마적들은 어떻게
되었습니까?"

황양 대사가 옅은 미소를 지었지만 곧바로 대답하지 않고 자신의 찻잔에
천천히 차를 따랐다. 녕결은 저도 모르게 헛웃음이 나왔다. 자신이 무의
미한 질문을 한 것을 알았기 때문이다.

'대사님이 여기 계시니······.'
"그때 어떻게 깨달음을 얻었는지는 아직도 모른다네.
그때 친하게 지내던 동료의 피가 내 몸에 묻어 있었던 것은
기억하고 그 피가 뜨거웠다는 것, 나의 살갗이 타오를 정도로
뜨거웠다는 것은 기억하지만······."

녕결은 자신의 어린 시절을 떠올리며, 손가락에 묻은 찐득찐득했던 피의
감각을 느꼈다.

"그후 여러 해 동안 괴로워했지. 이왕 깨달음을 얻을 거라면
왜 더 일찍 깨닫지 못했을까…… 반나절이라도 일찍 깨달았다면
나의 친구들이 그렇게 비참하게 죽임을 당하지는 않았을
텐데…… 사람마다 깨달음의 이유와 기연(奇緣)이 다르기
때문이네. 깨달음의 기회는 오면 오는 것이고, 오지 않는다고
강제할 수는 없지."

넝결은 대사가 지금 자신에게 무엇인가 일깨워 주려 한다는 것을 알고 있
었기에 세심하게 경청했다.

"피는 불이 아니네. 피는 맵지도 않고 타오르지도 않지. 하지만
그 순간 피는 나에게 매웠고 모든 것을 태울 정도로 뜨거웠고,
내 옷과 내 육체를 깨끗이 태워 버렸지. 만약 깨달음이 천지 원기
법칙에 대한 감각이라면 모든 사람의 깨달음은 다 다른 법.
오직 자신이 느끼는 것만이 진실인 것이지. 다른 사람들이
가르쳐준 것은 다 가짜니 조급해하지 말고 천천히 하다 보면
깨달음을 얻게 될 것이네."

넝결은 한참 동안 입을 다물었다가 천천히 예를 올리고 탑에서 내려갔다.

★★

잠시 후 대당 국사 이청산이 어디선가 걸어 나오며 말했다.

"고맙습니다."

황양 대사는 고개를 저었다.

"이렇게 짧은 시간에 이렇게 많은 것을 접하게 하면 그에게
　문제가 생길까 걱정은 안 됩니까?"
"문턱 앞에 선 신부사, 덕망과 명성이 높은 불종의 어제 대사,
　그리고 서원 이층루 괴짜들까지. 이들 모두 수행의 세계에
　갓 발을 들인 젊은이를 끌고 가고 있으니 만약 그에게 문제가
　생기지만 않는다면 그의 미래는 가히 기대할 만하겠지요.
　그래도 안 되면…… 부자의 귀국만 기다릴 수밖에요."
"그가 당신들의 기대를 저버리지 않길 기원합니다."
"대당에 대한 충성과 서원의 이층루에 들어갈 잠재력, 신부사의
　자질. 더 중요한 것은 적을 죽여야 할 때 수단을 가리지 않고
　죽이는 차분함과 냉정함. 이런 젊은이를 폐하께서 어떻게
　놓치시겠습니까? 하물며 그 서첩에 대한 인연도 있고……
　이렇게 우리 같은 노인들이 그를 키우는 것은 그가 성장해 우리의
　체면을 세워주기를 바라기 때문이 아니라 대당 제국의 장래를
　위해 그와 같은 젊은이가 꼭 필요하기 때문입니다."

　　　　＊＊

만안탑 대화 이후 수일 동안 녕결은 황양 대사의 말, 특히 그 오(悟)에 대
해 수차례 되새겨 보았다.

　　불종이 말하는 오(悟)는 보통 수행 법문 체계로 바꾸어 놓고 보면,
동현의 경지가 아닌가 싶었다. 즉 천지 원기 운행 법칙을 초보적으로 파
악한 수준이라고 생각했다.

　　지금 녕결의 경지는 불혹이지만 동현 하(下)까지는 얼마 남지 않
은 상태. 부도도 마찬가지. 그가 첫 부적을 그려내기까지는 한 치 정도만
남은 상태였다. 물론 이 한 치가 가장 어려운 대목이었지만.

　　녕결은 만안탑의 대화를 떠올리며 자신의 이 작은 기대와 조급함
과 초조함이 깨달음에 장애가 될 수도 있다는 생각이 들었다. 그래서 그

는 하룻밤을 깊이 생각한 다음 더 이상 그런 생각도 하지 않고 동현이나 부도 따위도 깨끗하게 잊어 버렸다.

그는 여전히 뒷산에서 연습하고 장안을 돌아다녔다. 하지만 언제 동현에 들어갈지 언제 백지에 첫 획을 쓸지는 염두에 두지 않았다. 그저 순수하게 아름다움을 감상하고 그 선들을 눈동자에 새겼다.

★★

한여름 어느 날. 오후의 노필재는 견디기 힘들 정도로 무덥고 습한 기운에 휩싸여 있었다. 녕결은 나무 아래 대나무 의자에 기대어 머리 위에 드리워진 나뭇가지 사이로 하늘을 보며 넋을 잃고 있었다. 가끔 대야에서 젖은 수건을 꺼내 진땀과 더위를 씻어 내는 것이 전부였다.

"물 좀 갈아줘. 물이 벌써 뜨거워졌어."

그는 수행이 아니라 폭염에 애가 탔다.

'뚝…… 뚝…… 뚝뚝.'

바로 그때 기다리고 기다리던 빗물이 떨어졌다. 빗방울은 처마와 나뭇잎을 때리고 금방 장대비로 바뀌어 빗물이 천둥처럼 쏟아졌다. 빗소리는 뒷골목에서 들려오는 이웃들의 기쁨의 환호성을 가리지 못했다.

"도련님 비 와요. 어서 들어와 피하세요."

상상의 목소리가 들렸지만 녕결은 대나무 의자에 누워 조금도 움직이지 않았다. 떨어지는 빗방울에 맞은 피부가 살짝 찢어지는 듯한 느낌, 거리를 뒤덮은 습한 느낌을 받으며 표정이 이상하게 변했다.

"도련님! 왜 안 들어오세요?"

넝결은 여전히 움직이지 않았다.

그는 눈을 점점 더 크게 뜨고 더 촘촘하게 변하는 빗줄기를 보며
갑자기 소리쳤다.

"보라고, 봐! 너무 예쁘다!"
'또 헛소리 시작이시네……'

상상은 한참을 기다리다가 푸념을 늘어놓았다. 넝결은 여전히 멍하니 하
늘을 바라보고 있었다.

상상은 얼굴을 찌푸리고 대나무 의자 옆으로 가서 그의 모습을 흉
내 내며 하늘을 올려다보았다. 넝결은 그녀가 고개를 젖히고 하늘을 보는
모습이 힘들어 보여 손을 뻗어 그녀의 허리를 잡아 품에 안았다.

두 사람은 대나무 의자에 나란히 누워 세차게 내리는 빗속에서 눈
을 뜨고 하늘을 바라보았다. 상상은 얼굴에 쏟아지는 화살 같은 빗줄기를
보며 의아한 눈빛으로 말했다.

"정말…… 예쁘네."

넝결은 그녀의 얼굴에 묻은 빗물을 닦아주며 물었다.

"우리가 지금 천 년 동안 비바람을 맞은 처마 같지 않아?
오래되었지만 아름다운."

상상은 고개를 가로저었다.

"아니요. 성벽인 것 같아요. 많은 화살을 맞고 있는 성벽.
무서운 화살……."

녕결은 크게 탄식했다.

"정말 낭만이라고는 없는 계집 같으니라고……."

    ★★

밤이 되어 비가 잦아들었다. 상상은 밥을 짓기 시작했고 녕결은 다시 창
가 옆 책상으로 갔다. 벼루에 물을 붓고 먹을 갈고 붓을 들었다. 십몇 년
동안 한 것처럼 자연스러운 동작. 수일 동안 같은 자리에 놓였던 백지의
가장자리는 약간 말려 올라갔지만 종이는 여전히 하얬다.
    그는 수(水)자권을 한 번 보고 처마의 더러운 빗물을 한 번 봤다.
그는 손목을 숙이며 붓을 내렸다.
    부푼 붓 끝이 빗물을 머금은 나뭇가지 끝처럼 하얀 종이 위에 살
포시 내려앉았다.
    한 줄 두 줄 세 줄…… 여섯 줄.
    선 여섯 줄을 그렸다.
    녕결은 깊은 숨을 들이마시고 붓을 내려놓았다. 상상이 간장밥 두
그릇을 들고 들어오다가 살며시 그릇을 옆에 두었다. 그녀는 책상으로 다
가와 신기한 듯 바라보았다. 그러다가 천장을 올려다보며 퉁명스럽게 말
했다.

"비가 새요? 천계 4년에 지은 새집이라더니. 도련님 내일
    넷째 제 씨에게 가서 임대료를 깎아 달라고 해야겠어요."

녕결은 못 말리겠다는 듯이 고개를 저으며 말했다.

"우리가 언제 임대료를 낸 적은 있니? 그리고 지금 천장에
    비가 새지도 않아."

상상은 책상 위에 놓인 흰 종이를 가리키며 걱정스러운 시선을 보냈다.

"비가 새지 않는다니요? 도련님 혹시 비 맞고 백치가 된 건……."

상상의 말이 채 끝나기도 전에 녕결은 그녀의 왜소한 몸을 품에 안았다. 상상은 오늘 도련님의 기분이 매우 격앙되어 보여 어쩔 수 없이 두 팔을 벌린 채 망연자실하게 그에게 안겼다. 녕결은 그녀를 안고 한참을 있다가 그녀의 귓가에 대고 나지막이 말했다.

"장안에서 나에게 밥 사고 싶다는 사람들에게 알려줘.
이제 시간을 내줄 수 있다고."

상상은 그 말을 듣고 몸이 굳어 책상을 바라보았다. 하얀 종이 위에 여섯 줄의 먹물 자국이 어디론가 자취를 감추었다. 커다란 물의 흔적만 있을 뿐이었다.
빗물이 아니었다.
물이었다.

2

. . .

흔들리는 세계

1

◆

일자권의 이름

2

인생의 첫 부적을 그려 냈으니 녕결은 당연히 기뻤다. 하지만 처음 수행을 할 수 있게 된 때처럼 기뻐서 추태를 부리지는 않았다. 그냥 조용하게 기뻐했다.

징을 치며 거리를 뛰어다니는 대신 가장 친한 사람들에게만 알려 주었다. 상상은 뜻밖에도 득승거 주방장을 모시고 와 연회석을 차렸다.

서원 뒷산 사형 사저들이 가장 좋아했다. 드디어 막내 사제가 부도에 전념하여 그 난폭한 비검과 비침을 연마하지 않을 것이라는 기대에 춤을 추고 고금 통소를 연주하며 기쁜 마음을 표현했다.

안슬 대사는 한참을 멍하니 있다가 홍수초로 가서 실컷 술을 마셨다. 술이 취할 때쯤 늙은 도사의 눈에서 한 줄기 눈물이 흘러내렸다.

★★

여름비가 내린 후 사흘째 되는 날, 대당 제국의 제주 대인은 마음대로 명분을 정해 수십 명의 관원을 초청하며 자기 집에서 연회를 열었다. 사람들은 이유가 궁금했지만 쉽게 질문을 하지는 않았다.

'조정의 대인물이 중간급 관원들과 함께 술을?'
"하하하하……."

본실에서 들려오는 제주 대인의 시원한 웃음소리가 궁금증을 증폭시켰다.

'변군이 영토를 넓혔나? 아니면 노인의 손녀가 시집을 가나?'

제주 대인 옆에 앉은 이는 문연각 대학사 왕시신. 조정 전체를 봐도 재상
등 몇 사람을 제외하고는 이 대학사만이 불쾌한 표정을 지을 수 있었다.
더구나 두 대인이 사이가 그리 좋지 않다는 것은 공공연한 비밀이었다.

두 사람의 불화는 정치적 분쟁과는 아무 관련이 없었다. 수십 년
전 어느 청춘의 풋풋한 사랑 이야기에서 시작된 것이라 알려질 뿐이었다.

두 대인은 모두 서원의 학생이었다. 같은 서당이라서 친분이 두
터웠지만 안타깝게도 같은 서당에 아름다운 여자 하나가 있었다. 그 여
자는 재상의 딸에 품성도 좋았고 재상에게는 그 딸 하나만 있었다. 그래
서…….

왕시신 대학사는 냉소를 지으며 턱수염을 한 번 쓰다듬은 후 옆에
있는 제주 대인을 바라보며 말했다.

"요즘 47번 골목에 자꾸 집사를 보낸다고?
 남들이 다 되파는 서첩도 몇 부 샀다던데?"
"그래서 부러운가? 무슨 조정의 체면 따위는 말하지도 말게.
 녕결은 서원의 학생이니 따지고 보면 자네와 나에게
 모두 후배 되는 것 아닌가. 또 이층루에 들어갔으니
 나이 불문하고 그를 존경하는 것이 또 어떤가? 듣자하니
 자네 집 집사도 늘 노필재를 드나든다더군……."
"이 노인네 좀 보게. 몇 마디 물었을 뿐인데 대답이 왜 그리 길어?"

왕 대학사는 다시 냉소를 날리며 말했다.

"녕결은 확실히 글씨를 잘 쓴단 말이야. 폐하께서 그를 아끼시고
 나도 그를 좋아하니 노필재에 사람을 보내는 데 무슨 문제가
 있나? 다만 난 자네를 좀 동정한 것뿐이네. 곳곳에서 그의 글씨를
 수탈하고 있던데 몇 점이나 진품을 수탈했는지 모르겠군."

왕 대학사는 제주 대인이 입을 열기도 전에 크게 웃으며 말을 이었다.

"하하! 여러분도 아시겠지만 녕 대가의 그 닭백숙첩은 지금
이 대학사 집에 있지요. 바쁜 공무 중에 틈이 나면 한번 들러서
감상해도 좋을 것 같네요."

제주 대인은 미간을 잔뜩 찌푸렸다.
　　왕 대학사는 신이 나서 계속 떠들었다.

"밖에서 돌고 있는 녕결의 서첩이 적지 않지만 신부(神符)의 뜻을
담은 원본 닭백숙첩 외에 황실에서 보관 중인 화개첩과 견줄 만한
서첩이 있을까요? 본 대학사가 안슬 대사와 친분이 없었다면
어떻게 손에 넣을 수 있었겠습니까?"

그는 고개를 돌려 제주 대인을 향해 웃으며 말했다.

"영감, 자네 집 집사가 홍수초에 가서 닭백숙첩 탁본 두 장을
사왔다고? 무슨 그런 고생을 하나? 자네가 정말 닭백숙첩 원본을
보고 싶다면 내게 말 한마디 하면 되는 것을 괜히 나를
이런 식사에 초대할 필요가 있는가? 우리 사이에 그 정도 청을
못 들어주겠는가. 그런데 이게 무슨 고생이란 말인가?"

제주 대인은 거칠게 숨을 쉬며 차갑게 말했다.

"내가 보고 싶으면 자네가 닭백숙첩 원본을 우리 집으로
보내주시겠다?"
"그건 꿈도 꾸지 마시오."

왕 대학사는 미소를 지으며 말했다.

"폐하께서 닭백숙첩이 우리 집에 있는 것을 알고 세 번이나

달라고 하셨지만 본인이 거절했네. 닭백숙첩이 한 번 궁에
들어가면 다시 나올 수 있겠나? 자네 집도 마찬가지겠지.
자넨 체면이고 뭐고 나에게 안 돌려줄 거야. 내가 이런 얄은
속임수에 빠지겠나? 폐하께서 이번 달에 우리 집에 행차하실
계획이니 보고 싶으면 자네도 얌전히 방문하게."

'픽!'

제주 대인이 참지 못하고 세차게 식탁을 내리쳤다.

　　"왕 대두(大頭)! 사람을 그렇게 업신여기면 안 되네!"
　　'왕 대두? 왕 대가리? 서원에서 쓰던 별명을 여기서
　　부르시다니⋯⋯.'

잔치에 초대된 사람들은 당황했다. 하지만 왕시신은 어찌 된 일인지 마치
승자의 여유를 부리듯 동정하는 말투로 대답했다.

　　"추태야, 자네는 너무 추태를 부려."

제주 대인은 억지로 화를 억누르며 또 억지로 미소를 지으며 자리에 앉았다.

　　"오늘 연회는 당연히 다른 목적이 있지. 내가 자네만 초청한 줄
　　아나? 자네 머리가 크니 자네 체면도 그렇게 큰 줄 아나?"

왕 대학사는 조금도 개의치 않고 미소를 지었다. 얼마 지나지 않아 정원
에 사람 소리가 들렸고, 왕 대학사는 밖을 힐끔 보고는 놀란 표정을 지었
다. 제주 대인은 젊은이들에게 둘러싸인 한 젊은이를 보며 만족스럽게 긴
수염을 쓰다듬고 외쳤다.

　　"닭백숙첩 진품? 일단 닭백숙첩의 주인부터 보지!"

왕 대학사의 표정이 순식간에 보기 흉하게 변했다. 여태껏 어느 집에 가서 연회를 참가한 적이 없는 녕결. 그를 초대했던 고관 대작들은 그를 아끼고 싶었고, 또 아끼지 못해 못마땅했지만 폐하의 총애를 받는 서원 이층루 학생에게 감히 해코지를 할 수 있는 사람은 없었다. 사랑하고 또 미워했지만 그냥 그대로 놔둘 수밖에.

그런 그가 오늘 제주 대인의 연회에 나타날 줄이야!

왕 대학사는 순간 어떤 생각이 스치며 크게 외쳤다.

"좋은 손녀를 두었어! 축하하네!"

이 말의 숨은 뜻은 악독했지만 왕 대학사가 방금 전에 보여줬듯이, 승자만이 용서할 자격이 있다. 제주 대인은 곧 눈물이 흐를 듯한 슬픔과 연민이 가득한 눈으로 위로했다.

"자네 손녀가 서원에 못 들어가서 내가 너무 가슴이 아팠네."

이 말은 왕 대학사의 가슴에 꽂혔다.

"이 늙은 영감탱이가! 그렇게 득의양양하게 굴지 마!"

제주 대인은 미소를 지으며 대답했다.

"장안에서 제일 먼저 녕 대가를 초청한 늙은 영감탱이로서
오늘은 내가 좀 득의양양해도 되지 않겠나?"

왕 대학사는 난간 밖의 녕결을 쳐다보며 발끈했다.

"닭백숙을 먹는데 꼭 암탉을 볼 필요가 있나!"

노제주는 대범하게 웃으며 탄식했다.

"추태야…… 자네는 너무 추태를 부려."

녕결이 연회에 참석하기로 결심했을 때 가장 고민한 것은 순서였다. 조정 원로 대신들에게 미움을 사면 아무리 서원이라도 그런 문제에 나설 수는 없기 때문이었다. 그래서 녕결은 어제 서원 호숫가에서 사도의란에게 열심히 물어보았고, 제주 대인의 연회에 제일 먼저 참석하는 것으로 결론을 지었다.

이유는 간단했다. 제주 대인은 청렴하고 고귀한 문신. 더구나 서예에서 대선배이기도 했기 때문이다. 가장 중요한 이유는 제주 대인의 손녀 김무채가 그의 동창이라는 명분이 있었기 때문이다.

연회가 끝난 후 제주 대인은 자연스럽게 사람을 시켜 필묵지연을 가져오게 했고 정중하게 녕결에게 글씨를 부탁하였다. 녕결은 글씨를 쓰고서야 재미없는 연회를 빠져나왔다. 그리고 김무채, 사도의란과 함께 오랜만에 이야기를 나누었다.

'사승운이 남진으로 돌아갔다고? 그래서 김무채의 표정이…….'

녕결이 연회에 참석하기로 결심한 이상, 한 집만 가는 것은 불가능했다. 원래 계획은 제주 대인 다음에는 예부 상서댁으로 가는 것이었다. 하지만 제주 대인댁 연회에서 왕 대학사를 만난 터라 어쩔 수 없이 다음 날에 왕 대학사댁으로 향했다. 그렇지 않으면 왕 대학사가 사람을 시켜 노필재를 부숴 버릴지도 모른다고 생각했기 때문이다.

왕 대학사댁 연회는 제주 대인댁 연회보다 더욱 화려했다. 6부 3원에서 잘나가는 관원들을 모두 초청했고 그중 반은 앉을 자리가 없어 정원에 서 있었다. 녕결은 정원에 빽빽하게 서 있는 관원들의 각양각색 관복을 보고 놀라서 진땀을 흘렸다.

"소인은 글씨 쓰는 사람일 뿐인데 어찌 이런 대접을
감당할 수 있겠습니까?"

하지만 왕 대학사는 녕결이 이런 대접을 받을 만하다 생각했고 그의 손을
잡고 돌계단 앞에 서서 아주 정중하게 그를 관원들에게 소개했다. 물론
그 사이에 은근히 생색을 내기도 했지만.

"제주 대인 그 영감보다 더 정성을 들였으니, 앞으로 무슨 서첩이
있으면 나에게 먼저 보여주고 폐하께서 무슨 생각이 있으시면
나에게 먼저 알려줘야 하네."

연회가 끝나기도 전에 왕 대학사는 간직하고 있던 닭백숙첩을 꺼내 관원
들에게 감상시켜 주었고 마지막에는 여전히 구겨져 있는 종이를 녕결에
게 건네며 친필 서명과 함께 녕결의 손가락 도장을 요청했다.
    녕결의 손가락이 닭백숙첩 표면을 천천히 떠나자 구겨진 종이 위
에는 붉은색 인주 흔적이 남았다. 대학사 집안 모든 사람들이 기뻐 날뛰
었고 관원들은 박수갈채를 보냈다. 70년 가까이 대학사를 모셨던 늙은
하인은 눈물을 글썽이며 대학사에게 말을 건넸다.

"어르신, 드디어 그 김 영감을 이긴 것 같습니다.
아내를 빼앗긴 한을 조금이라도 푸셨네요……."

녕결은 안도의 한숨을 쉬며 집에 갈 채비를 했다. 그런데 또 어디선가 마
법처럼 필묵지연이 차려졌다. 문제는 제주 대인댁에서보다 훨씬 많은 중
당(中堂)을 다 채울 만한 종이 뭉치들이었다.
    녕결은 하는 수 없이 그 하얀 종이들에 글씨를 다 채우고서 대학
사 저택을 나오며 상상에게 고통스러운 얼굴로 말했다.

"다시는 이런 연회에 참석하지 말자."

"며칠 전에는 대인물들과도 친하게 지내야 한다더니
이제는 다시는 참석하지 말자고요?"
"밥 먹고 폐하를 칭송하고 대인들에게 아첨하는 건 내가 잘하지.
그런데 밥을 먹으면 글씨를 써야 하고 갈수록 요구 사항이
많아지는데 내일 만약 국공 어르신이 초대하면 내가 뭘 써야
하지? 새로 칠한 흰 담벼락을 글씨로 가득 채우기라도 해야 하나?
이게 무슨 밥을 사주는 거야? 아예 내 돈을 강탈하는 거지!"

글씨를 빼앗기는 게 아까워 녕결은 그 후부터 밥을 먹지 않기로 했다. 물론 진짜로 밥을 안 먹는 건 아니고 연회를 참석하지 않겠다는 뜻이었다.

어린 시절 끔찍한 가뭄을 겪었던 그에게 밥 먹는 것은 세상에서 가장 중요한 일 아닌가. 그리고 역사적으로 부족과 국가 간에 전쟁이 일어나는 근본 원인도 바로 먹고 사는 일이었다.

마찬가지로 배를 채우기 위해 이미 중원에서 멀리 떠난 지 천여 년이 된 북황 부족도 부득이하게 남쪽으로 이주하여 초원의 용맹한 만족 부족을 공격했던 것이다. 후환을 생각할 여유도 없었고 그 전투가 중원의 나라들을 놀라게 하지 않을까 하는 걱정을 할 틈도 없었다.

전쟁은 바로 먹고 살기 위한 것. 또 전쟁을 이기기 위해서는 전쟁을 치르는 사람들이 먼저 배불리 먹어야 하는 법. 싸늘한 초원에서 수십 개의 부뚜막 위로 피어오르는 연기와 끓는 솥에 담긴 양고기가 바로 그것이었다.

수천 명의 짐승 가죽 옷을 입은 사내들이 흙으로 만든 부뚜막에 둘러앉아 묵묵히 양고기를 먹고 있었다. 주름진 노인도 풋풋한 소년도 모두 평온했지만 결의에 찬 얼굴이었다. 마치 몇 년째 이곳에서 산 것처럼.

북황 부족 군대의 일부. 다른 말로 하면 그들은 북황 부족에서 싸울 수 있는 남자들 중 일부. 사실 북황 부족에게는 군대라는 용어가 없었다. 그들은 마지막 전투를 할 수 있는 남자를 모두 모았을 뿐.

부족의 노약자와 부녀자 어린아이들은 뒤에서 따라오고 있었는데 한 달은 더 걸려야 초원에 도착할 것이다. 남자들이 이 전쟁에서 이겨

초원을 빼앗지 못한다면 뒤에서 오고 있는 가족들은 굶주림과 적의 칼날에 집어삼켜질 게 뻔했다.

북황 부족은 그동안 극북 지역의 한대(寒帶)에 살았다. 열해(熱海)에 의지해 힘겹게 살았기에 많은 인구를 유지할 수는 없었다. 그래도 그동안 나름 잘 살아남았는데, 최근 몇 년 간 이상하게 밤이 길어지면서 기온이 더 낮아졌고 마침내 부족 원로회에서 어쩔 수 없이 남쪽으로 이주한다는 결정을 내린 것이다.

남쪽으로 가지 않으면 먹을 것이 없었다. 남쪽에는 넓은 초원, 양떼와 소 떼 그리고 곡식도 있었다. 하지만 그 절대 다수의 땅은 이미 주인이 있었다. 그 주인들은 북황 부족민들을 환영하지 않을 것이다. 그래서 싸울 수밖에 없었다.

＊ ＊

천 년이 지난 오늘날 황인들이 다시 세상에 모습을 드러냈다. 세상을 놀라게 할 일이었지만 그들이 세상을 떠난 지 너무 오래 되어 이미 많은 사람들이 그들의 존재를 잊었다. 뿐만 아니라 험악한 자연환경 때문에 부족의 인원이 급격히 줄어든 탓에 사람들은 그다지 위협을 느끼지 못했다.

그래서 이 일은 초원의 북방 지역에서 일어나는 일이라면서 사람들의 관심에서 멀어졌다.

이 상황은 황인 부족 원로 회의의 영민한 결정과도 관련 있었다. 남쪽으로 이주하기 전 황인은 확고하고 분명한 목표를 정했다. 초원 만족 좌장 한왕(汗王)의 땅. 그래서 이 일은 대당 제국과 아무런 관련이 없었고 황인 전사들은 용감하게 싸웠지만 그 전투 범위를 조심스럽게 초원 북쪽 지역으로 제한했다.

황인 전사들이 초원 북부 변방에 내려온 지 한 달. 만족 좌장 한왕 기병들과 전투를 치른 지도 한 달. 크고 작은 전투를 백여 차례 치렀고 대부분 황인들의 승리로 끝났다.

하지만 전쟁의 참혹함은 승자도 대가를 치르게 하는 법. 황인 전사들의 전투력은 만족보다 훨씬 앞섰다. 좌장 한왕 기병 10만의 공격을 연달아 격파했지만 죽은 동료들 또한 점점 더 많아졌다.

진흙 부뚜막 가마솥에 끓인 양고기. 멀지 않은 풀밭에 피 묻은 동료의 시신이 빼곡히 늘어서 있고 주술사가 시체 더미 사이를 걸어 다니면서 이따금씩 죽은 사람의 미간을 살짝 만졌다. 그리고 알아듣기 힘든 음절들이 주술사의 마른 입술 사이로 흘러나왔다.

전사들의 시체들과 멀지 않은 곳에는 열서너 살 정도 된 소년들이 손에 든 뼈를 피리 삼아 불었다. 피리 소리가 처량하다 못해 흐느끼는 것 같았다. 피리 소리에 늙은 목소리가 뒤섞였다. 원로회에서 명망 높은 어른 하나가 황인들이라면 모두 아는 노래 하나를 부르기 시작했다. 처량했지만 비장했고 누구에게도 굴복하지 않겠다는 의지가 배어나오는 노래.

★★

하늘도 차고 땅도 차고 매는 감히 북녘 황야를 바라볼 수 없네.
열해에 밀물이 오고 열해에 썰물이 가고
열해 바닷가에서 설원 늑대를 사냥하네.
설원 늑대를 쫓고 설원 늑대가 죽고
칼을 쥐고 사슴을 찾아 헤매네.
어디서 살고 어디서 죽고 어디에 백골을 묻을 수 있을까.
민산이 웅대하고 민산이 웅장하고 진짜 고향은 민산.
망망 대설을 넘고 만리 서리를 밟고 하루 종일 남녘을 바라보네.
망망 대설을 넘고 만리 서리를 밟고 더 이상 남녘을 바라지 않네.
먼저 갈 테니 따라오라.
먼저 싸울 테니 따라오라.
먼저 죽을 테니 따라오라.
귀로는 가깝고 귀로는 멀고 귀로에 올라서네.

내가 이미 갔으니 빨리 오라.

내가 이미 싸웠으니 빨리 오라.

내가 이미 죽었으니 빨리 오라.

내가 이미 죽었으니 빨리 오라.

'내가 이미 죽었으니 빨리 오라.' 이 마지막 구절이 쉴 새 없이 반복되자 웅장하고 비통한 분위기가 고조되었지만 더 많은 황인 전사들은 여전히 침묵을 지키며 양고기를 뜯고 있었다. 다음 전투가 언제 시작될지 아무도 모르기 때문이다.

'삑삑!'

이때 다시 전투 나팔이 울렸다.

'웅웅웅웅……'

초원의 대지가 미세하게 떨리기 시작했다. 황인 전사들은 조금도 당황하지 않고 손에 든 양고기와 국자를 내려놓았다. 소매를 들어 입가의 기름을 닦고 옆에 있는 병기를 주워들고 천천히 남쪽으로 걸어갔다. 부뚜막의 불은 여전히 활활 타고 있었다.

＊＊

천천히 걷다가 빠르게 걷다가, 가볍게 뛰다가 마지막으로 온 힘을 다해 달려갔다.

'휙휙휙휙……'

만족 기병들이 쏜 화살이 하늘을 가르며 빗줄기처럼 수천 명의 황인 전사들을 향해 날아갔다.

　　'푹!'

화살이 달리는 황인 전사의 가슴에 꽂혔다. 피가 빠른 속도로 흘러나와 가죽 갑옷을 붉게 물들였다. 하지만 그 황인 전사는 아무런 고통을 느끼지 못하는 듯, 여전히 칼과 도끼를 들고 만족 기병을 향해 돌진했다. 화살이 황인 전사의 강철 같은 피부에 막혀 급소에 가닿지 못한 게 분명해 보였다.

　　군령도 없고 수기 신호도 없었다. 황인의 전투는 본능적인 직감과 천 년 동안 같이 피를 흘린 동료들에 대한 믿음에 의존할 뿐이었다. 적의 화살에 맞고 쓰러지지만 않으면 그들은 허리춤에서 날카로운 도끼를 빼서 혼신의 힘을 다해 적에게 던졌다.

　　'휙휙휙휙……'

도끼가 고속으로 회전하며 전장(戰場)의 공기를 베어 버렸다. 햇빛이 도끼 날에 반사되어 아름다웠지만 동시에 공포스러웠다.

　　초원 기병이 다시 화살 비를 쏟아붓기도 전에 황인 전사들의 도끼가 일제히 날아갔다.

　　화살 비는 황인 전사들을 쓰러뜨리지 못했지만 도끼날로 이루어진 폭우는 초원 기병들에게 잔혹한 타격을 주었다. 도끼날은 기병들의 갑옷을 쉽게 베어 버렸고 도끼 자루는 초원 기병들의 뼈를 으스러뜨렸다.

　　"으아아아악!"

죽음과 피는 초원 기병의 전투 의지를 꺾지 못했고, 오히려 더 강한 전투 의지를 불어넣어 준 것 같았다. 그들은 울부짖듯 소리를 지르며 손에 칼을 쥐고 도끼 비를 맞으며 돌진했다. 광기에 휩싸인 초원 기병들과 달리 황인 전사들은 전투 시작부터 지금까지 줄곧 침묵을 지키고 있었다. 전장에서 이러한 침묵은 더욱 공포스러워 보였다.

울부짖음과 침묵의 충돌.

'슥…… 쿵!'

소년 황인 전사 하나가 몸을 웅크리고 앉아 있다가 뛰어오르며 장도를 허리춤에서 뽑아 번개처럼 내리쳤다. 군마가 처참한 소리를 내며 언제 발이 잘렸는지도 모르고 쓰러졌다.

'퍽…… 쿵!'

장년 황인 전사 하나가 오른발을 힘차게 내디디며 몸을 숙이고 허리를 비틀어 자신을 향해 돌진하는 기병을 오른 어깨로 힘차게 친다. 스스로 죽음을 자초한 것처럼 보이지만 강철처럼 단단한 어깨와 정확한 충돌 각도와 속도로 기병이 휘두른 곡도를 피해, 군마의 앞다리 견갑부 가장 약한 부분을 들이받았다. 알 수 없는 울부짖음과 함께 군마가 옆으로 넘어지고 기병이 땅으로 떨어졌다.

'스윽!'

그 순간 장도 하나가 어디선가 날아와 기병의 머리를 베었다. 만족 기병의 파도가 밀려왔고 피의 물보라가 튀어 올랐다. 황인 전사들이 피의 바다 위로 다시 떠올라 만족 기병의 두 번째 파도를 기다린다.

여전히 침묵하며 서 있는 바다의 암초처럼, 마치 억만 년이 지나도 서 있을 것 같은 암초처럼, 그들은 절대 파도에 휩쓸리지 않았다.

하지만 황인 전사는 결코 무감각한 암초가 아니었다. 전사들은 초원을 빠르게 뛰어다니며 무수한 그림자가 되어 초원 기병 사이를 넘나들었다. 정교한 화살과 날카로운 칼을 피하고 군마의 충격을 피하고 다섯 명이 한 조를 이루어 규율 있게 초원의 기병들을 분할하여 포위했다. 초원 기병이 파도처럼 전쟁터를 덮었지만 황인 전사들을 삼킬 방법이 없었다. 전사들의 장도는 공중을 날카롭게 뚫었고 두 발은 바람처럼 움직였다. 피가 한 번 튀면 초원 기병 하나가 말에서 떨어졌고, 또 한 번 튀면 초원 기병의 머리 하나가 목에서 떨어졌다. 기병 대 보병의 싸움, 승패가 불 보듯 뻔할 것 같은 전투가 이상한 방향으로 흘러가고 있었다.

사실 이러한 장면이 황인 부족이 내려온 이래로 한 달 동안 계속 되풀이되고 있었던 것이다. 전투에서 가장 무서운 것은 패배가 아니다. 자신이 배우고 훈련했던 가장 효율적인 전투 방식이 무력하다는 것을 알게 될 때가 가장 무서운 법이다. 이런 정신적 타격은 곧 자신감의 상실로 이어지기 때문이다. 매우 완벽해 보이던 돌격이 오히려 작고 야윈 황인들의 학살 목표가 되어 버렸다.

하지만 오늘은 상황이 좀 달랐다. 포위된 기병들은 붕괴되지도 않고 물러나지도 않았다. 그들은 이미 죽음을 각오하고 있는 것 같았다. 기병들은 결국 마지막에 황인 전사가 든 장도에 쓰러질 것이지만 황인 전사도 기병 한 명을 죽이기 위해 이전보다 더 많은 대가를 치러야 했다.

기병들은 황인 전사의 반격에 쓰러진 동료들은 전혀 아랑곳하지 않고 빠른 속도로 두 부대로 나뉘어 동쪽과 서쪽으로 향했다. 암초를 덮친 거대한 파도가 갑자기 양쪽으로 갈라졌고 가운데에는 피의 바다 위 침묵하는 암초만 서 있었다. 그리고 기병들이 갈라져 만든 길 뒤에서 화려한 장식의 마차 한 대가 천천히 그 모습을 드러내었다.

금과 은으로 화려하게 장식된 마차. 마차 안 한가운데에는 철로 주조된 원반이 있었는데 원반 위에는 선이 촘촘히 이어진 무늬가 새겨져 있어서 밤하늘에 떠 있는 수많은 별자리보다 복잡한 것 같았다. 마차 옆에는 초원 장한(壯漢) 두 명이 온몸에 금속 중갑을 두르고 무겁고 날카로운 곡도를 쥐고 서 있었다.

중원 국가들은 소금과 철의 수출을 엄격하게 통제하고 있었기에 초원에서 금속으로 된 중갑을 볼 수 있는 경우는 극히 적었다. 따라서 그들이 호위하는 사람의 신분은 누구나 쉽게 짐작할 수 있었다.

금속 원반 위에는 수척한 노인이 앉아 있다. 황금빛 왕정 귀족 복장을 한 노인의 손가락에는 마노로 만든 반지가 끼워져 있었고 미간에는 늑대 피 부적이 새겨져 있었다.

노인은 좌장 왕정 일곱 명의 주술사 중 하나. 그는 초원에서 싸우는 전사들을 보며 마른 입술을 빠르게 움직였고 수척한 열 손가락으로 금속 원반 위를 쉴 새 없이 두드렸다.

'두두두두두⋯⋯.'

푸른 하늘에 갑자기 구름이 흘러들어 창백한 태양을 가렸다. 그림자는 순식간에 전장 한복판에 드리워졌다. 그 순간 경험이 많은 중년의 황인 전사들은 초원 기병의 움직임이 좀 기괴하다는 것을 눈치챘다. 그리고 2백 명의 황인 전사들은 재빨리 두 갈래로 갈라진 기병을 따라 외곽으로 돌진했다.

돌진했지만 돌진하지 못했다. 갑자기 발밑 딱딱하게 굳어 있던 초원 바닥이 흐물흐물해지기 시작했기 때문이다. 풀뿌리가 진흙 바닥으로 스며들었고 풀밭에 버려진 병기는 진흙 바닥으로 떨어졌고 황인의 발도 진흙 속으로 빠져들기 시작했다.

전장 한복판의 초원이 늪으로 변해가고 있었다. 의연했던 황인 전사들의 표정이 순식간에 일그러졌다. 다리가 늪에 빠져 제 속도를 내지 못했고 심지어 몸의 균형도 잡기 힘들어졌다. 설원 늑대와 사슴을 쫓으며 단련한 그들의 가장 강력한 무기인 발이 갑자기 기능을 상실하게 된 것이다. 더욱 무서운 것은 이전처럼 자신의 급소를 노리는 적의 화살을 피할 길이 없게 된 것이다.

'휙휙휙휙⋯⋯!'
'푹!'

화살이 황인 소년 전사 하나의 가슴에 꽂혔다. 그는 고통스럽게 눈살을 찌푸리며 가슴에 박힌 화살을 빼냈다.

　　'푹 푹 푹푹……'

하지만 장도를 들기도 전에 두 번째, 세 번째, 네 번째……화살이 날아와 가슴에 박혔다.

　　'털썩.'

소년은 소리를 지르지는 않았지만 고통과 함께 천천히 바닥에 무릎을 꿇었다. 그리고 몸이 앞으로 고꾸라지며 깊고 깊은 늪 속으로 빨려 들어갔다.
　　하늘은 어두워지고 초원은 늪으로 변해 갔다. 그리고 황인 전사들은 갑자기 움직일 수 없는 과녁이 되었다. 기병의 말은 바람처럼 달리고 화살은 비처럼 떨어졌다. 그들에게 포위된 채 늪과 같은 초원에 갇힌 황인 전사들은 힘겹게 두 다리를 움직이며 달아나기 위해 몸부림쳤다.

　　'푹!'

강력한 전사 하나가 몸에 박힌 화살을 개의치 않고 기병을 향해 전진했지만, 스무 걸음을 앞두고 결국 무릎에 화살을 맞고 쓰러졌다. 황인 원로 전사는 이 모든 상황이 화려한 마차와 그 안에 있는 노인 때문이라는 것을 어렵지 않게 짐작할 수 있었다. 원로의 명을 받고 팔뚝이 굵은 황인 전사 하나가 원로 앞에 섰다.

　　"힙!"

원로가 손바닥을 전사의 등에 대고 낮은 기합 소리를 내자 원로의 얼굴은 점점 창백해지기 시작했다. 설명하기 힘든 거대한 힘이 손바닥을 통해 황인 전사의 몸으로 들어갔다. 놀랍게도 황인 전사의 팔뚝은 점점 더 굵어졌다.

전사는 눈가에 핏물이 흐르고 있었지만 아랑곳하지 않았다. 저 멀리 있는 마차를 노려보다가 허리춤에 있는 큰 도끼를 꺼내 그곳으로 세차게 던졌다.

'휙휙휙휙휙······.'

도끼는 번개처럼 순식간에 수백 장의 거리를 가로질러 금빛 옷을 입은 왕정 주술사를 향해 날아갔다.

'펑!'

주술사 옆에 침묵을 지키던 호위 둘이 거대한 방패를 들고 주술사 앞을 가로막았다. 거대한 소리가 울려 퍼졌고 마차 옆의 초원 기병들은 귀를 막으며 땅에 무릎을 꿇거나 엎드렸다.

'웅웅웅웅웅······.'

거대한 진동이 일었지만 마차는 잠시 흔들리다가 곧바로 안정을 되찾았다. 마차 안의 주술사는 여전히 빠르게 주문을 외우고 있었다. 주변의 천지 원기가 그의 주문에 따라 금속 원반으로 들어갔다. 벌집처럼 복잡한 부적 무늬를 따라 초원 땅속으로 들어갔다. 천지 원기는 왕정이 미리 전방의 땅 밑에 묻어 둔 다른 금속 원반을 거쳐서 방출되어, 땅 위의 초원을 더욱 부드럽고 질퍽거리게 했다.

황인의 마지막 희망이 물거품이 되었다. 그들은 필사적으로 포위를 뚫고 나가려 했지만 수십 개의 화살을 맞아 고슴도치처럼 되었고 피를 흘리며 쓰러지는 전사가 속출했다.

초원 기병들의 얼굴에 복수의 쾌감이 가득 찼다. 젖은 풀, 피가 섞

인 진흙, 달리는 말, 날아드는 화살이 잔인하고 절망적인 한 폭의 그림을
이루고 있었다.

'휙휙휙휙……'

화살이 허공을 가르는 소리밖에 들리지 않았다. 황인들은 풀숲에 몸을 숨
길 뿐, 더 이상 포위를 뚫으려고 하지 않았다. 화살 소리도 사라졌다. 소란
스러워야 할 전장이 갑자기 조용해졌다. 조용함은 상대적인 것. 화살 소
리가 사라졌지만 전장에 있는 사람들은 다른 한 소리만 듣게 되었다.

'츠츠츠츠츠츠츠!'

무거운 돌덩이가 구름 끝에서 떨어지는 소리. 화살도 아니고 비도 아니고
거대한 돌덩이. 마치 거대한 돌덩이가 호천에 의해 구름 끝에서 던져진
것 같았다.

　　황인들은 이미 죽음을 맞을 각오가 되어 있었기에 담담하게 풀숲
에 몸을 숨긴 채 하늘을 바라봤다. 그들의 눈빛이 타오르며 눈동자 가득
히 경외심이 차올랐다. 반대로 초원 기병들은 무슨 이유에선지 두려움을
느꼈다. 무의식적으로 활시위를 당기는 속도를 늦추고 놀라움을 감추지
못하며 고개를 들어 하늘을 바라봤다.

　　모두가 고개를 들어 공포스러운 소리가 울려 퍼지는 하늘을 바라
봤다. 구름이 햇빛을 가려서 만든 그늘. 바로 그 구름 아래 그늘 속에서
거대한 그림자 하나가 하늘에서 떨어졌다.

　　거대한 돌덩이가 아닌 한 남자가 떨어졌다.

　　그는 하늘을 가르고 피와 같은 화염을 몸 주위에 내뿜으며 수십
장이나 되는 높이의 공중에서 떨어져 내린 것이다. 마치 몸 주변을 찢은
듯 반원 모양의 물안개가 피어올랐고 두 다리는 공기와의 마찰 때문인지
피 같은 화염을 내뿜고 있었다.

　　운석. 그 남자는 대지를 향해 떨어지는 운석 같았다.

운석이 떨어진 곳은 바로 그 화려한 마차.

　　‘펑!’

왕정의 강력한 전사 둘이 포효하며, 거대한 방패로 늙은 주술사의 머리 위를 가로막았다. 늙은 주술사는 양손을 심하게 떨며 동원할 수 있는 모든 염력을 내뿜고 천지 원기를 모은 후 고개를 들었다.

　　방패 사이 틈을 통해 보이는 발. 평범한 가죽 장화. 낡고 더러웠다. 어느 초원, 어느 사막, 어느 진흙탕, 어느 산하를 밟았는지 알 수 없는 가죽 장화. 이 발을 본 순간 왕정의 주술사는 직감했다.

　　‘죽음이 왔다.’

　　＊＊

　　‘펑!’

운석처럼 떨어진 남자는 단단한 금속 방패를 한 발로 밟았다. 낡은 장화 밑바닥은 엄청난 힘을 견디지 못해 결국 파열되었다. 하지만 단단한 금속 방패도 같이 파열되었다.

　　호위 둘의 건장한 팔은 곧바로 부드러운 살덩이로 변했고, 백골이 드러나는 순간 가루가 되어 버렸다.

　　“푸!”

호위들 몸의 구멍이란 구멍에서는 모두 피가 뿜어져 나왔다. 방패를 찢어 버린 발은 계속 아래로 내려가 늙은 주술사가 염력으로 만든 원기 방패를 손쉽게 뚫은 후 그의 머리를 짓밟았다. 늙은 주술사의 머리는 발에 짓눌려 목구멍으로 빠져든 것같이 사라졌다. 발이 계속 아래로 향해 주술사의 몸을 밟으니 몸이 순식간에 납작한 살덩어리로 변해 버렸다. 발은 여전히 아래로 향했다. 살덩어리에 구멍이 났고, 발은 그 아래에 놓인 단단한 금속 원반을 밟았다.

'펑!'

단단한 금속 원반이 깨졌다.

'펑!'

마차 바닥판이 깨졌다.

'펑펑펑펑펑…… !'

먼지와 연기와 혈육이 사방으로 튀며 화려한 마차가 산산조각이 나 순식간에 쓰레기로 변했다. 날카로운 금속 파편이 튀어 마차 주변 수십 명의 초원 병사들 몸에 박혔다. 구름을 뚫고 떨어진 이 발은 마침내 만족들이 천 년 가까이 점령했던 이 초원의 땅을 밟았다.
　　　가죽 옷을 입은 중년 남자가 핏빛 장도를 등에 메고 폐허의 한가운데 서서 무표정한 얼굴로, 놀라 조각상처럼 서 있는 초원 만족들을 둘러봤다.

"와…… !"

침묵이 함성으로 변했다. 초원의 늪에 빠진 황인 전사들은 마침내 그 강한 남자를 알아보고 광란의 함성을 질렀고 일부 소년 전사들은 감격에 겨워 눈물을 터트리고 말았다.

* *

남쪽의 어느 깊은 산속. 겉으로 보기에 소박하고 초라해 보이는 도관(道觀). 너무 외진 곳이라 찾아오는 신도도 없어 도관 안에 향이 피워져 있지 않았다. 이곳에 사는 도인들도 향불을 좋아하지 않았다. 그 향이 너무 세속적이라고 생각했기 때문이다.

그런데 보통의 호천 도문 사람들의 생각과 달리 이 관에 사는 도인들은 향불 값 따위는 신경을 써본 적이 없었다.

도관 깊은 곳의 고요한 호수. 호숫가 옆 일곱 채의 초가집. 도관 외관의 소박하고 초라한 느낌과 달리, 이 일곱 채의 초가집은 지붕 위에는 풀이 덮여 있지만 왠지 모르게 화려한 느낌을 주었다. 누렇고 하얀 풀들이 마치 금과 옥처럼 보였고 수 년 동안 풍파를 맞았지만 여전히 새것처럼 보였다.

첫 번째 초가집 안. 창가의 나무 책상에 매우 크고 두꺼운 경전 하나가 놓여 있었다. 책의 표지는 까맣게 응고된 혈액 같기도 마치 억만 년을 거쳐 생성된다는 흑혈석 같기도 했다. 표지 위에는 단 한 글자만 쓰여 있었다.

날 일(日)자.

경전은 이미 누군가에 의해 펼쳐져 있었다. 그 위로 먹물을 배불리 먹은 붓끝이 느릿느릿 움직이며 오른쪽으로 한 획을 그었다. 중년 도사가 붓을 놓고 자세히 보다가 만족스러운 듯 고개를 끄덕였다. 그리고 두 글자를 완성했다.

'넝결.'

바람은 글자를 모르지만 먹물을 응결시켜 글자를 종이에 남게 할 수 있었다.
'휘리릭.'

창밖에서 바람이 불어와 책장을 넘겼다. 책장은 쉴 새 없이 앞으로 넘어갔다. 경전의 책장은 결국 맨 앞장까지 넘어가 펼쳐졌다.

첫 장은 눈처럼 하얗다.

완전히 비어 있는 첫 장.

'획.'

두 번째 장.

맨 위에는 류백. 그리 멀지 않은 곳에는 '군(君)'자가 어렴풋이 보였다. 두 번째 장에 적힌 이름은 다른 이름들과 멀리 떨어져 있었다. 외로워 보이지만 또 강하고 용맹스러워 보였다. 마치 그것은 명성 높은 이 중원의 강자들과 함께 서고 싶지 않은 듯했다.

그는 마종의 천하행주이기 때문이다.

그는 북황 부족 제일의 강자이기 때문이다.

그의 이름은 당(唐).

＊＊

도사는 경전을 닫고 뒷짐을 진 채 초가집을 나섰다. 그는 돌계단 아래 동료를 보고는 입을 열었다.

"이렇게 많은 젊은 세대가 일자권(日字卷)에
   이름을 올릴지 몰랐네."
"오늘 일자권에 이름이 올라간 자가 누군가?"
"닝결."
"이름이 좀 익숙한데…… 오, 융경을 이긴 그 서원 학생?"
"맞아. 그는 아직 동현 경지에 들어가지는 않았지만 이미
   부도의 길에 들어섰으니, 일자권에 오를 자격이 있지."

돌계단 아래 도사가 멍하니 있다가 감탄하며 말했다.

"부자는 정말 대단하군!"
"맞아!"

중년 도사는 고개를 저으며 복잡한 감정으로 말을 이었다.

"그 녕결이라는 놈이 서원 이층루에 들어갔을 때 부자는 장안에
없었지만 어쨌든 그는 부자의 제자지. 그렇게 젊은 나이에
부도의 길에 들어설 수 있다니…… 10년 후에는 일자권 앞쪽에
등장할지도 몰라."

말을 마치고 그는 호숫가 옆으로 난 길을 따라 도관을 나섰다. 그는 절벽 아
래에서 불어오는 바람을 맞으며 멀리 희미하게 보이는 그 산과 산속에 우
뚝 솟은 도문을 바라보았다. 그의 얼굴에 옅지만 평온한 미소가 떠올랐다.
　　뒤쪽으로 펼쳐진 소박하고 초라한 도관 외벽도 그와 함께 저쪽 세
상의 번화함과 장엄함을 조용히 바라보고 있는 것 같았다.
　　도관 위에는 무수한 풍파를 맞은 흔적이 남아 있는 가로 현판이
있었다. 현판에는 단 두 글자가 쓰여 있었다.
　　지수(知守).

＊＊

중원에서 수백 리 떨어진 곳에 폭풍해(暴風海)가 있다. 사람들을 공포에 떨
게 만드는 사계절 돌개바람도 중원에 상륙한 후 구릉과 산천을 거쳐 이곳
에 도착할 때쯤이면 약하고 시원한 바람으로 변했다. 충분한 습기와 청량
함을 가졌지만 파괴력은 없기에 이곳의 여름은 장안처럼 덥고 습한 느낌
이 전혀 없었다.

이 나라는 면적이 넓지 않고, 상업이 발달하지 않아 번화하다고 말할 수는 없었다. 독실하게 머리를 조아리며 절을 하는 신도들 외에는 사람들도 그렇게 많지 않았다. 험악한 돌개바람도 이곳에서 신선한 바람과 가랑비로 변하고 산도 수려하지만 험준하지 않았다. 물도 깨끗하지만 물살이 세지 않아 그렇게 위험하지도 않았다. 풍족한 평원도 있고 사슴 울음소리가 들리는 그윽한 숲도 있었다.

그야말로 호천의 은총이 가득한 땅. 아름다운 구릉이 서쪽에 가로놓여 있어 서릉(西陵)이라 불리는 땅. 서릉 깊은 산속에 있는 지수관에서 멀리 보이는 산이 도화산이었다. 원래 산에 있던 도화는 어떤 사람이 술을 마시고 칼을 휘두르는 바람에 흔적도 없이 사라졌다. 하지만 호천의 은총을 받아 땅이 비옥하고 봄비가 내려 이미 모두 회복되었다. 산에 있는 여러 종류의 복숭화꽃은 초봄부터 늦여름까지 피어나 무성할 뿐만 아니라 화려해서 눈이 부실 정도였다.

도화산에는 마치 하늘에서 어떤 신기한 힘이 내려와 큰 도끼로 쪼갠 듯한 매우 가지런하고 매끈한 몇 개의 절벽 위 평지가 있었다. 평지 위에는 분위기가 다른 몇 개의 도문 전당들이 모여 찬란하고 장엄한 모습을 연출하고 있었는데 그곳이 서릉 신전이었다.

신전은 도화산을 따라 3층으로 나뉘어 있었다. 하늘과 가장 가까운 최상층에는 가장 웅장한 도관 네 개가 있고 그중 절벽과 가까운 도관은 거대한 흑석으로 지어져 유난히 눈에 띄었다.

도관의 대전은 매우 광활하고 웅장했다. 주옥으로 만들어진 주렴이 길게 내려져 있고, 주렴 뒤에는 남해의 묵옥(墨玉)을 조각하여 만든 신좌(神座)가 있었다. 호천 신교 3대 신관 중 하나인 재결 대신관은 평소 이 신좌에 앉아 부하 신관의 보고를 듣고 업무를 처리했다.

붉은색 신포(神袍)를 걸친 재결 대신관은 오늘 보고를 받지 않고 그 주렴만 바라보고 있었다. 그의 눈빛이 마치 주렴의 진주와 나무를 모두 가루로 만들려는 듯 보였다.

서릉 신전 3대 신관 중 하나인 재결 대신관은 재판과 판결을 담당했다. 호천도문에서 가장 삼엄한 권력을 지녔고 휘하에 수행 강자도 많이 거

느렸다. 실력도 가장 좋았지만 세상에 가장 공포스러운 존재로 알려졌다.

오랜 세월 동안 그의 말 한마디에 얼마나 많은 외도(外道)와 이단(異端)들이 비밀리에 체포되고, 그가 치켜세운 새끼손가락 하나에 얼마나 많은 마종 잔당들이 화염 속의 유혼이 되었는지 모른다.

세상 사람들의 눈에는 서릉 신전의 주인 호천 장교도 이 붉은색 신포를 입은 재결 대신관만큼 무섭지는 않았다. 심지어 그 신포가 붉은색인 이유가 사람들의 피로 물들었기 때문이라는 소문이 있을 정도였다.

대신관 눈앞의 주렴이 가루가 되지는 않았다. 주렴 너머의 사람도 무릎을 꿇지 않고 차분히 서 있었다.

주렴 밖에 서 있는 사람은 주렴에 가려 신발만 보였다. 피처럼 붉은 색이 수놓아진 작은 물고기 몇 마리. 그리고 무릎 아래까지 내려오는 붉은 치맛자락이 힐끗 보였다. 여자였다.

＊＊

재결 대신관은 붉은 치마 끝에서 시선을 거두며 천천히 고개를 들어 무표정한 얼굴로 물었다.

"융경이 왜 아직 돌아오지 않느냐?"
"융경 그 겁쟁이가 왜 돌아오지 않는지 제가 어떻게 아나요?
제가 재결사를 맡은 이래 사람 관리는 해본 적이 없는데
사숙님은 왜 제게 물으시나요?"

맑은 목소리가 주렴을 뚫었다. 그녀는 나이가 많지 않은 소녀일 것이다.

재결 대신관은 살짝 고개를 떨어뜨리며 말했다.
"일자권에서 녕결의 이름이 나왔다."
"녕결은 융경의 적수. 그 따위 불혹 경지의 작은 벌레도
죽이지 못해, 제가 직접 나서기를 원하시나요? 모욕입니다."

재결 대신관의 눈에 빛이 번쩍했지만 빠르게 사라졌다.

　　"융경이 그에게 졌으니 당연히 직접 처리해야 도심(道心)을
　　회복할 수 있겠지. 네게 알려줄 것이 있다. 녕결은 아직
　　불혹 경지라 너의 눈에는 하찮은 벌레로 보이겠지만, 이미 서원
　　이층루에 들어가 부자의 제자가 되었다. 그를 주시하는 게
　　너에게 모욕은 아닐 것이다."
　　"안슬 사숙님을 따라 부도를 배운다고 제2의 안슬 사숙이
　　되리라는 보장은 없죠. 적어도 지금은 제가 주시할 이유가 없어
　　보이네요."

주렴 밖 소녀는 거만하게 말을 이었다.

　　"사숙, 제 목표는 줄곧 군맥이란 것을 아시지 않습니까.
　　다른 사람은 저를 신경 쓰게 할 자격이 없네요."
　　"군맥. 서원의 둘째 제자……."

늙은 얼굴에 비웃는 기색이 드러났다. 다만 주렴 밖 소녀를 비웃는 것인
지 다른 사람을 비웃는 것인지 알 수 없었다.

　　"수년 전 장교 대인께서 너를 데리고 지수관으로 가셨을 때
　　넌 일자권을 볼 기회가 있었지. 그때 넌 세상에 너를 뛰어넘는
　　수행 천재가 있을 거라고 상상도 못했기에 군맥이라는 이름을
　　보고 마음을 가라앉힐 수 없었지. 그래서 너는 만난 적도 없는
　　그를 적으로 삼아 뛰어넘고 싶어 했지."

재결 대신관은 담담하게 말을 이었다.

　　"나도 네 오라비도 군맥을 이길 수 있다고 장담할 수 없는데,

년 무슨 자격으로 그의 상대가 되겠느냐? 또 교만하기 짝이 없는
서원 둘째 제자의 눈에 어찌 네가 있을 수 있겠느냐?"

재결사 최강의 지휘관은 경시를 받고 분했지만, 재결 대신관은 못 본 척
하고 무표정한 얼굴로 이어 말했다.

"요즘 들어 황야의 정세가 불안정하다. 황인이 계속 남하하고
있어. 그들의 최종 목적지가 어딘지 모르겠구나. 장교 대인께서
마종 잔당이 이 국면을 이용해 재기하고, 또 천서(天書)에 쓰인
전조(前兆)에 응하게 될까 걱정하신다. 곧 신교(神敎) 조령(詔令)을
내리실 것이다. 우리 재결사가 당연히 제일 먼저 가야 하니
너는 당장 북으로 떠나거라."
"제게는 사소한 일일 뿐입니다. 저는 산속에서 수행하여 경지를
돌파하는 것이 시급하니 다른 사람을 보내주세요."

재결 대신관은 담담하지만 또박또박하게 말했다.

"신전은 너의 수행에 대한 천부적인 소질과 끈기를 인정한다.
그래서 네가 일부러 진피피를 모함하여 서릉에서 쫓아내서
네 오라비가 너를 죽이려 할 때 장교 대인과 내가 모든 수단을
동원해 널 구해 낸 것이다. 그러나 천부적인 재능과 끈기가
교만함을 보장하는 것은 아니다."

재결 대신관은 주렴 너머를 바라보았다.

"자신이 옳다고 생각하는 것에 대해 절대적인 믿음이 있어야
신앙이 확고하다. 아무도 자신을 이길 수 없다고 믿어야 교만함이
확고하다. 네 오라비와 군맥 같은 이들은 오래전에 이런 믿음이
확고해졌지만, 너는? 세상 사람들에게 우리 재결사의 두

지휘관은 모두 대단한 인물이라고 알려져 있지만 사실 너희들이 뭐가 그리 대단한가? 이번에 융경은 서원에 가서 불혹의 경지에 있는 젊은이에게 참패했다. 그래서 그는 곧 어떤 깨달음을 얻을 것이다. 하지만 너는 장교 대인과 나의 총애를 받은 터라 한 번도 패할 기회가 없었다."

"사숙님! 스승님과 사숙님께서 저를 황야로 보내시는 것은 제게 패배를 안겨주기 위해서인가요?"

재결 대신관은 냉담하게 답했다.

> "서원의 부자가 그때 '인(仁)'을 구해야만 인을 얻을 수 있다'는 말을 했다. 패배를 바라지만 또 패배를 바라지 않는다. 즉 너의 패배를 바라는 것은 후일 너의 진정한 불패를 바라는 것이다."

붉은 치맛자락이 살짝 흔들렸다. 주렴 밖 소녀가 예를 올리고 떠난 후, 재결사 신관 하나가 대전의 측문을 통해 들어왔다. 그는 소녀의 뒷모습을 바라보며 고개를 절레절레 흔들고는 주렴 뒤로 걸어가 신좌에 앉아 있는 재결 대신관에게 예를 올렸다.

신관은 무슨 말을 하려다가 멈칫했다. 서릉 신전에서 소녀의 오라비가 다음 호천도 장교가 되고 그녀가 다음 재결 대신관이 될 가능성이 높다는 것은 공공연한 비밀이었다. 그래서 재결 대신관의 충신인 이 부하 신관은 좀 전 대신관의 훈계가 너무 엄하다고 생각하고 있었다. 재결 대신관은 부하의 생각을 읽은 듯 먼저 입을 열었다.

> "장교 대인과 내가 그녀를 황야로 보내는 것은 이 세상이 얼마나 큰지 보게 하기 위함이다. 세상 사람들이 그를 도치(道痴)라고 한다. 그녀는 확실히 백치 같은 집중력과 기질이 있다. 그녀도 수행에 있어 도움이 된다 생각하면 이번 명에 대해서 아무런 이견이 없을 것이다."

'장교 대인과 대신관 대인이 이미 그분과 상의를 한 것이군.'

신관은 더 말을 하지 않았다. 그리고 책을 한 권 꺼내 책장을 넘기며 물었다.

　　"유각이 거의 다 찼습니다."

유각(幽閣)은 신전 재결사가 범인을 수감하는 곳. 도화산 기슭의 땅속 깊은 곳에 위치하고 있어 햇빛이 들지 않는 곳. 천만 년 동안 얼마나 많은 마종의 강자들, 호천의 교리를 거스르는 이교도들이 그곳에 갇혀 죽음을 맞이했는지 모른다.

　　"전례대로 처리하라."

전례는 간단하다. 한 무리의 사람을 죽이고 그 시체를 태운다. 신관은 어색한 기색이 하나도 없이 고개를 끄덕였다.

　　"광명 대신관은 지금 어떠하나?"

광명 대신관이라는 말에 신관은 몸이 살짝 굳어졌다.

　　"어르신은 예전과 같이 매일 교리 경전을 읽으시고……."

재결 대신관은 신좌의 팔걸이를 가볍게 두드리며 아무 감정 없이 말했다.

　　"서원 열셋째 제자 녕결의 이름이 일자권에 오른 사실을
　　천하의 교인들에게 알려라."
　　"존경하는 신좌, 죄송하지만 이런 소식을 내보내는 뜻은
　　무엇입니까?"

재결 대신관은 설명 없이 계속 명했다.

　　"작년 장안성 춘풍정에서 월륜국 승려 오석과 남진 검객 하나가
　　죽은 사건이 있었지. 그때 조소수 옆에 녕결도 있었다는 소식도
　　알려라."

신관은 어렴풋이 그 뜻을 짐작하고 나지막이 물었다.

　　"녕결은 부자의 제자이고 현재 당국에 머물고 있으니 누가 감히
　　복수를 할 수 있겠습니까?"
　　"그들은 혹여나 자신들이 연루되어 당국 황제의 분노를 일으킬까
　　걱정만 하는데 어찌 감히 복수를 생각하겠는가? 하지만 복수는
　　못하더라도 증오는 할 수 있다. 특히 불혹의 경지에 있는
　　젊은이에게는 모욕 몇 마디도 효과가 있을 수 있지."
　　'모욕 몇 마디가 효과가 있다?'

재결 대신관은 부하의 의혹에 찬 시선을 느꼈지만 다시 눈을 감으며 더
이상 설명하지 않았다.

　　　　★★

장안 47번 골목 노필재 뒤채.
　　이른 아침 상상이 물통을 들고 꽃에 물을 주려고 했다.

　　"잠깐! 내가 할게!"
잠시 후 어지럽게 그려진 부적지가 창밖으로 날아가 화분 위에 떨어지고
또 한참을 머무르다 천천히 물로 변해 흙 속으로 스며들어 뿌리를 적셨다.
　　저녁 무렵 상상이 부뚜막에 쭈그리고 앉아 불을 붙이려고 했다.

"잠깐! 내가 할게!"

한참이 지난 후 옅은 황색 부적지가 누군가의 손에 의해 아궁이로 들어가 순식간에 불꽃으로 변해 마른 장작을 태우기 시작했다.

　　깊은 밤 상상이 침대 옆에 앉아 대나무 돗자리를 식히려고 했다.

"잠깐! 내가 할게!"

아주 오랜 시간이 지난 후 부적지 한 장이 뭉쳐져 물이 담긴 대야에 던져 졌고 또 한참이 지난 후 수면에는 살얼음이 얼기 시작했다.

　　그제야 상상은 수건을 얼음물에 적신 후 아무 말 없이 대나무 돗 자리를 닦고서 물을 부어 버리려고 했다.

"잠깐! 내가 할게!"
'척!'

상상은 참다 못해 수건을 대야에 집어 던졌다.

"도련님! 매번 부적 효과가 날 때까지 얼마나 기다려야 하는지
아세요? 위성에 있을 때 도련님의 입으로 말했잖아요. 남의
시간을 허비하게 하는 것은 생명을 죽이는 일과 같다고 하셨어요.
왜 제 생명을 빼앗아가는 거예요?"

넝결의 흥분한 얼굴이 순식간에 실의에 빠진 표정으로 바뀌었다.

"이제 막 부적 쓰는 것을 배워서…… 많이 연습하려고
하는 거지…… 뭘 또 그렇게 심각하게……."

이런 불편은 서원 뒷산도 마찬가지였다.

사형 사저들은 이제 여기저기서 날아다니는 칼과 화살, 바늘뿐만 아니라 얼굴로 날아드는 물과 부적지가 만들어낸 불씨까지 걱정해야 했다.

'불을 조심하고 칼을 조심하고, 막내 사제를 조심한다.'

결국 사형 사저들은 결정을 내렸다.

"막내 사제가 불 부적을 계속 쓸 거면 대장장이 여섯째의
집 안에서 써야 한다. 그곳에는 항상 불이 있기 때문에."

넝결은 사형 사저들이 침소봉대한다고 생각했다. 하지만 확실히 넝결은 마치 새로운 장난감을 얻은 어린아이처럼 아침부터 저녁까지 피곤한지도 모른 채 놀고, 영원히 지치지 않을 것 같았다.

시간이 지날수록 습득한 부적술이 많아지고 부도에 대한 이해가 깊어졌다. 하지만 넝결은 바로 이 이유로 일곱 권의 천서 첫 번째 책에 자신의 이름이 올랐다는 것을 몰랐고, 재결 대신관이 그의 이름을 세상 억만 호천도 신도들에게 알리기로 결정했다는 것도 알지 못했다.

사실 서릉 신전이 부채질하지 않아도 넝결의 명성은 적어도 장안 안에서는 충분히 높았다. 서원 뒷산의 상황을 보통 사람들이 알 수는 없었지만 황제가 그를 얼마나 총애하는지는 그들도 쉽게 알 수 있었다. 그리고 왕 대학사와 김 제주 대인의 수십 년간에 걸친 기 싸움은 천계 14년에 서첩 대전(大戰)으로 폭발하고 있었다.

"작년 호숫가에서 얼마나 많은 사람들이 그들을 부러워했고
심지어 고 씨 낭자는 얼마나 많은 눈물을 흘렸는데 결국 지금은?
사승운은 남진으로 돌아가 명문가의 도련님과 조정 관원의
신분으로 살아가고 김무채는 홀로 장안에 남아 실의에 빠져
살고…… 쯧쯧."
"도련님, 왜 제 귀에는 질투하는 것처럼 들리죠?"

"그게 뭐가 부러워? 난 사랑이 무엇인지 잘 몰라. 하지만 사랑하는
사람들 특히 사랑에 빠진 젊은 사람들은 다 백치라는 건 알아."
"하지만 세상에는 어쨌든 남자와 여자가 있잖아요."
"남녀는 '남녀 일'을 해야지 그것을 사랑으로 오해해서는 안 돼."
"남녀 일? 그게 뭐에요?"
"홍수초에 오는 사람들이 대부분 그 남녀 일을 하러 오지."

녕결과 상상은 마차에서 내려 홍수초를 향해 걸어갔다. 그들은 익숙하게
측문을 통해 건물로 들어갔다. 그들이 오전에 주로 이곳에 오는 것은 사
람들이 그나마 적은 시간이었기 때문이다.

　　모든 것이 익숙했지만 홍수초 아가씨들은 마치 다른 사람들로 변
한 것 같았다. 비싸고 화려한 복장을 하고 정중하게 격식을 차리고 대청
에 두 줄로 공손하게 줄을 서서 어색한 눈웃음을 지으며 녕결을 맞았다.

　　"녕 공자님을 뵙습니다."

녕결은 말문이 턱 막혔고 잠시 후 맨 앞에 서 있는 수주아에게 물었다.

　　"주아 누님, 이거…… 어쩌자는 거예요?"

그녀는 가볍게 미소 지은 후 팔짱을 끼고 그를 안으로 데리고 들어가며
나지막이 설명했다.

　　"이제 너의 신분과 지위가 달라졌잖아? 간 대가께서 네가
　　이층루에 들어간 소식을 들으시고 모두에게 금일봉을 주셨어.
　　아가씨들은 너를 경외하기도 하고 또 너에게 고마워하기도 해.
　　그 후로 네가 몇 개월 만에 처음 방문한 것이니 모두들 네게
　　잘하고 싶은 거지."

녕결은 갑자기 술에 취한 듯 머리가 핑 돌았다. 아가씨들은 놀라움과 기쁨을 억누르며 그에게 달려들어 이런저런 소문을 물어보려고 했다. 하지만 아쉽게도 그가 이런 황홀한 분위기에 취한 시간은 그리 길지 못했다. 시녀 소초가 재빨리 내려와 차가운 얼굴로 낭자들에게 간 대가의 명을 반복했기 때문이다.

상상은 소초와 함께 후원으로 향했고 녕결은 긴 한숨을 내쉬며 힘겹게 홍수초 꼭대기 층으로 올랐다. 그리고 정말 내키지 않는 마음으로 나무 문을 열고 주렴 뒤에 있는 부인에게 예를 올리며 원망스러운 눈빛으로 말했다.

"전 이미 서원 이층루에 들어갔는데…… 왜 아직 안 되나요?"

간 대가는 전통적인 미인은 아니었고, 오히려 남자다운 의젓한 품격을 가졌다. 그녀는 담담한 미소를 지으며 녕결에게 앉으라고 손짓했다.

"나이가 몇인데 '남녀 일'을 신경 쓰느냐?"
"하지 말라고 하는 일일수록 더 하고 싶죠. 더구나 제 나이는……
  열여덟입니다!"
"지난번에 말했듯이 간 이모라 불러도 된다."

간 대가는 찻잔을 그의 앞으로 밀어내며 말을 이었다.

"폐하께서 너를 아무리 알아 주셔도 서원 뒷산 그놈들이 아무리
  너를 아껴도 내가 허락하지 않으면 장안성의 어떤 기방 아가씨도
  감히 너를 건드리지 못할 것이다."
"이모님아…… 도대체 저에게 왜 이러시는 거예요?"
"서원이 어떤 곳인데…… 이층루는 또 어떤 곳인데…… 네가
  이렇게 운 좋게 들어간 이상 당연히 모든 마음을 수행과 학습에
  쏟아야지 어찌하여 풍월에 얽매이느냐? 그리고 만약 이상한

일이라도 벌여 서원의 명예를 실추시키면 어떻게 되겠느냐?"

"제가 보기엔 부자께서도 그런 일에는 신경 쓰지 않으실 것
 같은데요?"

"부자께서 허락해도 내 동의를 얻어야 한다."

'그런데 어떻게 간 대가가 서원과 이렇게 친하지?'

"이모, 서원을 잘 아시죠?"

"난 서원에 들어간 적이 없단다."

서원에 들어가지 않았다고 서원을 잘 모르는 것은 아니다. 녕결이 다른
질문을 꺼내려는 순간 간 대가가 먼저 입을 열었다.

"군맥은 아직도 그렇게 융통성이 없나?"

'군맥?'

녕결은 고개를 갸우뚱거렸다.

"네 둘째 사형 이름도 모르느냐?"

녕결은 놀라며 중얼거렸다.

"제가 어찌 감히 둘째 사형의 존함을 직접 부르겠어요?
 얼마나 거만한지 아시잖아요?"

"거만해? 하기야 소맥(小陌, 어른이 군맥을 부르는 칭호)은 뒷산에
 들어갈 때부터 거만한 척하는 것을 좋아했지. 급기야 직접 방망이
 같이 생긴 것을 만들어 머리 위에 얹기도 하고."

'소맥?'

녕결은 피식 웃었다.

"그 독서인은 잘 지내고 있느냐?"

"독서인은 아직도…… 독서를 하고 있어요."

"모두 잘 지내나 보구나."

"간 이모, 왜 부자와 대사형에 대해서는 묻지 않으세요?'

"어? 그분들이 돌아오셨니?"

"아니요."

"그럼 네가 보지도 못했을 텐데 내가 물어봤자 무슨 소용이
  있느냐? 그리고 부자와 너의 대사형께서는 어디에 있든
  잘 지내시리라 믿는다."

간 대가의 목소리는 점점 낮아졌다. 생각은 몇 년 전으로 돌아갔고 눈가
는 점점 더 촉촉해졌다.

'아마도 옛정이 있었나본데…… 간 대가와 정을 나눈 사람이
  누구였을까? 뒷산에서 나와 닮은 사람이 누구지? 둘째 사형?
  여섯째 사형? 설마…… 부자?'

＊＊

녕결은 후원에 있는 수주아의 작은 정원에 와서 육설 아가씨 등 얼굴을
아는 몇몇을 위해 서첩을 써 주고 도장을 찍고서야 그들을 내보낼 수 있
었다. 그리고 그의 눈길이 수주아의 새하얗고 풍만한 가슴에 떨어졌다.
녕결의 마음이 크게 동하기 시작했다. 수주아는 쑥스러운 표정을 지으며
손사래를 치고는 급히 물러섰다.

"그러지 마."

'오늘 누님이 왜 그러는 거지? 그동안 살갗이 닿은 적도
  적지 않았는데. 내가 재촉하면 너는 부끄러워 물러선다, 그리고
  붉은 촛불을 켜고…… 뭐 이런 상황인가?'

"착한 누님. 이 방에서는 목이 터지도록 고함을 쳐도 밖에서 안 들려요."
"착한 동생. 정말 안 돼."

녕결은 뭐가 잘못되었다는 것을 직감했다.

"왜 안 돼요?"
"간 대가께서 말씀하셨잖아."
"저번에 우리는 이미…… 그 말에 신경 쓰지 않기로 몰래 이야기했잖아요."
"그래도…… 네 스승이 어제 여기서 밤을 보내셨어."
"스승님?"
"안슬 대사."

수주아는 비단 수건을 꼭 움켜쥐고 말을 이었다.

"아무리 내가 이런 곳에서 일한다지만 스승을 모신 뒤 또 제자를 모시고…… 이게 알려지면 내가 어떻게 살 수 있겠니?"

이 세상은 부자(父子)보다 사제(師弟) 관계가 더 엄격했다. 물론 수주아는 장안 최고의 명기였기에 손님 접대라 해야 대부분 차를 마시면서 가벼운 대화를 하는 것이 전부였다. 그녀의 방에 들어갈 수 있는 손님도 몇 안되었다. 그런 그녀도 사제 두 사람을 동시에 섬길 수는 없는 일. 녕결은 한참을 멍하니 있다 크게 화를 내며 말했다.

"사부님도 만질 수 있는데 학생이 만지지 못하는 법이 어딨어요?!"

**

녕결이 여색을 즐기는 것은 아니지만 그의 나이는 열여덟, 한창의 청춘. 어찌 '남녀 일'에 대한 궁금증과 동경심이 생기지 않을 수 있겠는가.

녕결은 노필재에 돌아와 누웠지만 무더위와 마음의 화가 동시에 휘몰아친 탓에 몸을 뒤척이며 잠을 쉽게 이루지 못했다. 반면 선천적으로 차가운 체질인 상상에게 장안의 여름은 가장 편안한 계절. 지금 그녀는 이미 침대 다른 끝에서 깊은 잠에 빠져들었다. 상상은 꿈을 꾸는 모양인지 몸을 뒤척이며 오른 다리를 구부려 녕결의 복부 아래쪽을 세차게 찼다.

"윽……!"

녕결은 외마디 비명과 함께 몸이 삶은 새우처럼 구부러져 얼굴이 창백해졌다. 말 못할 통증이 겨우 지나갔다. 그는 화가 난 눈빛으로 여전히 잠들어 있는 상상을 노려보며 손을 뻗어 그녀의 다리를 치우려 했다. 손가락이 상상의 작은 발에 닿자 갑자기 매우 시원한 감촉이 전해져 왔다. 이렇게 더운 여름밤 시원한 작은 발을 잡고 있으니 정말 편했다.

녕결은 발을 내려놓기 아까워 가볍게 만져 보았다. 창밖에서 비춰오는 별빛을 빌려 보니 작은 발이 옥으로 조각한 한 송이 연꽃처럼 하얗고 아름다웠다. 상상은 발바닥이 가려운지 잠결에 발을 오므렸다. 녕결이 제때 손을 빼지 못하자 상상은 잠에서 깼다.

그녀는 게슴츠레한 눈을 비비며 물었다.

"도련님, 제 발 잡고 뭐하세요?'

그는 억지로 난감함을 감추며 살짝 떨리는 목소리로 답했다.

"너무…… 더워서…… 네 발은 차가워. 잡고 있으니 편하네."
"네……."

상상은 아무렇지 않게 다시 누웠고, 녕결이 자신의 오른발을 더욱 편하게 잡을 수 있도록 몸을 움직였다. 노필재 뒤채는 다시 조용해졌고 길거리에서 들려오는 매미 울음소리만 은은하게 퍼지고 있었다.

"상상, 너 올해…… 몇 살이지?"

상상은 눈을 감은 채 대답했다.

"제가 언제 태어났는지도 모르는데, 제 나이를 어떻게 알아요?
도련님이 그때 저를 주웠을 때 갓난아기라고 했었으니 지금 아마
열네 살쯤 되겠지요."
"열네 살……."

녕결은 속으로 상상의 나이를 되뇌었다. 그리고 무심코 손에 쥐고 있던 발을 내려놓으며 말했다.

"잘 자!"

상상은 눈을 번쩍 떴다.

"도련님 덥다면서요? 부들부채를 가져올게요."
"아니야 됐어. 그리고 너 발 냄새가 좀 난다."
"전 맨날 발을 씻는데 발 냄새는…… 도련님 발 냄새는 좀 나요."
"됐고 어쨌든 내가 부들부채를 가져오든 할게."
"도련님."
"응?"

침대 반대 끝에서 바스락거리는 소리가 났다. 상상이 기어 올라와서는 녕결의 곁에 누웠다. 그녀는 가느다란 팔과 다리를 내밀어 그를 껴안았다.

가장 편안한 자리를 찾은 다음, 그의 가슴에 얼굴을 대고 비볐다.

　"도련님, 이렇게 하면 좀 시원하죠?"

그녀는 몸이 가늘어 팔로 녕결을 안고 다리를 그의 허리에 감으니 마치 나무 위의 덩굴 같았다. 하지만 열네 살의 소녀. 약간 탱글탱글한 느낌이 홑옷을 뚫고 나와 녕결의 몸에 전해졌다. 녕결은 천장을 쳐다보며 점점 더 더워져 잠을 이루지 못했다. 골목 나무 위 매미도 어찌 된 일인지 잠을 이루지 못하고 더위를 호소했다.

　　　★ ★

다음 날 상상은 또 홍수초로 갔다. 그녀는 소초를 불러내 후원의 으슥한 곳으로 갔다. 말을 하려다 멈추고 또 말을 하려다 멈칫했다. 가는 손가락이 쉴 새 없이 옷자락을 만지는 모습이 매우 긴장되어 보였다.

　"뭐야? 무슨 일 있어?"
　"어젯밤에…… 도련님이 갑자기 나보고 몇 살이냐고 물었어…….."
　"그 다음엔?"
　"그 다음엔…… 아무것도 없었는데? 그런데…… 난 도련님이
　　좀 이상하다고 느꼈어. 얼마 전에는 나보고 낭만 없는
　　계집이라고도 하고."

소초는 긴 숨을 들이마시고는 갑자기 두 눈을 부릅떴다.

　"너는 이렇게 까맣고 이렇게 말랐고 나이도 아직 어린데……
　　그가 널 가만두지 않는 거야? 정말 짐승이네, 짐승!"

2

변화의 바람

2

서원 뒷산. 폭포가 떨어지는 굉음을 들으며 녕결은 울타리를 밀고 정원 안으로 들어가 큰 거위를 쫓아냈다. 그리고 걸어 나오는 둘째 사형을 보며 미간에 주름을 지었다.

'둘째 사형이 간 대가에게 짐승 같은 짓을 하거나 아님……
짐승만도 못한 짓을 한 것이 아닐까?'

둘째 사형은 책 몇 권을 건네며 말했다.

"전날 절벽 동굴에서 병갑에 부적을 새기는 술법에 관한 책
몇 권을 봤다. 네가 요즘 병기에 부적을 새기는 데 열중하고
있다니 너에게 도움이 될 것 같아 가져왔다. 가져가서 보거라."
"감사합니다."

녕결은 예를 올렸지만 바로 자리를 뜨지 않았다. 말을 하려다 멈추고 또 말을 하려다 멈칫했다. 그리고 한참을 망설이다가 끝내 참지 못하고 물었다.

"둘째 사형, 누가 사형을 소맥이라고 부른 적 없어요?"

녕결은 둘째 사형으로부터 곤장을 맞을 각오를 했다. 뜻밖에도 둘째 사형은 화를 내지 않고 무엇인가를 회상하듯 망연자실한 표정을 지었다.

"간 이모를 뵌 적이 있느냐?"
'드디어 서원의 야사가 밝혀지는 것인가!'
"쓸데없는 생각하지 마라. 간 이모는 작은 사숙과 친했던

분이시니 나에게는 어른인 셈이다."

녕결이 추측한 몇 가지 답안은 모두 맞지 않았다. 그는 두 번째로 '작은 사숙'이라는 분에 대해 들은 셈인데 진피피도 그러더니 둘째 사형 또한 작은 사숙에 대한 말을 꺼낼 때 엄숙하고 존경심 가득한 표정이었다.

"사형, 작은 사숙은…… 어떤 분이세요?"
"작은 사숙은…… 대단한 분이다."
"부자보다 더 대단한가요?'
"그건 '다른' 대단함이다."
"작은 사숙은 지금 어디 계세요?"
"그분은 돌아가셨다."

작은 사숙의 결말이 그리 좋지 않았는지 둘째 사형은 간단히 몇 마디만 하고는 말을 아꼈다. 녕결은 아쉬웠지만 그렇다고 사형의 허벅지를 끌어 안고 조를 수도 없었다.

그는 정원을 떠나 푸른 나무 아래까지 내려왔다. 소매에서 아주 작게 잘린 부적지를 꺼내 양손으로 가볍게 쳤다. 손바닥 사이에 부적지는 보이지 않고 맑은 물만 보였다. 그는 깨끗한 물로 세수를 하고 시원한 바 람을 맞으며 혼잣말을 했다.

"멋지긴 해. 다만 마술로 여자를 즐겁게 하기에는 충분하지만
싸움에는 아무런 소용이 없겠어…….'

안슬 대사의 안목에 문제가 있을 리 없었다. 녕결의 발전 속도는 굉장히 빨라 이미 2백 개가 넘는 유효 부적을 습득했다. 다만 경지가 낮아 동원 할 수 있는 천지 원기가 너무 적었다. 적을 향해 부적술을 쓴다 하더라도 자신의 몸은 이미 갈기갈기 토막이 나 버릴 것이다.

'아무리 생각해도 부도로 싸울 바에는 세 자루의 칼이 낫겠어…….'

"만약…… 지금 하후가 나무 뒤쪽에 서 있다면 어떻게 해야 할까?"

그는 푸른 나무를 보며 진지하게 자신에게 물었다. 그리고 무기와 부도 사이를 넘나들며 자신의 전투력을 키울 방법을 궁리했다. 얼마나 지났을 까. 그는 마침내 생각을 멈추고 수증기와 화로 냄새를 따라 여섯째 사형 의 대장간 집으로 들어갔다.

오늘 그는 무거운 망치를 휘두르며 여섯째 사형을 도와주는 대신, 어두운 구석으로 가 넷째 사형에게 허리를 굽혔다. 넷째 사형은 미간에 주름을 잡고 고민하더니 그를 데리고 집 밖으로 나갔다.

집 뒤편에는 맑은 개울이 흐르고 있었다. 통통한 비단잉어들은 거 의 움직임 없이 물속을 느릿느릿 헤엄쳤다. 어떻게 보면 응결된 옥으로 조 각한 물고기 조각 같았다. 서원의 하늘은 맑은 하늘, 서원의 물고기는 행 복한 물고기. 적어도 먹이를 찾아 헤맬 필요가 없었다. 매일 시간이 되면 커다란 거위가 와서 먹이를 주었다. 그러니 살이 찌고 나른해지기 마련이 었다.

두 사람은 물레방아에서 멀지 않은 개울가에 자리를 잡았다.

넷째 사형은 자루에서 정교한 조각칼과 물감을 꺼냈다. 개울가에 서 둥근 돌을 하나 주워 조각칼로 무언가를 새기기 시작했다. 녕결도 사 형의 모습을 따라 돌을 하나 주워 꼼꼼히 무언가를 그렸다.

복잡한 선이 둥근 돌 주변으로 둘러졌다. 그는 더 이상 어떻게 해 야 할지 몰라 넷째 사형의 돌을 힐끗 보았다.

"사형, 그 선은 잘못 그리신 거 아니에요? 바람 부적을 어떻게
이렇게 넓게 새길 수 있어요?"

넷째 사형은 고개도 들지 않은 채 대답했다.

"돌이 무거우니 바람을 이용해 돌을 띄우려면…… 선이 더 깊고

넓어야 바람을 더 많이 일으킬 수 있겠지."
"그런데 선이 깊고 넓을수록 부적 선 안에 응결되는 바람의
  기운이 새어나가는 속도는 더 빨라질 것 아닙니까? 이 문제는
  어떻게 해결해야 하죠?'

넷째 사형은 마침내 고개를 들고 잠시 생각하다가 물었다.

  "무슨 좋은 생각이라도 있어?"

녕결은 망설이다가 자신 없는 목소리로 말했다.

  "아니면…… 목(木)자 부적으로 다리를 놓고 바람을
    막아 버릴까요?"
  "막아 버리면 바람이 어떻게 부적 안으로 들어오지?"
  "작은 구멍을 뚫는 거죠."
  "작은 구멍을 뚫어 바람을 모은 다음, 구멍을 막는다……
    그리고 바람을 일으킬 때 목자 부적의 구멍이 열리게 한다……
    가능할 것 같은데?"
  "그럼 한번 해볼까요?"
  "그러지."
  '삐걱삐걱…….'

물레방아가 돌아갔다.

  '탕! 탕! 탕……!'

집에서 쇠를 두드리는 소리가 박자를 맞춰 울려 퍼졌다. 그 소리들 사이
사이 사형과 사제가 나지막이 토론하는 소리가 섞였다. 참으로 사람의 마
음을 평온하게 만드는 소리와 장면.

시간이 얼마나 지났을까. 넷째 사형이 손에 든 둥근 돌 위의 부적이 완성되었다. 곧이어 녕결도 자신의 일을 마쳤다. 두 사람은 눈을 한 번 마주치고는 말없이 개울가의 평지에 각자의 돌을 내려놓았다. 두 사람은 눈을 감고 자신의 부적을 감지하여 불러일으켰다. 두 개의 둥근 돌에서 바람이 일자, 돌 아래 개미와 떨어진 죽엽이 움직이기 시작했다.

　　'스스스스스……'

돌과 나뭇잎이 스치며 소리가 났다. 하지만 여전히 돌은 개울가에 있었다. 게으른 비단잉어처럼 물레방아 아래 그늘에서 숨도 쉬지 않고 가만히 있었다. 녕결과 넷째 사형은 거의 동시에 시선을 상대방에게 돌렸다.

　　"망상이었구나!"

넷째 사형이 탄식했다.

　　"무거운 물건이 날아오르기 위해서는 많은 부적으로 진법을
　　　이루어야 하는 법…… 이렇게 작은 부적 하나로 효과를
　　　내려 하다니…… 망상이야. 허황된 망상이야."
　　"서원에 이렇게 많은 백치들이 있으니 결국 기적은
　　　일어날 거예요."
　　"물론 이 방법이 전혀 통하지 않는 것은 아니지."
　　'퐁당.'

넷째 사형은 돌을 개울물에 던졌다. 녕결도 따라 던졌다.

　　'퐁당.'

게으른 잉어들이 이리저리 도망갔다. 물레방아 그늘 아래 개울은 텅 비었다.

"다시 해 봐."

녕결은 넷째 사형의 말대로 개울물에 가라앉은 동그란 돌을 보았다. 돌
위에 희미하게 보이는 선들을 보며 숨을 깊이 들이마셨다. 두 손으로 의
식의 다리를 만들었다. 의식의 바다에 모여 있던 염력이 몸 주변의 천지
원기에 녹아들었다. 마침내 개울물 속의 둥근 돌을 선명하게 느끼기 시작
했다.

'찰랑.'

개울물이 미세하게 움직였다. 돌 주변에 아주 가느다란 기류가 뿜어져 나
와 수초가 가볍게 흔들렸다. 그리고 둥근 돌은 가볍게 떨리기 시작했다.
마치 곧 걸어다니기 시작할 것처럼 보였다.
        옅은 개울 바닥에 있는 둥근 돌은 경미하게 떨리고 있었지만 여전
히 움직이지 않았다. 가끔씩 작은 기포가 올라왔다. 촘촘한 수초 밑에도
기포들이 생기기 시작했다.

        "부적이 유효하다는 증거인데 다만 그 효과가 너무 약해.
        개울물의 부력을 빌려야 효과를 조금이라도 볼 수 있겠어.
        막내 사제가 부정식 부도가 아닌 정식 부도를 쓰겠다는 것은
        기특한 일이야. 그런데 바람 부적을 왜 이렇게 작게 만들었는지는
        이해가 안 되네. 혹시 어디에 쓰려는지 물어봐도 되나?"

녕결은 잠시 침묵하다 나지막이 대답했다.

        "이 부적을 화살대에 새기려고요. 그래서 작아야 해요."
        "오! 좋은 생각이야."

녕결이 득의양양한 웃음을 지으려는 순간 그 웃음기가 싹 사라졌다.

넷째 사형의 말이 녕결의 얼굴에서 웃음기를 빼앗아 가 버렸다.

"안타깝지만 역시 망상이야."
"왜요?"

넷째 사형의 냉정한 말에 녕결은 물었다.

"갑옷에 부적을 새겨 방어력을 강화하고 칼에 부적을 새겨
살상력을 강화할 수 있지. 화살에 부적을 새길 생각을 한 사람이
없었을까? 수많은 사람들이 그런 '좋은 생각'을 했지만 모두
실패했지."
"왜요?"
"원인은 천만 가지도 넘겠지만 해석은 단 한 가지.
지금까지 수많은 시도가 모두 성공하지 못했으니
실패할 수밖에 없다."
"실패는 성공의 어머니예요."
"어머니가 낳은 많은 아이들도 실패할 수 있지."
"다시 시도하면 되잖아요."
"그렇다면 부적 선을 새로 설계해야지. 지금 너의 부적은 대명궁의
대들보에 새기는 부적과도 같아. 설령 네가 대명궁 대들보를
화살로 만든다 해도 또 어디 가서 그렇게 굵은 활시위를 찾을 수
있을까?"
"넷째 사형……."
"응?"
"오늘에서야 사형의 말씀이 참 각박하다는 걸 깨달았어요."
"나처럼 기술적인 일을 하는 부사는 아주 박(薄)한 곳에
새기는 것(刻)이 중요하다고 생각해. 그래서 각박한 거야."
"…… 좋은 대답이네요."

＊＊

화살에 부적을 새겨 위력과 사거리를 늘리는 생각을 넝결이 방금 한 것은 아니었다. 지난해 초원에서 여청신 노인에게 수행 이야기를 들었을 때부터 꾸준히 하던 생각이었다. 다만 그때 여청신 노인은 그 생각을 듣자마자 불가능하다고 말했었다.

　　'화살이 너무 가벼워 그 위에 부적을 새기기도 힘들고
　　새긴다 해도 붙어 있는 원기가 너무 빨리 흩어진다.'

오늘 또 개울가에서 넷째 사형의 각박한 평가로 충격을 받았지만 자신감만은 잃지 않았다. 그는 장안에 돌아와 호천도 남문으로 가서 사부님에게 사흘 동안 꼬박 졸라 결국 조언을 들었다. 그리고 노필재로 돌아가 필묵 지연을 들고 한참 고민하다가 화살에 새길 바람 부적을 최소화할 방법을 강구하기 시작했다.

　　＊＊

한밤중에 방 안의 등불이 살짝 흔들렸다. 온몸을 흰 천으로 감싼 상상이 침대에서 천천히 날아올랐다.

　　흰 천에는 가늘고 긴 종이들이 빽빽하게 붙어 있었다. 종이 위에는 이상한 선들이 그려져 있었다. 굳게 닫힌 창에서 무거운 비명 소리가 들려왔다. 넝결은 창백해진 얼굴로 침대 옆에 서서 그윽한 눈빛으로 상상을 바라보았다. 그 광경이 매우 괴상하고 공포스러워 보였다.

　　연이어 마흔 몇 장의 부적을 그렸기에 넝결은 염력을 마지막까지 짜냈다. 그의 얼굴은 창백해졌다. 하지만 그는 천천히 공중으로 떠오르는 시녀를 보며 그녀의 몸을 둘러싼 부적을 보았다. 그의 눈은 반짝이고 있었다.

"공중부양이라는 것이 무엇인가? 이게 바로 공중부양이지!"

★★

다음 날 서원 뒷산에서 녕결은 길쭉한 부적지를 꺼내 정중하게 여섯째 사형에게 건네며 말했다.

"사형. 이 일이 성사될 수 있는지는 이제 사형에게 달려 있어요."

녕결은 의혹 가득한 눈빛이었다. 방 안에는 며칠 전 녕결이 던져 둔 화살이 있었다. 녕결은 화살대를 주워들었다. 긴 부적지를 원통 모양으로 둘둘 말아 화살대에 붙여보니 크기가 딱 맞았다.

"다행히 크기는 맞네. 그런데…… 실패할 것 같아."

여섯째 사형은 조각칼을 꺼내 화살대에 씌운 부적지 선에 따라 조각하기 시작했다. 그의 손가락은 안정적이었다. 둔해 보이는 손가락이었지만 정확도가 극에 달해 머리카락 같은 뾰족한 칼끝이 부적지의 선을 완벽하게 모사해 내었다.

"우와!"

녕결은 조각이 끝난 화살대를 들고 창밖의 햇빛에 비춰보고는 감탄했다.

"정말 대단한데요?!"

녕결은 재빨리 사형을 데리고 호숫가로 왔다. 녕결은 심호흡을 해 흥분된 마음을 가라앉혔다. 화살을 활시위에 올리고, 염력을 의식의 바다에서 풀어 화살대에 있는 부적 선으로 전달했다.

부적사에게 부적이 자물쇠라면 염력은 그 열쇠. 그는 열쇠로 자물 쇠를 열었다.

'팅!'

목궁의 시위가 튕겼다.

'웅!'

거의 동시에 염력이 화살대의 부적을 일으켰다.

'획!'

활 사이로 맑은 바람이 한 번 일어나면서 화살이 쏜살같이 내달렸고 그 화살은…….

'어디로 간 거지?'

거울처럼 조용한 호수 위에는 화살의 흔적이 없었다. 호수 맞은편 숲에도 화살의 흔적이 없었다. 짙푸른 하늘 아래 어디에서도 화살이 지나간 흔적 을 찾을 수 없었다. 걸어가든 기어가든 날아가든 흔적이 남기 마련인데 바람 부적이 새겨진 화살은 어디로 사라진 걸까.

넝결은 활을 내려놓으며 고개를 돌려 여섯째 사형에게 도움을 청 하는 눈빛을 보냈다. 여섯째 사형은 두 손을 벌려 어깨를 으쓱하며 망연 자실한 표정을 지었다.

바로 그때 일곱째 사저가 호수 한가운데 서 있는 정자에서 천천히 걸어 나왔다. 버드나무 잎같이 선 눈썹이 노여움을 억제하지 못한 것 같 아 보였다. 머리와 몸에는 마치 어느 벌목장 창고에서 막 나온 듯 아주 미세한 나무 부스러기가 가득 떨어져 있었다.

"하하하하하!"

녕결은 일곱째 사저의 초라한 모습에 참지 못하고 크게 웃었다. 여섯째 사형은 일 년 내내 병기를 만들고 부적을 새기기에 성품은 무던했지만 눈은 날카로웠다. 그는 일곱째 사매의 오른손에 화살촉이 들려 있고 그 손이 분노를 참지 못해 떨리고 있다는 것을 재빨리 눈치챘다. 여섯째 사형은 순식간에 등골이 서늘해졌다. 말없이 바로 몸을 돌려 자신의 집 안으로 들어가 문을 굳게 닫아 버렸다.

'철컥.'

녕결은 여섯째 사형의 문을 닫는 기괴한 행동을 보았지만 여전히 영문을 몰라 순진하게 일곱째 사저를 향해 소리쳤다.

"사저, 혹시 화살 하나 못 보셨어요?"

일곱째 사저는 화를 억누르며 억지 미소를 머금고 되물었다.

"무슨 화살?"
"그러니까…… 화살대가 요란하게 생긴 화살이요."

일곱째 사저는 여전히 미소를 지은 후 오른손에 쥐고 있던 화살촉을 내밀며 물었다.

"혹시 이거 맞니?"

녕결은 기쁨과 동시에 놀라 물었다.

"네! 바로 그거예요. 어? 근데…… 화살촉만 있네요?
　화살대는 어디로 갔지?"

사저는 머리카락 사이에 낀 나무 부스러기를 털어내며 요염하게 미소를
지었다.

"여기 있지."

녕결은 정신이 번쩍 들어 주저 없이 뒤를 돌아 내달렸다.

"여섯째 사형! 살려 줘요! 빨리 문 좀 열어 줘요!"

몇 걸음도 채 못 가서,

"음음……."

그는 찌르는 듯한 고통을 느꼈다.
　　힘겹게 고개를 돌려 통증 부위를 바라보았다. 창백하고 당장이라
도 울음이 터질 듯한 얼굴. 녕결의 엉덩이에 10여 개의 자수바늘이 꽂혀
있었다. 일곱째 사저는 자수대를 잡으며 냉소를 지었다

"칼, 바늘…… 이제는 화살! 내가 교훈을 주지 않으면 이러다가
　화기까지 가져다 쓰겠어!"

★★

하지만 녕결은 부적 화살 개발 작업을 포기하지 않았다. 호숫가의 소란에
오히려 구경꾼이 두 명 더 늘었다. 진피피는 소나무 아래 바둑쟁이들에게

밥을 가져다준 후 마침 시간이 비었고, 일곱째 사저는 정자에서 또다시 나무 부스러기를 맞기 싫어 아예 자수대를 놓고 구경하러 왔다.

> "화살대에 부적을 새긴다 하더라도 바람 부적의 힘과 활시위의
> 힘이 더해지면 화살대가 그 힘을 감당하기 힘들 거야."

일곱째 사저는 솥뚜껑을 들고 어깨에 남은 나무 부스러기를 털며 실험 준비에 여념 없는 녕결과 여섯째 사형을 보며 말을 이었다.

> "이 문제를 해결하지 않으면 아무리 시도해도 소용없어."
> "지금까지 이렇게 해 본 사람이 있었나? 당연히 있었지. 그들은
> 성공했나? 당연히 아니지. 그럼 그 신부사들은 너 녕결보다
> 천재였을까? 당연히 그렇지. 그들은 성공했나? 당연히 아니지.
> 근데 녕결 왜 이렇게 고집을 피우는 거지?"

진피피는 도시락을 담았던 작은 냄비를 들고 말을 이었다.

> "너 이거 순전히 시간과 정력을 낭비하는 일이야."

두 구경꾼은 여러 생각을 공유하듯 말했지만 실제로는 녕결의 자신감에 타격을 줄 수 있는 어떤 기회도 놓치려 하지 않았다. 물론 녕결도 개의치 않고 다시 활을 당겼다.

> "준비되었어요."

진피피는 고개를 저으며 어쩔 수 없다는 듯이 다시 크게 외쳤다.

> "지금까지 누구도 해 본 적이 없는 신형 부적 화살 네 번째 실험.
> 숫자를 셉니다. 셋 둘 하나 발사!"

발사라는 말을 마치자마자 진피피는 작은 냄비를 들어 얼굴을 가렸다. 물론 너무 큰 얼굴 탓에 얼굴 반쪽은 냄비 밖으로 나와 그 모습이 다소 우스꽝스러워 보였다. 일곱째 사저는 그보다 빨랐다. 그가 '셋'을 외칠 때 이미 양손으로 솥뚜껑을 들어 자신의 꽃다운 얼굴을 필사적으로 가렸다. 녕결도 화살을 쏜 후 바로 여섯째 사형 뒤로 달려가 몸을 숨겼다.

앞의 세 번의 시험 발사는 모두 비참한 결과를 낳았다. 하얀 뱃살을 보이며 떠오른 잉어와 숲속에 피칠갑이 되어 떨어진 작은 새가 그 참혹한 결과의 증거였다.

여섯째 사형은 얼굴을 가리지도 몸을 피하지도 않고 늠름하게 부적 화살의 비행 흔적을 찾고 있었다. 무기 개발 제작자로서 그는 늘 이런 모험 정신을 갖고 있었다. 그는 하늘을 잠시 바라본 후 고개를 저으며 말했다.

"됐다."

일곱째 사저는 솥뚜껑 뒤로 조심스럽게 얼굴을 내밀며 물었다.

"사형, 화살은 어디로 갔어요?"

사형은 호수 건너 숲을 가리키며 대답했다.

"저쪽으로 간 것 같다."

진피피는 그제야 냄비를 내려놓고 크게 웃었다.

"그곳은 두 사형이 고금과 통소를 연주하는 곳인데? 하하."

사저가 손을 흔들며 말했다.

"괜찮아. 그 둘은 연주를 시작하면 백치가 돼. 나무 부스러기는

커녕 엉덩이에 화살을 맞아도 아무 반응을 안 할 거야."

넝결은 몸을 살짝 떨며 여섯째 사형에게 말했다.

"화살대 재료를 확실히 고민해야겠어요……."

사형은 화살통에서 마지막 부적 화살을 꺼내며 물었다.

"더 해볼래?"

진피피가 불쑥 끼어들었다.

"진짜 의미 없어요. 만약 넝결이 부적 화살을 최초로 만들어내면
문파도 세울 수 있을 겁니다. 그렇다면 무슨 부도의 진의를
깨달을 필요가 있겠어요?"

넝결은 눈을 부라리며 답했다.

"나 다 듣고 있다. 그래도 한번 해 보고 싶어."

진피피와 일곱째 사저가 긴장하며 다시 냄비와 솥뚜껑을 들어올렸다. 넝
결은 웃으면서 고개를 저었다.

"이번엔 얼굴을 가릴 필요 없어요."

넝결은 부적 화살에서 화살촉을 떼어냈다. 그리고 염력을 내보내 직접 화
살대에 있는 부적으로 전달했다. 화살대 위 아름답고 섬세한 부적 선이
갑자기 밝아졌다. 주위의 천지 원기가 신속하게 모여들어 시원한 바람이
생겨났다. 바람은 가늘고 긴 화살대를 휘감고 쉴 새 없이 회전했다. 넝결

은 화살대를 쳐다보며 염력으로 바람이 흐르는 방향과 규칙을 자세히 감지했다.

　　'츠츠츠츠…… 치치칙!'

갑자기 부적 선이 가늘고 긴 화살대 안으로 들어가더니 화살대를 구성하는 목재를 팽팽하게 당겼다. 이내 화살대가 찢어져 매우 가는 한 가닥 한 가닥의 나무 섬유가 되어 버렸다.

　　'푸!'
　　"콜록콜록……."

호숫가에 연기와 먼지가 크게 일며 나무 부스러기가 온 하늘에 흩날렸다. 어색한 침묵 사이로 기침 소리만 울려 퍼지고 있었다. 녕결은 몸에 묻은 부스러기를 털며 입을 열었다.

　　"보통 재료로 부적 화살대를 만들 수 없어. 바꿔야 해."
　　"뭐로 바꿔?'
　　"강철!"

진피피는 고개를 저었다.

　　"강철 소재가 힘은 잘 견디겠지. 근데 강철으로 만든 화살을……
　　어떻게 쏴? 세상에 그런 활과 활시위가 어디 있어?"
　　"활은 철궁으로, 활시위는…… 어떻게든 해결 방법이 있을 거야.
　　다만 문제는 철로 만든 화살이 너무 무거워서 내 힘으로 쏘지
　　못한다는 것인데……."

일곱째 사저는 물었다.

"그래도 부적을 새기면 좀 가벼워지지 않나?"
"넷째 사형과 며칠 전에 해 봤는데 가벼워지긴 해도 한계가
있더라고요."

여섯째 사형이 끼어들었다.

"철로 만들되 관처럼 속이 빈 화살대를 만들자."

진피피의 눈빛도 번뜩였다.

"부적의 감지 강도를 높이기 위해 철에 은을 섞는 것도 좋겠어요."

여섯째 사형은 고개를 끄덕였다.

"문제없지."

넝결이 말은 하지 않았지만 눈빛만은 점점 밝아지고 있었다.
여섯째 사형은 넝결을 보며 말했다.

"화살대의 재질을 은이 섞인 철로 바꾸면 부적도 새로
설계해야 해. 이따가 은이 섞인 철 덩어리 몇 개를 만들어 줄 테니
네가 가서 해 봐."

넝결은 노필재에서 한밤중에 허공을 떠도는 어린 시녀를 생각하며 머리
를 긁적였다. 일곱째 사저는 두 사람을 보며 입을 열었다.

"그런데 왜 안슬 대사에게 화살대에 부적을 새겨 달라고
하지 않아?"

부적사에게는 자신이 쓴 부적이 자신의 염력에 의해 작용하는 것이 일반적이다. 하지만 이러한 법칙도 현묘한 신부사에게는 해당되지 않는다. 신부사는 천지 원기를 부적지 안에 봉인하는 능력을 가졌으며 사용하는 사람이 그 부적을 열기만 하면 부적 안의 위력을 불러일으킬 수 있다. 국가와 군대 그리고 각종 문파에서 신부사를 중시하는 이유도 여기에 있는 것이다.

녕결이 대답하기 전에 넷째 사형이 먼저 입을 열었다.

"신부사가 새긴 부적의 위력이 강하기는 하지만 그것은 결국
타인이 쓴 부적. 막내 사제가 필요로 하는 것은 자신만의 무기야.
그곳에서는 자신의 부적을 새기는 것이 가장 좋아. 서로 마음이
통하기도 하고 환경에 따라 변화시킬 수도 있지. 그것을 통해
자신의 경지를 향상시킬 수 있는 장점도 있고. 더구나 무기의
부적을 자신이 쓴 것이 아니면 혹여나 무기가 망가지면
어디 가서 고치겠어?"

사형의 설명은 며칠 전 안슬 대사의 답변과 매우 흡사했다. 묵묵히 고개를 끄덕이던 녕결은 갑자기 호기심이 생겨 사형에게 물었다.

"사형, 하후 대장군의 갑옷……."
"그것은 황학 교수님이 직접 만든 부적이야.
나와 여섯째는 그냥 대장장이와 조각공에 불과하니
기술적인 일만 했을 뿐이야."

녕결은 쓴웃음을 지으며 나지막이 말했다.

"황학 교수님이 부적을 쓰고 두 사형이 정성껏 갑옷을
만들어 주고…… 역시 우리 대당 제국 변경 4대 장군의 위상이
진짜 높네요."

"4대 장군이라 해서 서원에 영향을 끼칠 수는 없지.
　　내가 싫다면 허세 대장군도 나에게 부탁할 수 없어. 하지만
　　황학 교수가 하기로 한 이상 우리도 거절할 수 없었던 것이지."
　"황학 교수님과 하후 대장군은 서로 잘 아는 사이인가요?"
　"황학 교수는 제국 천추처의 객경. 제국 군부의 실력을 강화시키는
　　것도 원래 그가 맡은 책무 중 하나지."
　'천추처……'

녕결은 자신의 허리띠 속에 있는 그 요패를 떠올렸다.

　'폐하께서 천추처 요패를 하사하셨지만 내가 아직 천추처에
　　가 본 적이 없네. 수행자를 관리하는 기구 천추처라……
　　내가 이 요패로 거기서 어떤 이득을 볼 수 있을까?'

개울 바닥의 돌, 호숫가의 화살 발사 실험……. 서원 뒷산의 시간은 왠지
서원 밖보다 빨리 흐르는 것처럼 느껴졌다. 이미 해는 기울어 절벽 평지
가 점점 붉어지고 있었다. 녕결은 사형으로부터 은이 섞인 무거운 철괴를
건네받아 예를 올리고 산에서 내려왔다. 진피피가 녕결을 배웅했다.

　"안슬 대사가 정말…… 부도에 있어 너의 자질이 역대
　　세 손가락 안에 든다고 말했어?"
　"수행에 있어서 드디어 네가 나보다 안 되는 게 있다는 걸
　　알고 속상하구나? 관용을 가져. 너는 어차피 선천적으로
　　부도의 길에 들어가지 못하는데 나와 비교할 필요가 있어?
　　남진 검성 류백을 생각해 봐. 그도 부도에 있어서만은
　　평생 나를 따라잡지 못할 거야."

류백과 그를 비교하는 것을 듣고 진피피는 비아냥거렸다.

"나와 같은 지명 경지의 대수행자가 설마 너 같은 불혹 경지의
소인물을 부러워할까?"
"그건 아니지. 난 수행의 길에 들어선 지 일 년도 채 안 되었는데
초경에서 불혹까지 세 단계 경지를 연이어 돌파했지. 내가 앞으로
지명에 들지 못한다고 누가 장담하겠어?"
"설산기해가 열 개밖에 뚫리지 않았어. 그래 봤자 최하의
자질이야."

진피피는 연민의 눈빛으로 말을 이었다.

"만약에…… 또 만약에…… 부자께서 서원으로 돌아오셔서
돌대가리 같은 너를 가르쳐 경지를 억지로 끌어올린다 한들
무슨 소용이 있겠어? 지명 돌대가리에 불과한 거지."

녕결은 눈살을 찌푸렸다.

"설산기해가 안 통하는 거지 머리가 안 통하는 건 아닌데?"
"어쨌든 너의 부도 자질이 역대 세 손가락 안에 드는 것인지는
내가 잘 모르겠지만 네가 지명의 경지에 든다 해도 역사상 가장
약한 지명 경지 수행자가 될 것은 확실해. 대애애수행자라
할 수도 없지."

진피피는 '대수행자'의 '대'자를 일부러 길게 늘어뜨렸다. 녕결은 진피피
의 비웃음에는 아랑곳하지 않았지만 속으로 아쉬운 마음이 들었다.

'부자께서 직접 나를 가르쳐 주시면 나의 수행 속도가
얼마나 빠를까?'
"스승님과 대사형께서는 언제 돌아오셔?"
"아무도 몰라."

"천하 여행이라…… 귀국하시긴 하겠지? 벌써 일 년이 넘었는데."

"유람도 하고 친구도 방문하고 그런 것이 당연히 뒷산에 틀어박혀
수행하는 것보다 즐겁지 않겠어? 나 같으면 돌아오기 싫겠다."

"근데 스승님께서 천하를 돌아다니실 때 왜 대사형만 데리고 가고
너는 안 데리고 가시지? 넌 매일같이 부자께서 너를 가장
총애하신다고 말했는데 그게 아닌가 보네?"

진피피는 고개를 저었다.

"넌 세상 물정을 몰라. 그 누구도 대사형처럼 부자를 그렇게
편하게 모실 수 없어. 너 같으면 귀여운 딸을 데리고 가고 싶냐
아니면 밥 지어 줄 부인을 데리고 가고 싶냐?"

어처구니없는 질문이었지만 녕결은 진지하게 답했다.

"나는 상상을 데리고 가지. 그녀는 밥도 할 줄 알고 사람도
잘 돌보니까."

＊＊

황야의 여름은 끝나가고 있었다. 비옥한 초원의 온도는 점점 내려가고 흙
위 풀의 푸른빛이 점점 옅어지고 있다. 하지만 날씨의 적막함과 달리 중
원에서 멀리 떨어진 초원 북쪽은 여전히 시끌벅적했다. 수많은 천막이 구
름처럼 이어져 있고, 양고기를 굽고 춤을 추는 모습이 상당히 즐거워 보
였다.

　　참혹하고 피비린내 나는 수많은 전투 끝에 천 년 만에 남쪽으로
이주한 황인들이 초원 만족들의 저항 의지를 여지없이 꺾어 버렸다. 좌장
왕정은 수천 명의 정예 기병이 사망했다는 소식을 듣고 북쪽에 있는 부족

들을 모두 남쪽으로 피난시켰다. 결국 그 비옥한 초원을 황인들에게 넘겨주고 말았다. 용감한 황인 전사는 승리했고 천 년 만에 그들의 고향에서 새로운 터전을 마련했다.

　　물론 중원 사람들이 보기에 이 땅은 날씨가 춥고 환경이 열악했지만, 오랫동안 극북 추운 지방에서 살아온 황인들에게는 천국처럼 아름다운 곳이었다. 더구나 얼마 전 후방에 처져 있던 부족의 노약자와 부녀자, 어린아이들이 이곳에 도착했다. 뒤늦게 도착한 사람의 수가 예상보다 많아 모든 황인들이 놀라면서도 즐거워했다.

　　축제는 밤부터 이튿날 저녁까지 이어졌다. 그동안 초원 서북쪽의 소박하지만 큰 천막 하나에는 불이 환하게 켜져 있었다.

　　이곳에 모인 황인 원로들과 전사들의 수령들도 승리를 축하하면서 하루 종일 즐겼지만 어떤 원로 하나가 막 꺼낸 이야기 때문에 지금은 깊은 생각과 침묵에 빠져 있었다.

　"당국 사람들이 그렇게 무섭나요?"

건장한 체구의 황인 전사 수령 하나가 의혹이 가득 찬 얼굴로 원로들을 보며 물었다.

　"우리는 모두 타고난 전사이고 만 리를 거쳐 남하한
　　지친 몸으로도 초원 왕정을 모조리 쳐부수었는데,
　　이곳에서 반년 정도 전열을 재정비하면 감히 누가 우리의
　　적수가 될 수 있겠습니까?"

천막 가장 깊은 곳에 앉은 원로가 차분히 입을 열었다.

　"아무리 강한 전사도 교만에 사로잡히면 약해진다."

황인 전사 수령은 난처한 표정을 지으며 고개를 숙여 재빨리 사죄했다.

하지만 그의 눈에는 여전히 의혹의 기색이 가득했다.

"이 초원은 원래 우리 황인들의 고향. 그리고 우리는 한때
세계 최강의 왕궁이었다. 하지만 왜 천 년 전 우리의 선조들이
이 비옥한 초원을 떠나 극북 한대(寒帶)로 가서 고된 삶을
살아야 했겠느냐?"

원로는 사람들을 훑어본 후 담담하게 자문자답했다.

"당인들이 우리를 이겼기 때문이다."

노인은 한참을 침묵한 후 계속 말했다.

"선조들이 초원을 떠난 이유를 말한 것은 복수하기 위함이 아니라
당이라는 제국이 얼마나 강한지 일깨워 주기 위해서였다.
서릉 신국도 선조들에게 감히 적개심을 가지지 못했는데 당이
건국된 이후로 선조들은 패하고 또 패했다. 하마터면 부족을
모두 잃고 망할 뻔했다. 그래서 북쪽 한대(寒帶)로 물러나 다시는
남하하지 않는다는 맹세를 하고서야 겨우 부족 생존의 불씨를
살릴 수 있었다."

장막 안은 쥐 죽은 듯 조용했다.

"선조들의 영토는 지금보다 백 배나 컸고 인구도 우리보다
수십 배는 많았다. 하지만 대부분 당국 사람들의 손에 죽었다.
지금 우리 부족민들은 수십만 명에 불과한데 무슨 자격으로
당인들을 무시할 수 있겠느냐? 따라서 우리가 지금 집중해야
할 것은 당인과 마주칠 경우 어떻게 해야 할 것인가다."

누군가 의견을 제시했다.

"우리는 중원인의 땅이 필요 없습니다. 이번에 빼앗은 땅도
원래 우리의 것이었던 초원의 일부일 뿐입니다. 설령 초원에서
남하한 만족 왕정이 중원 사람들과 전투를 벌인다 해도 우리와
무슨 상관이 있겠습니까?"

우려의 목소리도 들렸다.

"우리 부족의 남하는 어쨌든 천 년 전 당인들과 맺은 합의를
어긴 것인데, 당인이 이를 빌미로 도발하면 어떻게 대응할 수
있을까요?"

노인은 눈꺼풀을 살짝 내리며 말했다.

"좌장 왕정, 우장 왕정, 금장 왕정…… 천 년 동안 초원은 만족들이
차지했고 정작 진정한 하늘의 자손들인 우리는 열해에서 힘겹게
살아야 했다. 힘겨웠지만 계속 살아갈 수 있었다면 몰라도 이제는
더 이상 살 지경이 안 되니 남하한 것이다. 어둠이 앞에 있고
죽음이 뒤에 있는 상황에서는 어떤 합의도 무의미하다."

그는 고개를 들어 장막 안 사람들을 훑어보며 말했다.

"하지만 당 제국과의 전쟁을 피할 수 있다면 반드시 피해야 한다.
만약 당국에서 사절을 보내 우리를 문책한다면 적절히 응대하면
될 뿐이다."
"네."

천막 안의 사람들이 일제히 원로의 뜻을 받아 대답했지만 원로는 그제야

천막 안에 '그 사람'이 없다는 것을 발견하고는 눈살을 찌푸렸다. '그 사람'이 원로 회의에서 발언한 적은 없지만 황인의 가장 강력한 전사인 그가 자리에 없다는 것은 뭔가 잘못되었다는 느낌이 들었기 때문이다.

"그는 어디 있느냐?"
"모르겠습니다."

노인이 다시 물으려 할 때 갑자기 극서쪽에서 희미한 기운이 전해져 왔다. 그 기운이 얼마나 강한지 알 수는 없었지만 하늘 아래 유일무이한 냄새가 이미 늙어 버린 그의 심장을 건드리고 있었다. 노인의 얼굴에 경외하는 기색이 드러났다.

그는 급히 뒤로 몸을 물려 서쪽을 향해 무릎을 꿇고 두 손을 앞으로 뻗어 매우 공손하게 큰절을 했다. 그의 옆에 있던 다른 원로들도 그제야 기운을 감지하고 재빠르게 몸을 숙이며 예를 올렸다. 그런 기운을 느끼지 못한 각 부족의 황인 수령들은 원로들의 반응을 보며 몹시 놀라 무의식적으로 무릎을 꿇고 서방을 향해 머리를 조아리기 시작했다.

＊＊

황원에 소달구지 한 대가 다가오고 있었다. 달구지는 목재로 만들어졌고 만 리 길을 달린 바퀴가 약간 찌그러져서 딱딱한 초원 흙바닥을 굴러가며 삐걱삐걱 소리를 냈다. 풀과 진흙이 있는 곳으로 진입하자 바퀴가 조금 더 깊게 빠졌다. 그 틈으로 스며 나온 혼탁한 물속에서는 아주 가는 물고기 몇 마리가 쉴 새 없이 뛰어올랐다.

달구지는 황소가 끌고 있었다. 황소는 만 리 길을 걸었는데도 여전히 힘이 있었다. 때때로 음매 소리를 지르면서 주변의 풀을 짓밟았다. 풀과 진흙이 있는 곳으로 진입하니 발굽이 조금 더 깊이 빠졌다. 발굽이 지나간 얕은 웅덩이에는 들풀 몇 줄기가 가로누워 있었다. 중원 관도에서

나 평범하게 볼 수 있는 소달구지가 황원에 나타났는데 결코 범상해 보이지 않았다.

　　달구지를 모는 사람은 눈썹이 곧고 눈이 큰 서생이었다. 오는 길에 묻은 먼지로 인해 그의 오래된 솜저고리가 더욱 낡아 보였다. 하지만 표정만은 더 없이 소박하고 친절해 보였다. 끌채를 밟은 짚신 한 켤레도 일 년을 넘게 신었지만 어찌 된 일인지 망가지지 않았다. 허리춤의 표주박이 달구지의 오르내림에 따라 가볍게 흔들렸다. 달구지 안에서 갑자기 노랫소리가 들렸다.

　　"자꾸 집에 못 가게 하네…… 사람을 걱정시키고 우울하게
　　하네…… 워워."

달구지를 몰던 서생이 웃었다. 손을 뻗어 가볍게 소의 등을 두드려 멈추게 한 후 몸을 돌려 찻간을 향해 물었다.

　　"부자, 집에 돌아가고 싶으십니까?"

장막을 걷으며 키가 크고 머리가 희끗희끗한 노인이 걸어 나왔다. 그는 허리를 주무르고 팔을 하늘로 쭉 뻗은 후 눈앞에 끝없이 펼쳐진 황야를 바라보며 화를 냈다.

　　"나온 지 일 년이 넘었는데 새도 살지 않는 곳만 어슬렁거리고,
　　놀 것도 없고 먹을 것도 없는데 누군들 장안으로 돌아가고 싶지
　　않겠느냐?"

노인은 부자(夫子), 서생은 서원의 대사형.
　　대사형은 미소를 지으며 부자의 팔을 부축해 달구지에서 내렸다. 그리고 달구지에서 낮은 걸상을 꺼내 부자를 앉히며 위로했다.

"도중에 풍경을 볼 수 있는 것도 좋습니다."

부자는 체격이 매우 커 낮은 걸상에 앉으면 옷자락이 걸상을 완전히 덮는 바람에 보기에는 마치 초원에 쭈그리고 앉아 있는 것 같았다. 부자는 불쾌한 표정으로 말했다.

"볼 풍경이 뭐가 있어? 열해가 정말 얼어 버렸다니!
　온천욕도 못했잖아!"
"온천욕은 못 했지만 적어도 목단어는 먹을 수 있습니다."

극북 한대(寒帶)의 바다는 해저 화산이 있어 사철 내내 얼지 않기에 열해(熱海)라 불렸다. 열해 깊은 곳에는 목단어라는 물고기가 살고 있는데 살이 통통하고 아름다우며 세로로 자르면 생선 살점 모양이 모란꽃과 닮았다. 물론 이런 것들은 부자와 그의 수제자 같은 인물만 알 수 있다.
　목단어 세 글자를 들은 부자는 고개를 끄덕이며 말했다.

"아이야, 스승은 너의 말에 정말 동의한다. 그렇지, 목단어만
　배 속에 들어갈 수 있다면 아무리 길고 힘든 여정도 가치가 있지."

대사형은 달구지 안에서 식칼과 도마 같은 조리 도구를 꺼냈다. 또 통 하나에서 얼음을 꺼내 손에 쥐고서 그 안에 얼어 있는 목단어를 녹였다. 생선살이 어느 정도 녹자 칼을 비스듬히 들어 썰기 시작했다.

"음식이라는 것은 희소할수록 또 싱싱할수록 맛있지.
　이런 물고기가 극북 한대(寒帶) 열해에 있다는 것이 다행이지.
　내부 열기와 외부 냉기의 조화로움이 아니라면 어찌
　이런 육질이 나올 수 있겠느냐?"

대사형은 웃으면서도 말을 않고 칼질에 전념했다. 그는 매우 정성스럽게

또 천천히 껍질을 벗기고 앞뒤로 두어 번 칼질을 했다. 두 칼질 사이에는 간격이 전혀 없는 듯했으나, 그 칼날에는 매미 날개처럼 얇은 흰색 생선회가 한 점 붙어 있었다.

> "민물고기를 너무 얇게 썰면 식감이 떨어지지. 하지만 목단어는 심해에서 자라고 육질이 탱글탱글해 얇을수록 좋아. 아이야, 네가 최근 몇 년 동안 세상의 이치를 어느 정도 파악했구나."

부자는 좋아서 감탄을 하며 왼손을 품에 넣어 간장과 청색 양념 그리고 생강즙을 꺼내 그릇에 털어 넣었다. 오른손을 아주 자연스럽게 도마 쪽으로 뻗어 검지와 중지로 얇은 생선회 한 점을 집어 들었다. 그릇에 살짝 넣어 황금빛 잉어의 꼬리처럼 가볍게 흔들고는 바로 입속에 집어넣었다.

> "음……."

부자는 눈을 감고 음미했다. 표정이 입 안의 목단어 살처럼 달콤하게 변했다. 잠시 후 그는 눈을 뜨고 도마 위에서 느릿느릿 움직이고 있는 식칼을 보며 조급하게 외쳤다.

> "빨리! 더 빨리!"

대사형은 웃었지만 손의 속도는 조금도 빨라지지 않았다. 부자는 참지 못하고 그의 손에서 칼을 뺏으며 탄식했다.

> "이 아이는 다 좋은데 무슨 일을 하든 느려 터졌어. 네 행동을 보면 내가 먼저 속이 터져 죽겠다."

대사형은 공손하게 대답했다.

"학생이 선천적으로 우둔하여 일을 할 때 먼저 생각을
  많이 하려 한 탓입니다."
"넌 그런 면에서는 소맥한테 배워야 해. 생각할 때는 생각하고,
  생각하지 말아야 할 때에는 쓸데없는 생각을 줄이고."
"둘째 사제의 재능이 뛰어난데 제가 어찌 그와 비교될 수
  있겠습니까?"
"네 말을 소맥이 들었다면 그 어린 시절처럼 창피해 죽을 수도
  있어."
  '슥슥슥슥슥······.'

부자의 칼질은 바람처럼 빨랐다. 말을 하는 사이 이미 도마 위에는 모란
꽃 같은 살점이 수북이 쌓였다. 그 옆의 남은 생선뼈와 내장은 얇은 막으
로 싸여 있어 마치 호박(琥珀)처럼 아름다웠다.
      대사형은 그제야 여유가 생긴 듯 자신의 젓가락을 꺼냈고 부자가
만족스럽게 다 먹고 나서야 목단어 몇 점을 집어 음미했다. 그리고 호박
처럼 생긴 생선뼈와 내장은 황소에게 갖다 주었다.

      '음매······.'

황소가 풀을 뜯어 먹는 것은 당연한 일이지만 황소가 생선을 먹는다? 부
자는 주전자를 들고 술을 마시다 곁눈질로 이 광경을 보고 크게 노하며
꾸짖었다.

      "저놈의 황소가······ 낭비야!"

이 말을 마친 부자는 얼음통에서 귀한 목단어 한 마리를 꺼내 다시 식칼
을 집어 들었다. 잠깐 사이 도마 위에 또 다시 모란꽃 같은 생선 살점들이
가득 쌓였다. 부자는 젓가락으로 목단어 한 점을 집어 양념에 살짝 묻힌
후 황소 입을 향해 던졌다! 부자가 말한 '낭비'는 황소가 목단어를 먹은

것을 뜻한 게 아니라 그런 방법으로 먹으면 목단어의 맛을 제대로 느끼지 못한다는 의미였다. 황소의 눈가에 그 뜻을 아는지 두 눈에 눈물이 고이기 시작했다.

'음매…… 음매…….'

대사형은 주저하며 물었다.

"부자, 그가 우는 건 너무 기쁜 탓입니까, 너무 매운 탓입니까?"
"당연히 기뻐서 그렇겠지."

대사형은 부자의 말은 당연하고도 또 영원히 옳다는 생각으로 계속해서 황소에게 목단어를 건네주었다.

황인들도 더 이상 생존할 수 없는 극북 한대를 황소가 어슬렁거리고 다녔음에도 몸매를 이렇게 건장하게 유지하고 있으니 당연히 보통 황소가 아니었다. 보통 황소가 아니니 풀을 뜯지 않고 생선을 먹는 것도 이해하기 어려운 일이 아니었다.

대사형은 설거지를 한 후 끌채에 앉아 남쪽을 바라보며 말했다.

"서원이 지금 어떠한지 모르겠습니다. 그리고 황인들이
남하했는데 어떤 영향을 가져올지도 모르겠습니다."

소달구지에서 가부좌를 틀고 책을 보던 부자가 아무렇지 않게 답했다.

"돌아가면 알 수 있겠지."

대사형은 웃고서 스승에게 고개를 돌리며 말했다.

"누가 이층루에 들어왔는지 궁금합니다."

"궁금하면 직접 가보면 알 수 있겠지."

"너무 멀어서 당분간은 돌아갈 수가 없습니다."

대사형은 미소 띤 얼굴로 고개를 가로젓고는 벌떡 일어나 북쪽 초원을 바라보았다. 일렬로 늘어선 아주 긴 그림자. 자세히 보니 극북에서 황인을 따라 남하한 설원 늑대. 수백 마리의 거대한 늑대가 전사처럼 늘어서 있었지만 부자와 대사형은 별다른 거리낌이 없었다.

　　오히려 반응을 보인 것은 설원 늑대 떼.

　　'아우!'

늑대에게 중원에 사는 황소는 마치 중원 사람들이 보는 목단어와 같은 존재였다. 희귀하면서도 탐스러운 먹이. 하지만 어찌 된 일인지 그들은 덤벼들지 않고 처절한 울음소리와 함께 뒤로 물러났다.

　　그 순간 왜소한 수컷 늑대 하나가 거대하고 아름다운 암컷 늑대를 데리고 늑대 무리를 벗어나 천천히 소달구지를 향해 걸어왔다. 수컷 늑대는 달구지에서 수백 걸음 떨어진 곳에서 멈추어 섰다.

　　앙상한 수컷 늑대는 소달구지를 바라보며 흥분한 듯 살짝 몸을 떨었다. 그리고 쪼그려 앉아 앞발을 앞으로 공손히 내밀었다. 마치 인간 제자가 스승에게 절을 올리듯이. 대사형이 의아한 눈빛으로 말했다.

　　"스승님, 7년 전 그 늑대 아닙니까? 장가를 갔네요."

부자는 엷은 미소를 지었지만 아무 말도 하지 않았다. 대사형은 부자가 반대할 뜻이 없다고 확인하자 달구지에서 내려 수컷 늑대를 향해 몇 걸음 다가간 후 손을 들어 초원 서북쪽을 가리키며 말했다.

　　"더 이상 남쪽으로 가지 마. 거기는 사람이 너무 많아.
　　대신 저쪽으로 가. 5백 리 정도 더 가면 아주 큰 침엽수림이 있어."

수컷 늑대는 앞발을 흔들고는 머리를 땅에 닿을 정도로 조아렸다. 마치 헤어지기 섭섭해하는 듯 달구지 쪽을 보고 처량하게 울고는 아내와 부하들을 데리고 서북쪽으로 달려갔다.

"가자, 장안으로 돌아가자."

부자는 책을 말아 들고 장막을 젖혀 달구지 찻간에 오르며 말했다. 대사형은 먼발치의 풀밭을 한번 보고 끌채에 앉아 가볍게 황소의 등을 두드렸다.

'삐걱삐걱.'

소달구지가 남쪽으로 향했다.

＊＊

당소당은 점점 초원의 끝으로 사라지는 소달구지를 보고 있었다. 그녀는 잠든 새끼 늑대를 안고서 일어나 망연자실한 표정으로 입을 열었다.

"저 사람이…… 부자인가?"

오라비 당(唐)은 그녀의 곁에 서서 초원에 남겨진 수레바퀴 자국을 바라보며 고개를 끄덕였다.

'아까 그 식탐 노인이…… 부자라고? 상상하던 것과 너무 다른데?'
"네가 부자를 스승으로 모실 기회가 있는지 살펴보려 했는데,
부자가 그런 뜻을 표하지 않은 이상 아직 인연이 아닌 것 같구나.
나중에 다시 이야기하자."

당소당은 놀라서 물었다.

"부자께서 우리가 여기서 훔쳐보는 것을 알고 있었다는 거야?"
"부자라면 당연히 모든 것을 안다."

당소당은 새끼 늑대의 부드러운 배를 쓰다듬으며 물었다.

"그 늑대는 어찌 된 일이야?"
"아마도 여러 해 전에 부자가 여행할 때 그 늑대를 만났고
그 늑대가 눈을 뜨게 된 것도 그 만남 때문이었겠지.
그렇지 않다면 일반 수컷 늑대가 어떻게 스스로 천지의 힘을
깨달을 수 있었겠어?"
"부자가 늑대까지 깨우칠 수 있어? 그럼…… 너무 센 거 아니야?
오라버니, 부자와 종주(宗主) 중 누가 더 세?"

당은 발걸음을 멈추고 침묵한 후 조심스럽게 입을 열었다.

"스승님께서 그때 당시 당연히 부자보다 못하셨지.
근데 그 23년 선(禪)을 수행한 후에…… 그래도 부자보다는
못할 것 같네."
"오라버니, 며칠 전에 말했잖아. 당나라 문무 대신들은
대부분 서원에서 공부했고…… 이층루 사람들은 더 상대하기
힘들고…… 부자가 백 년 넘게 서원 원장을 맡았다고……
그럼 부자의 한마디에 당국이 흔들리는 것 아닌가?
당나라 황제는 걱정 안 해?"
"무슨 걱정?"
"황위."
"부자의 눈에 황위라는 게 있겠어?"
"그래도 당나라 황제는 부자가 조정에 영향을 끼칠까 봐

걱정할 수도 있지 않아? 자기 머리 위에 또 다른 큰 산이 있는
것을 좋아하는 황제가 어디 있겠어?"
"당나라 황제가 좋아하든 안 하든 그가 태어나기도 전에 큰 산은
이미 장안성 남쪽에 있었어. 그리고 부자의 눈에
조정(朝廷)이라는 게 있겠어?"
"조정이 사소한 일이야? 그럼 만약 우리가 당나라와 싸우면
부자가 끼어들지 않는 거야? 만약 부자가 오라버니 말처럼
그렇게 대단하다면, 부자가 끼어들면 어떻게 이겨?"
"내가 말했지. 부자는 그런 사소한 일에 관심이 없다고."

당소당은 눈을 크게 뜨며 물었다.

"그런 일도 사소한 일이야? 그럼 뭐가 큰일인데?"
"부자 같은 사람의 눈에는 세상일이 다 사소한 일이야.
무엇이 진짜 큰일인지 너와 나 같은 사람이 어찌 알겠어?
그런데 애써 짐작할 필요가 있을까?"

★ ★

사람이 있는 곳에는 일이 있고 사람과 일이 있는 곳에는 골칫거리가 있
다. 하지만 인류가 이런 골칫거리를 해결하는 방법은 사실 매우 빈약하
다. 전쟁과 폭력을 제외하면 남은 것은 회의. 황인들이 초원에서 회의를
열 때 멀리 남쪽의 대당 제국 군신들도 회의를 하고 있었다.
　　　장안성 밖의 대명궁은 매년 여름이 되면 대당 황제의 상시 거처가
된다. 대신들은 성에서 나오는 것이 불편해, 공식 조정 회의는 사흘에 한
번 꼴로 열렸다.

"대명궁 밖이 성 안보다는 시원하지만 그래도 덥다.

흰목이버섯탕에 얼음을 넣었으니 빨리 마시고 성으로 돌아가라. 돌아가다 낙마하여 또 짐에게 심려를 끼치지 말고."

대명궁은 시원하지만 어디 자신들의 집 정원처럼 편하겠는가. 흰목이버섯탕은 감격스러웠지만 어디 자기 집의 죽처럼 맛있겠는가. 신하들은 사은을 한 후 최대한 빨리 궁을 떠날 채비를 하였다. 그때 황제 이중이가 손짓하며 대신들을 다시 불렀다.

"사소한 일 하나가 있구나. 3일 전 군부에서
만족 좌장 왕정 기병이 연국 변경에 깊이 들어가
마을을 약탈했다 보고했는데, 당시 짐은 연국 일이라 생각하고
대수롭지 않게 여겼다. 허나 다시 생각해 보니
아주 사소한 일은 또 아닌 듯하다. 황인이 남하한 것과
관련된 것이니 조정에서는 대책을 세우거라. 그래야 서릉 및
다른 나라들과 이야기를 나눌 수 있을 것이다."

군부 대신 하나가 재빨리 답했다.

"우장 왕정과 금장 왕정 부대에 특별한 움직임은 없었습니다.
좌장 왕정 기병이 연국에 침입한 것도 큰 피해는 없었다 합니다."
"연국의 백성이 짐과 무슨 상관이 있느냐. 손해도 이익도 아니다."

황제의 온화한 얼굴에 강경함이 스쳤다.

"우리 대당이 국경의 획정을 주관했고 만족 3대 왕정의 선우가
모두 직접 서명했다. 그런데 감히 좌정 왕정 기병이 그 선을
넘었으니 짐은 그가 무슨 근거로 그런 만행을 저질렀는지가
궁금하다."

대당 군신의 눈에는 초원 만족이 괘씸했지만 어떤 풍파도 일으키지 못할 사소한 일이었다. 예부 상서는 수염을 가볍게 쓰다듬어 승자의 여유로 말했다.

"황인이 남하하였는데 만족들은 그들을 이길 수 없고, 또 가장
비옥한 초원을 빼앗겼으니 어쩔 수 없이 도적질을 하며 나날을
보내고 있습니다. 그들도 고충이 많을 것으로 사료됩니다."
"고충이 있더라도 제국에 미리 알렸다면 자연히 제국에서
계획을 세웠을 터. 지금은 몰래 손을 쓴 것이니 당연히 그냥
넘어갈 수 없다. 우선 그들을 정리한 다음에 짐이 그들의
고충을 들어 주겠다."
"폐하께서 영명하십니다. 좌장 왕정이 연국을 괴롭힌 것이지만
어쨌든 제국이 그어준 선을 넘은 것입니다. 이것은 중원에 대한
도발이니 제국이 중원의 주인으로서 반응을 해야 합니다."

재상은 천천히 고개를 들어 군부 대신을 돌아보더니 불쾌하게 말했다.

"진군 대장군이 연경에 가까우니 대충 기병을 보내 좌장 왕정을
정리하면 되지 어찌 이런 사소한 일로 폐하께 심려를 끼치는가."
"사소한 일이지만 병사를 보내야 하고, 또 연국 국경에 들어가
싸우게 되면 아무래도 조정이 성경(成京, 연국 수도)에 알리는 것이
좋습니다. 그렇지 않으면 연국 군신들이 놀라 죽지 않겠습니까?"

군부 대신은 용의(龍椅)를 향해 몸을 돌리며 정중하게 의견을 물었다.

"폐하, 소신이 보기에 제국이 진정으로 고민해야 할 것은
남하한 황인들이라고 생각합니다. 황인은 천 년의 합의를 어기고
돌연 남하하였는데 제국이 어떻게 대처해야 합니까?"
"전쟁을 하자는 건가? 어느 노장군이 무료하여 군사를 이끌고

나가 싸우려 하겠는가? 또 전쟁을 하면 은자가 들지 않느냐?"

황제는 웃으며 몇 마디 욕을 하고 이어 말했다.

> "황인 부족이 초원의 북쪽을 차지한 후에는 더 남하하지 않는다
> 들었다. 제국과 너무 머니 그들이 짐을 귀찮게 하지 않으면 짐도
> 그들을 상대하기 귀찮다. 그 천 년 전 합의는 필요할 때
> 다시 꺼내기로 한다. 선조에게 얻어맞아 고작 몇십만 명밖에
> 남지 않은 황인에게 후손들이 다시 가서 이익을 취하는 것은
> 재미가 없다."

＊ ＊

조정 회의가 끝나고 고요한 궁전 안. 대당 국사 이청산은 우려 섞인 표정
으로 황제에게 나지막이 말을 건넨다.

> "이 일에 대한 서릉 신전의 반응이 좀 이상합니다. 이런 사소한
> 일로 조령(詔令)까지 내려 남진과 원륜국이 그들을 지원할 준비를
> 하고 있습니다. 이것은 좌장 왕정의 연국 침입과는 무관해 보이고
> 황인이 돌아온 이상 아마도 그들이 마종의 냄새를 맡고……."

태연했던 황제가 '신전'이라는 단어를 듣고 미간을 찌푸렸다.

> "태조 황제가 대당을 건국했을 때 서릉과 손을 잡아
> 황인을 몰아냈고, 수십 년 전 작은 사숙이 단검으로 마종에
> 들이닥쳐 황인이 세상에 남긴 마종의 강자들을 모조리 죽였는데
> 서릉 신전은 도대체 무엇을 걱정하는 것인가."
> "아무래도 마종과 황인은 아주 복잡하게 관련되어 있다 보니

신전 쪽은 당연히 경계할 것입니다. 조령 외에도 서릉에서는
호교 기사단까지 파견했습니다. 제가 보기에 마종을 경계하고
연국 황제를 도와 변방을 안정시키는 것 외에도 온 천하에
자신들의 신력을 과시하려는 의도도 있어 보입니다."
"근육이라도 과시하고 싶은 것인가? 월륜국과 남진에서는
어떤 사람을 보내 지원했는가?"
"천추처에 따르면 월륜국은 불종의 젊은 강자들을 보내고,
남진 검각도 강자 몇을 보냈다 합니다. 하지만 제일 주목해야
할 존재는 서릉에서 보낸 호교 기사단 말고도 신전의
재결사입니다."
"영향력 확대뿐 아니라 대오를 단련시키겠다? 이런 일에
대당이 사람을 안 보낼 수는 없지……다만 대당이 손을 쓰면
모든 것을 손에 넣어야 한다. 하후에게 직접 가 보게 하라."

하후의 이름을 듣고 이청산은 눈썹을 치켜세웠다.

"진군 대장군에게 이런 사소한 일을 맡기면 대당 제국이
만족들을 너무 중시한다고 오해를 살까 걱정됩니다."
"짐은 자네의 걱정을 이해한다. 짐이 하후에게 직접
가게 하는 것은 황정의 기병, 신전의 조령, 각국의 젊은이들과는
무관하다. 짐이……하후 이 사람을 더 살펴보기 위함이니라."

이청산은 감탄하며 말했다.

"하후 장군이 연북으로 가면 연합군 총통령의 자리는 당연히
하후 장군의 몫이 될 것입니다. 영명하신 결정입니다."

황제의 머리에 어떤 일이 스쳐갔다.

"잠깐, 작년에 서원에 입학한 학생들이 변새(邊塞, 변경 요새)로
실습 갈 시간이 되지 않았나?"
"예년에는 가을에 실습을 나갔습니다."
"이미 늦여름이니 며칠 앞당겨도 무방하다.
원래는 어디로 갈 예정이었나?"
"남방 진군 대장군 허세 휘하로 가서 남소(南沼) 산적과 전투를
벌일 생각이었습니다."

황제는 고개를 가로저었다.

"남소 산적의 항복 문서는 봄에 이미 접수되었다.
짐이 허세를 장안으로 부르지 않는 것은 그곳 공기가 촉촉해
그의 폐병에 좋다고 생각한 터. 서원 학생들이 그런 태평스러운
변경으로 가서 무엇을 얻을 수 있겠느냐? 내일 짐이 서원으로
서한을 보내 올해의 실습 장소를 바꾸라 하겠다."
"연북을 지나 황야로 말이신지요?"
"그렇다. 서릉 신전에서 조령을 내렸으니 천하의 젊은이들이
모두 가서 실력을 과시할 터. 제국의 젊은이들이 가지 않으면
되겠느냐? 몇 년 동안 대당의 젊은 세대에 인재가 부족하다는
헛소문이 돌고 있는데 이번에 대당의 젊은 인재들을 천하에
보여 줘야겠다."

이청산은 잠시 머뭇거리다가 진지하게 말했다.

"폐하, 이번 서원 학생 중……특히 당국 출신 학생 중
뛰어난 인재가 없는 것은 사실입니다. 임천 왕영이 제법 괜찮지만
아직 너무 어립니다."
"녕결이 있지 않느냐?"

황제는 너무 자연스럽게 누군가의 이름을 말했다. 마치 '밥은 없지만 고 기는 있지 않아?'하는 것처럼.

> "폐하, 닝결은 이미 이층루에 들어갔으니 전례에 따라 변새에 실습을 갈 필요가 없습니다."
> "이층루에 들어갔다고 해도 그는 여전히 이번에 서원에 들어간 학생이다. 그가 대오를 인솔하라고 명하라."
> '폐하께서 이미 정해 놓으셨구나……'

이청산은 쓴웃음을 지으며 다시 한번 진지하게 간언했다.

> "이층루 사람이 가는 것이 너무 신중해 보이지 않을까 하는 걱정은 차치하고서라도, 닝결은 이제 막 부도를 깨달았고 수행의 자질도 보통이라 이층루 역사상 가장 약한 학생이라고 할 수 있습니다. 불혹의 경지로 어떻게 여러 나라의 젊은 인재들을 제압할 수 있겠습니까? 그러다 만일 그에게 무슨 일이라도 생기면 부자께 무슨 말을 드릴 수 있겠습니까?"

황제는 크게 웃으며 말했다.

> "옥을 다듬지 않으면 그릇이 될 수 없고, 사람을 단련시키지 않으면 인재가 될 수 없는 법. 자네는 군부에 있는 닝결의 자료를 봤으니 그놈이 어떤 사람인지 알고 있을 것이다. 만약 그조차 전장에서 살아남지 못 한다면 그 누가 살아남을 수 있겠느냐?"

＊＊

깊은 밤의 대명궁은 별빛과 산 그림자에 둘러싸여 있다. 난간에 기대어 서 있는 황제의 표정은 평온하고 엄숙했지만 이전의 대범함과 호탕함은 사라져 있었다. 궁녀와 태감은 일찍이 자리를 떠났고 황후만 그의 곁에서 걱정스러운 눈빛으로 그를 바라보았다.

"명계(冥界)가……정말 있는 것인가? 있다면 어디에 있는
것인가? 부자께서는 1년 내내 천하를 유람하고 계시는데
명계를 찾고 계시는 것인가? 황인이 남하한 이유가 극북에 밤이
길어지기 때문이라던데, 정말 밤의 어둠이 별빛을 가리는 날이
올 것인가?"
'어둠이 별빛을 가리니 나라가 태평하지 못할 것이다.'

수년 전 흠천감에서 별을 보고 내린 평이었다. 또 이 말은 훗날 궁중의 어떤 여인이 제국에 매우 불리하다는 것을 암시하게 되었다. 그래서 나쁜 마음을 품은 사람들이 '그 여인'을 황후와 연관시켰고, 또 다른 나쁜 마음을 품고 있는 사람들이 '그 여인'을 4공주와 연관시켰다. 이로 인해 얼마나 많은 파문이 일어났는지 모른다.

흠천감 사건 이후 황후는 깊은 궁에 머물며 더 이상 국사(國事)에 대해 아무런 의견을 표하지 않았고, 공주 이어는 초원으로 시집을 갔다. 그런데 오늘 갑자기 황제의 입에서 나온 이 말에 황후의 표정이 저도 모르게 살짝 변했다.

"그해, 가(軻) 선생이 단검을 들고 산으로 들어간 것을
누가 알았겠어요? 또 스승님께서 갑자기 전사하셨으니
마종의 많은 비밀들이 전해질 시간도 없었어요. 더구나
제가 종문(宗門)에 남아 있었을 때에도 명계라는 곳을
들어 본 적이 없었어요."

황제는 몸을 돌려 온화한 표정으로 그녀를 바라보며 물었다.

"부족 사람들이 남쪽으로 돌아오고 있는데
가보고 싶지는 않은가?"

황후는 천천히 고개를 저었다.

"천 년 전, 서릉 신전이 신관을 황야로 파견하여 선교를 하는
과정에서 수행법 하나가 더 탄생했죠. 하지만 신전은 그 법문을
마(魔)로 규정해서 결국 황인과 마종은 떼려야 뗄 수 없는 사이가
되어 버렸어요. 제가 수년 전 종문을 떠났으니 황인도 더 이상
저의 부족이 아니에요."

그녀는 잠시 멈칫한 후, 조용히 황제의 눈을 바라보며 물었다.

"하후를 연북으로 보내신 것은 여전히 그를 의심하셔서인가요?"

황제는 다시 몸을 돌려 산을 바라보다 나지막이 대답했다.

"그렇네."

황후는 억지로 슬픔을 억누르며 약간 떨리는 목소리로 말했다.

"수 년 전 마종의 여자인 제가 스승님의 명을 받들어 남하하여
폐하께 접근해 미혹하고 죽이려 했었죠. 결국 실패했지만
폐하께서는 저를 죽이기는커녕 저를 부인으로 삼았고 심지어
훗날 저를 황후로 책봉하셨어요."

황제는 옛 추억을 떠올리며 난간을 어루만졌다.

"그때 부황, 모후, 그리고 이청산만 당신의 신분을 알고 있었어. 물론 부자께서 나서지 않으셨다면 우리가 같이 사는 것도 힘들었겠지……하지만 설령 부자께서 말을 하지 않으셨더라도 부황, 모후께서 아무리 반대하셨더라도 나는 당신과 혼인했을 거네. 당신은 내가 아내로 삼고 싶은 사람이었으니까."

황후는 슬픔 가득한 목소리로 말했다.

"그래서 저는 더욱 이해하지 못하겠어요. 폐하께서는 저에게 그렇게 큰 용서와 인애를 베푸셨는데, 왜 하후는 아직도 의심을 하시는지……그가 제국을 위해 수년 간 변경에서 혈전을 벌였는데 왜 폐하의 신임을 조금도 얻지 못했는지……그가 군사를 이끌고 다시 마종과 황인 부족으로 돌아갈 것이라고 생각하시는 건가요?"

황제는 그녀의 눈을 보며 말했다.

"그건 당신이 잘못 생각했네. 짐은 하후가 다시 마종으로 복귀하거나 혹은 군사를 데리고 황인 부족으로 돌아가는 것을 걱정하지는 않네. 하후 그도 대당 국법 아래에서 반란을 일으키면 남은 것은 오직 파멸인 것을 잘 알고 있네. 심지어 그가 당시 모용림상을 팽형시켜 서릉에 마음을 표한 뒤로는 영원히 마종으로 돌아갈 수도 없어. 23년 선(禪)을 수행하는 사람이든 마종의 다른 사람이든 중원에 다시 나타나면 제일 먼저 할 일이 하후를 죽이는 것이겠지. 모용림상이 하후가 가장 아끼던 여제자였던 것을 잊으면 안 되네."
"그럼 도대체 그의 무엇을 의심하시는 건가요?"
"짐은 그와 서릉의 관계를 의심하네."
"그건 왜 그런 것인지 잘 아시잖아요."

"왜지? 그가 서릉 신전이 계속 자신을 의심한다는 사실을 알아서?
서릉 신전이 당신과 그의 관계를 계속 의심해서? 서릉 신전이
그에게서 당신이 마종의 전대 성녀라는 증거를 찾을까 봐?"

황제는 탄식하며 고개를 가로저었다.

"대당의 군왕은 모두 부자를 따라 서원에서 한동안 공부를
하네. 학습 속도에 따라 그 기간이 길 수도 짧을 수도 있는데,
짐은 자화자찬해야 할지 아쉬워해야 할지 모르지만 그 기간이
그리 길지 않았네. 그 얼마 되지 않은 시간 동안 짐의 기억에
뚜렷하게 새겨진 부자의 말씀이 하나 있네."

황제는 결연하게 말을 이었다.

"세상에는 강인하고 용감한 사람들이 많다. 허나 그들이
한번 타협하기 시작하면 계속 타협하게 되고, 결국
어떤 기형적인 심리 상태에 빠져 타협에서 자발적인 협력으로,
피해자에서 가해자로 변하게 된다. 마지막에는 그들 자신도
왜 그렇게 된 것인지 모른다."

황제의 눈가에 냉기가 스쳤다.

"서릉은 당신의 정체를 알아내기 위해 몇 년 동안 필사적으로
떠보았고, 하후는 당신을 위해 필사적으로 감추고 또 서릉과
친하게 지내고 심지어 서릉 광명사와 협력해 짐이 장안에
없는 틈을 타 풍파를 일으켰지. 심지어 연경 그 마을 사람들을
말살하고, 그가 사랑하는 여인까지 죽이고……
짐이 보기에는 정말 불필요한 짓들이었다. 설령 서릉 신전이
대당 황후가 마종 성녀인 것을 안다고 해도 그들이 도대체

무슨 짓을 할 수 있단 말인가."

황제는 난간을 가볍게 두드리며 밤하늘의 별을 보고 탄식했다.

"하후가 이런 짓을 했는데…… 당신이 아니었으면 짐이
수년 전에 이미 그의 목숨을 거두었을 것이다. 짐은 당시 세월이
흐르면 그가 그의 과오를 깨달을 줄 알았는데, 이제 보니 달라진
것이 없구나…… 그는 수년 전 마종을 떠났다지만 안타깝게도
마음속에 여전히 마(魔)가 껴 있다. 이 마는 그의 손에 죽임을
당한 연인이며 마종을 배반한 후 얻은 서릉 객경의 신분이며
그리고 당신…… 그에게 자신의 생명보다 몇 배는 더 중요한
친동생이다."

3

❖

황원으로

✦ ✦ ✦ ✦

✦ ✦ ✦ ✦ ✦

✦ ✦ ✦ ✦

2

◦ ◦ ◦

황제는 넝결에게 서원 학생들을 이끌고 황원으로 가서 실습을 하도록 명을 내렸다. 이청산에게서 이 소식을 들은 안슬의 옹졸한 얼굴에 순식간에 노기가 드러났다.

"이게 무슨 일이지?"

이청산은 쓴웃음을 지었다.

"저도 이상하게 생각했는데 궁을 나서며 생각하니
 폐하의 생각을 이해할 수도 있을 것 같습니다.
 당시 황후 마마의 일로 폐하께서는 줄곧 몸에 문제가 생겨서
 언제 발작을 일으킬지도 모르니, 아무래도 훗날 국정을
 고려하시는 것 같습니다."
"대당은 무력으로 세워졌고 법률로 나라를 다스리는데
 조정의 일에 폐하께서 걱정하실 게 뭐가 있지? 남진처럼
 무슨 고명대신(顧命大臣, 황제의 유언으로 나라의 뒷일을 부탁받은
 대신)이라도 두실 건가?"
"호천도 남문이 겉은 화려해 보이지만 실제 강자는 적습니다.
 제국이 서릉 신전에 맞서려면 결국 서원에 의지해야 하는데,
 오늘날 서원 이층루에 있는 어린 괴물들은 대부분 보잘것없는
 일에 즐거워하는 백치들이고 맨 위의 두 사람은 아예
 이 세상 밖의 사람들이라 이런 일엔 관심도 없습니다."
"다행히 서원에는 이제 넝결이 있지."
"넝결…… 은 또 왜 끌어들이십니까?"
"폐하께서 이 꼬마를 아주 잘 보셨어. 그는 세상 안의 사람이고,

욕망도 있고 생각도 있지. 욕망과 생각이 있으니 세속에 나오려
할 것이고, 이층루 학생인 그가 세속에 나오면 서원도 수수방관할
수는 없다. 그렇게 되면 자연히 폐하 이후 대당 제국의 조정도
안정될 수 있지."

안슬 대사는 잠시 말을 멈추었다가 탄식했다.

"허나 너무 멀리 내다보는 것은 사실······ 너무 융통성이 없지."
"사형의 뜻도 일리가 있습니다. 넝결이 아직은 별 거 없는
    소인물이지만 무슨 일이든 준비를 해야 합니다. 폐하께서 그를
    중시하고 키워 주시는데, 사형이 화를 낼 필요는 없지 않습니까?"
"부도에 들어서자마자 세상 시비에 휘말린다······ 내가 보기엔
    이건 순전히 소란을 피우는 거지 어디 키워 주는 건가?
    그가 10년 안에 신부사로 성장하게 하려면 절대 서두르거나
    미리 중대한 임무를 맡기는 짓을 하면 안 돼."
"초원의 좌장 왕정이 어디 감히 제국을 적으로 삼겠습니까?
    신전이 조령을 내린 것도 남하하는 황인과 어둠 속에 숨은
    마종 잔당을 경계하는 것일 뿐이겠지요. 넝결과 서원 학생들이
    실습하러 가더라도 진정 위험한 일은 없을 것입니다. 원래 이렇게
    별일 아니니 사형이 걱정하는 중대한 임무는 없습니다."

이청산은 사형을 보며 온화한 목소리로 설득했다.

"부도 수행은 내부적으로 자신의 마음을 관찰하고 또 외부적으로
    천지를 관찰하는 것을 중요시하니, 다소 어려움을 겪더라도 이번
    실습이 수행에 도움이 될지도 모릅니다. 쇠를 망치로 때리지
    않으면 어떻게 강철이 되겠습니까. 백지 한 장이 이토록 사소한
    힘도 견디지 못한다면 어찌 진짜 부적이 쓰일 수 있겠습니까."

＊＊

서원은 아직 황제의 친서를 보지 못했다. 서원 학생들도 녕결도 그들이 곧 으스스한 황원으로 떠난다는 사실을 아직 알지 못했다.

녕결은 전심전력을 다해 부적 외우는 일과 부적 화살 만드는 일에 몰두하고 있었다. 나무 화살대는 은과 철 및 다른 희귀한 금속 두 개를 녹여 주조한 재료로 바뀌었다. 여섯째 사형은 속이 비어 있고 상대적으로 가벼운 철 화살을 정성껏 만들고 있었다.

녕결이 쓰던 목궁도 군부 시험에서 사용하는 가장 무거운 활로 교체되었다. 그동안 상상이 수없이 넘어지고 일어서고를 반복한 끝에 그 화살에 맞는 부적도 만들어졌다.

하지만 이어진 수차례의 실험은 여전히 실패했다. 상대적으로 가볍다고는 했지만 금속 화살은 여전히 나무 화살보다 훨씬 무거웠다. 화살이 시위를 벗어나 마음대로 날아다녔고 바닥에 수많은 작은 구덩이를 만들었다. 또 냄비와 솥뚜껑에 부딪치는 소리가 얼마나 많은 잉어들을 까무러치게 만들었는지 모른다.

하지만 여러 차례의 실험을 통해 실패의 근본적인 원인에 근접할 수 있었다. 무거운 활을 당겨 화살을 쏘는 것, 화살대에 새겨진 부적의 효과를 일으키는 것, 이 두 가지의 조화에 문제가 있었다.

첫 번째 경우, 화살을 쏘기 전에 부적이 효과를 내면 천지 원기가 이상하게 움직였다. 이상하게 일어나는 바람이 최초 설정한 화살의 방향에 심각한 영향을 주었고, 심지어는 바람 때문에 화살이 쏘아지지 못하는 경우도 있었다.

또 화살을 쏜 뒤 부적의 효과를 일으키면 여청신 노인과 넷째 사형이 말했던 것처럼 곤경에 빠졌다. 즉 화살과 같은 장거리 무기는 매우 빠른 속도에 의지하는데 이런 속도는 수행자와 화살대 사이의 염력 관계를 쉽게 끊어 버렸다.

'이 문제를 도대체 어떻게 해결하지?'

녕결은 머리를 하도 긁적여 머리 모양이 이미 새둥지처럼 변해 있었다. 여섯째 사형과 일곱째 사저, 그리고 진피피는 모두 동정하듯 그를 바라봤다. 며칠 동안의 실험으로 서원 뒷산은 웃음이 끊이지 않았는데 지금 녕결이 괴로워하는 모습에 그들도 마음이 조급해지기 시작한 것이다. 부적 화살 개발 자체가 지금껏 성공한 사람이 없는 일이기에 누구도 그에게 도움을 줄 수는 없었다.

    "너도 무엇이 문제인지는 알지? 시위를 당겨 화살을 쏘는
     그 찰나와 동시에 부적이 효력을 발휘해야 해. 그 시간에 조금의
     오차라도 있으면 안 돼. 말 그대로 '동시에' 일어나야 하는 거지."

넷째 사형은 대장간 집 입구에 서서 이들을 무표정하게 바라보며 입을 열었다. 그동안 그는 이 실험에 전혀 관심을 보이지 않았기에 이 장면은 더욱 이상하게 보였다. 녕결은 벌떡 일어나 넷째 사형에게 예를 올린 후 간곡하게 말했다.

    "그 문제가 맞아요. 엊그제 그 점을 발견했고, 그 두 가지 일이
     동시에 일어날 수 있도록 각별히 신경을 쓰고 있는데
     왜 안 되는 걸까요?"
    "네가 염력을 동원하는 순간 절대적인 동기화를 보장할 수 없어.
     사람의 동작이 아무리 빨라도 염력보다 빠를 수는 없기 때문이지.
     부적을 자극하려고 마음먹는 순간 염력은 움직이지만 손가락은
     언제나 생각보다 느리게 움직이지."

녕결은 진지하게 말했다.

    "그것도 생각했어요. 그래서 화살 쏘는 시점을 앞당겼는데……."
    "얼마나 앞당겼지? 어떻게 계산한 거지? 감각으로? 네 생각이
     손가락의 움직임에 영향을 주지는 않았을까? 너의 의식이

정확하게 두 부분으로 나뉠 수 있을까?"

넷째 사형은 무거운 목소리로 충고했다.

> "네가 부도에 자질이 있을지는 모르겠지만 넌 지금
> 가장 중요한 점을 잊고 있어. 부도를 실전에 활용하기 위해서는
> 감각이나 상상으로는 안 돼. 가장 정확하고 직관적인 실현 수단이
> 필요하지."
> "하지만 전 정말 충분히 정확하게 동기화 했다고……."

넷째 사형은 싸늘한 눈빛으로 말을 끊었다.

> "정확하다는 것이 뭐지? 동기화가 뭐지? 동기화는 '완전히'
> 동일한 것이야. 찰나의 차이도 용납하지 않지! 선대의 그 많은
> 부도 대가들이 너보다 우둔했을까? 왜 그들은 끝까지 부적
> 화살을 만들어 내지 못했을까? 그들도 같은 문제에 봉착한 거야.
> '완전한 동기화'를 할 수 없었던 거지."

호된 꾸지람에 녕결은 갑자기 냉정을 되찾았다. 안슬 대사가 자신을 후계
자로 삼으며 신부사의 자질을 칭찬하는 순간 겉으로는 평온했지만 사실
마음속 깊은 곳에 약간의 자만심이 생겼다. 그래서 자신이 이미 이 일에 충
분한 지혜와 노력을 동원했으니 문제는 곧 쉽게 해결될 것이라 생각했다.

> '마음가짐이 문제였어…… 내가 너무 당연하게 생각했군.'
> "막내 사제, 사실 너의 부적 화살에 대한 설계와 생각은
> 아주 훌륭해. 그리고 난 아직 그것이 실현 가능하다고 생각해.
> 다만 좀 더 냉정해져야 해. 가장 중요한 동기화 문제를 좀 더
> 명확하게 생각해야 해. 네가 꼭 이 난관을 돌파했으면 좋겠다."

녕결은 진지하게 예를 올리며 말했다.

"넷째 사형, 진심으로 감사드립니다."

★★

다음 날 아침 서원 뒷산.

　　밤잠을 설친 게 뻔한 녕결은 다시 대장간 집 앞에 나타났다. 하지만 초췌해야 할 얼굴에 왠지 생기가 돌고 있었다. 물론 머리 위의 지저분한 새 둥지는 더 지저분한 닭장처럼 변해 있었다. 그것만 보아도 어젯밤 그가 머리를 얼마나 쥐어뜯었는지 알 수 있었다.

　　"사형 말씀이 옳아요. 사람의 생각과 신체는 완전히 동기화될 수
　　없어요. 그래서 활을 쏘는 동작 자체를 부적의 효과를 일으키는
　　시점과 동기화시키면 어떨까 생각했어요. 화살이 쏘아지는
　　찰나를 신호로 화살대의 부적이 효과를 일으키게 할 수 있다면
　　정확히 맞아떨어질 수 있겠죠. 궁수의 생각으로 부적의 효과를
　　일으키는 게 아니고, 동작과 동작 간의 객관적인 시점을
　　일치시켜서 해야 하나……."
　　"활 쏘는 동작이 스스로 부적의 효과를 일으킨다? 생각이
　　재밌긴 한데…… 어떻게 할 수 있지? 부적이 저절로 효과를
　　일으킨다는 뜻인데?"
　　"부적을 처음에 다 쓰지 않는 거예요. 화살대의 부적을 처음에
　　다 사용하는 게 아니라 마지막 한 획만 남겨 놓는 거죠. 그리고
　　화살이 쏘아지면서 마지막 그 한 획이 자동으로 써지도록 하는
　　방법을 찾아야 해요."

녕결은 심판을 받는 이단처럼 긴장된 표정으로 물었다.

"이런 생각은…… 혹시 어떠세요?"
"화살이 시위를 떠날 때, 화살이 스스로 부적의 마지막 한 획을
그려 부적을 완성시킨다?"

넷째 사형은 한참 동안 그의 눈을 뚫어지게 쳐다보았다. 그리고 마침내
약간 쉰 목소리로 말했다.

"막내 사제, 넌…… 정말 망할 놈의 천재구나!"

천재는 이론을 앞장세우지 않는다. 그들은 문제를 해결할 답을 제시하지
만 그 답을 증명하지는 않는다. 설령 그 결과를 알거나 짐작하더라도 어
떻게 증명할지는 신경 쓰지 않는다. 천재라고 칭찬받은 녕결도 생각이 현
실로 이뤄질 수 있는 구체적 방법을 신경 쓰고 싶지 않았다.
　　하지만 부적 화살은 당장 그에게만 필요한 것이었고 막내 사제로
서 사형 사저들에게 그것을 미룰 자격도 배짱도 없었다. 그래서 그는 자
신의 천재적인 생각을 완벽한 공예 설계로 만들기 위해 며칠 밤낮으로 쉴
새 없이 번거롭고 지루한 작업을 계속했다.
　　상상은 매일 이리저리 나뒹굴거나 공중에 떠다니곤 했다. 평소 무
뚝뚝한 그녀도 이 알 수 없는 기이한 느낌을 참지 못하고 단호하게 몸에
둘러진 흰 천과 하얀 종이를 찢어 버리고 빨래통을 들고 골동품 가게로
도망가 버렸다. 비록 가장 예민한 실험 도구인 상상을 잃었지만 녕결은
자신의 개발 작업을 계속했다. 그는 책상 앞에 서서 붓을 들고 그 부적을
어떻게 개선해야 하는지 깊은 고민에 빠져 있었다.

'화살이 쏘아질 때 어떻게 부적의 마지막 획을 완벽하게
그릴 수 있을까?'

녕결의 머리 모양은 새둥지에서 닭장으로 또 둘째 사형의 거위가 개울 수
초로 만든 물고기 집으로 바뀌었다. 눈빛은 지치다가 격앙되다가 또 지치

기를 반복해 결국 꺼멓게 변했다. 금방이라도 해결될 것 같았지만 해답은
아직 먼 구름 위에 떠 있었다.

'똑똑똑.'

누군가 노필재 문을 두드렸다.

"상상! 상상!"

녕결은 몇 번이나 상상을 불렀지만 아무 대답이 없었다.

'아차. 상상은 도망가고 없지…….'

녕결은 붓을 놓고 퉁명스러운 표정으로 직접 문을 열었다. 청색 옷차림의
중년 남자가 공손한 표정으로 서 있었다.

'낯이 익은데…… 누구지?'

중년 남자는 예를 올리며 초청장을 건넸고, 녕결은 초청장에 찍힌 낙인을
보고서야 그가 공주부 집사인 것이 생각났다.

"무슨 일이세요?"

그는 눈을 비비며 하품을 했다.

"꼭 가야 하나요?'

집사는 예상치 못한 반응에 쓴웃음을 지으며 말했다.

"녕 대가, 저도 정확히 무슨 일인지는 알지 못합니다. 전하께서
사적으로 만드신 자리이니 가시는 것이 좋을 듯합니다."

물론 녕결은 대충 물었을 뿐…… 황권이나 전하의 위세를 무시한 것은 아
니었다. 그리고 공주를 본 지도 오래고 지금 상황에서 기분 전환을 하는
것이 좋을지도 모른다고 생각했다.

"내일 시간 맞춰서 갈게요."

    ★ ★

늦여름의 열기는 점점 식어가고, 복도의 큰 날개 부채가 돌며 정원을 향
해 맑은 바람을 불어 시원한 느낌을 더했다. 상상은 소만과 함께 고목 아
래로 가 벌레를 잡으며 놀고, 녕결과 이어는 정원 탁자에 앉아 차를 마시
며 이야기를 나누었다. 담담하고도 자연스러운 풍경.
    그런데 녕결의 표정은 이 풍경의 옥에 티 같았다. 얼굴이 잔뜩 구
겨져 있고 이를 악문 탓에 왼쪽 뺨 보조개가 유난히 또렷했다.

"전하, 안 가면 안 되나요?"
"부황의 친필 서신이 이미 서원에 도착했을 거야."

이어는 손목을 살짝 돌려 찻잔을 입술에 가져가며 찬탄했다.

"산음군에서 보내온 암차(岩茶)가 역시 맛있어."
"전하, 이런 진부한 인사치레 다 빼고 단도직입적으로 이야기하죠.
우린 다 젊은 사람들이잖아요."
"부황께서 입을 여시면 군맥 선생도 반대하지 않을 테니
내가 보기엔 넌 꼭 황원으로 가야 할 것 같아."

"전 이층루에 들어갔는데 왜 실습을 해야 한다는 건가요?"

넝결은 도무지 이해하지 못하겠다는 듯 원망했고, 이어는 그의 태도를 못마땅해 하며 말했다.

"왜 가고 싶지 않지? 서원 학생들은 모두 앞으로 조정의
대들보가 될 인재들이잖아. 이번에 네가 그들을 인솔하여
실습하면 훗날 그들이 네 덕을 보든 안 보든 적어도 겉으로는
네게 조금의 불경도 보이지 않을 텐데?"
"황야는 아주 위험한 곳이에요."
"장안 같은 번화한 성에 너무 오래 있으면 사람의 뼈가
녹기라도 하는 건가? 나는 이런 작은 일이 네게 겁을
줄 수 있다고 생각하지 않아. 소벽호의 뗄감꾼이 초원 만족을
두려워하게 되었다고?"
"뗄감꾼이 아니라 장작꾼이에요."

넝결은 곧바로 바로잡으며 말을 이었다.

"칠성채 쪽은 몇 년째 초원 금장 왕정과 싸우지 않고 있지만
제가 전쟁터를 낯설게 느끼거나 두려워하지는 않아요. 하지만
전쟁터라는 곳은 기본적으로 생사를 걸어야 하는 곳이에요.
세상 사람들은 서원 학생들이 천하무적이라고 말하는데 실제
실력은 형편없어요. 실전인 전쟁터에 나가게 되면 얼마나 죽을지
누가 알겠어요? 그런 아이들을 데리고 전장에 나가고 또 제가
그 생명을 책임진다고요? 말이 안 돼요."

이어는 미소를 지었다.

"그들도 한때는 네 동창이었어. 아이라니…… 네가 그들보다

나이가 많아? 어디서 배웠기에 이런 노티를 내는 건지 모르겠네."
'내가 그들보다 일고여덟 살은 더 많다고 말하면 네가 믿겠니?!'
"늙은 놈일수록 황야에서 살아남기 쉬워요."
"사실 넌 그런 책임을 질 필요가 없어. 서원 실습은 제국의
　　인재들을 단련시키는 일인데 설마 너에게 어미닭처럼 그들을
　　지키라고 할까? 넌 그들을 그저 데리고 가는 거지 그들의 생사에
　　신경 쓸 필요가 없어."
"그들의 생사에 신경 쓸 필요가 없다면…… 왜 제가 가야 하죠?
　　군부에서 아무나 파견하면 되잖아요?"

이어는 바로 대답을 하지 않았다. 마음속에서 아쉬움과 후회가 몰려왔기
때문이다. 녕결의 능력을 가장 먼저 발견한 대인물이 바로 공주 이어 자
신이었다. 하지만 지금 그녀가 그를 자신의 세력으로 끌어오기에는 그의
명성이 이미 너무 대단했다.

"부황께서 서원 학생을 데리고 황야로 가라고 한 것은 바로
　　너를 마음에 들어 하시기 때문이야. 네가 제국의 위신을
　　세워주길 바라시는 동시에, 네가 과연 어떤 능력을 보여 줄지
　　궁금하신 거지."

녕결은 다소 어리둥절해졌다.

"폐하께서…… 저를 너무 과대평가하시는 거 아닌가요?"
"네가 서원 뒷산의 다른 제자들과 달리 욕망이 있다고 생각하시지.
　　부황께서 바로 그 점을 마음에 들어 하시는 거야."
"전 제가 무슨 욕망이 있는지 모르겠는데요?"
"다른 말로 하면…… 이상(理想)?"
"전하께서 아시겠지만 제가 이상이라고 부르는 것들은 아주
　　단순한 것들이에요."

"그래도 그 이상을 실현하게 되면 더 큰 이상을 품지 않을까?"

"예를 들면?"

"넌 온종일 서원 뒷산에서 수행을 하는 그런 것을 좋아하나?"

"좋아하죠."

이어는 그의 눈을 주시하며 계속 물었다.

"충분한 힘을 가진 후에는 그 힘에 의지해 하고 싶은 일을 하며
원하는 목표를 이루고 싶지 않아?"

"예전에는 이익에 집중했는데, 지금은 이득은 이미 얻었는데……
그와 동시에 유명해지고 나니 또 그 유명세가 절 괴롭히네요.
그래서 앞으로 어떻게 해야 할지 잘 모르겠어요."

'이익은 이미 얻었다…… 부자의 제자가 되었고, 안슬의 제자도
되었고…… 내가 줄 수 있는 것이 많지 않겠구나…….'

이어는 약간 좌절감을 느끼며 말했다.

"작년 겨울 이 정원에서 네가 소만에게 동화를 들려주던 기억이
나네. 그 동화에서 어린 공주는 거만했지만 겁이 많고 무능했고,
개구리 왕자는 억지를 잘 부렸지."

그녀는 말을 꺼내는 순간 잘못되었다는 것을 느껴 얼굴이 붉어졌다. 하지
만 이미 엎질러진 물. 그래서 재빨리 화제를 돌려 진지하게 말했다.

"세상 어떤 일이라도 해내기 위해선 먼저 용감하게 생각해야지.
결국 욕심이나 야망이나 이상, 그리고 용기에 의지해야 하는 법."

녕결은 그녀의 미세한 표정 변화를 눈치채고 재빨리 또 다른 화제로 말을
돌렸다.

"여청신 선생님은 요즘 어떻게 지내세요?"

그녀는 녕결의 뜻을 떠보지 못한 아쉬움이 있었지만 또 한편으로는 자신의 마음을 들키지 않은 것에 대해 안도의 한숨을 내쉬며 답했다.

"여 선생께서는 장안에서 사는 것을 좋아하지 않아. 그래서 와정산(瓦頂山)에서 수행을 하지. 얼마 전 서신에서 몸은 괜찮다고 하더군. 참 그리고 네가 이층루에 들어간 것을 알고 기뻐하셨어."

녕결은 그립기도 하고 고맙기도 했다. 또 마음 한 편이 따뜻해지기도 했다.

"전하, 제가 황야에 가 있는 동안…… 상상을 잘 부탁드려요."
"그건 안심해."

녕결은 다시 한번 강조했다.

"아무도 상상을 괴롭히지 못하게 해주세요."

녕결의 강요 같은 부탁을 듣고 이어는 불쾌하기는커녕 오히려 마음이 편해졌다. 그녀는 녕결이 상상을 얼마나 아끼는지 알았기에 그가 상상을 자신에게 맡긴다는 것은 어떤 태도를 표한 것이라고 생각했기 때문이었다.

"안심해. 만약 누가 상상을 괴롭히면 내가 그 사람을 죽는 것보다 못한 삶을 살아가게 해 주지."
"전하, 그건 너무 잔혹한데요…… 그냥 죽이세요."
"……."
"전하?"
"아니야. 이 서신을 가지고 가. 네가 만족을 두려워하지 않는 것은 잘 알지만 혹시라도 무슨 일이 생기면 이 서신을 가지고 숭명 태자를 찾아라."

넝결이 서신을 품에 넣고 형식적인 감사의 인사를 올리려는 순간, 그의 미간이 일그러졌다. 담 뒤에서 인기척이 느껴졌기 때문이었다.

　　'누가 감히 나와 공주의 대화를 몰래……'

이어는 그 표정을 보고 재빨리 몸을 돌리며 입을 열었다.

　　"네가 왜 왔니? 공부는 다 했어? 국자감(國子監)에서 조퇴도
　　할 수 있니?"

옅은 황색 옷을 입은 소년 하나가 담 뒤에서 돌아 나왔다. 눈매는 수려했지만 창백한 안색. 마치 며칠 동안 햇빛을 보지 못한 얼굴. 왜소한 몸과 더불어 무척 허약한 느낌을 주는 소년.

　　"누님. 그렇게 가혹하게 말하지 말아 주세요."
　　'누님? 저 소년이 폐하의 장남이자 황위를 계승할 유력한 후보,
　　대황자 이혼원(李琿園)?'

넝결은 재빨리 자리에서 벌떡 일어나 허리를 숙여 예를 올렸다. 소년 황자는 눈썹을 살짝 올려 불쾌한 기색을 숨기지 않고 손을 제멋대로 흔들며 답했다.

　　"됐어."
　　'누님과 독대하고 있으니 하찮은 놈은 아니겠지만,
　　날 보고 무릎을 꿇고 절을 하여 예를 올리지 않고
　　서서 허리를 숙인다?'

이혼원은 속으로 화가 치밀어 올랐지만 이어는 그를 보고 오히려 차가운 목소리로 꾸짖었다.

"스승에게 배운 예절은 다 어디로 갔느냐?
빨리 녕 대가에게 답례하지 못하겠느냐!"
'녕 대가? 이 사람이 녕결이라는 사람?'

사실 거만한 이혼원에게 부황이 아끼는 사람이라는 명분은 별것 아니었지만, 그가 세상에서 가장 두려워하는 사람은 바로 누나인 이어 공주였다. 그는 이어의 차가운 표정을 보고 급히 일어나 답례를 올렸다. 녕결은 온화한 미소를 지으며 괜찮다는 뜻을 표했지만 몸을 돌려 피하지는 않았다.

'나의 예를 피하지도 않는다?'

이혼원의 안색이 다시 살짝 변했지만 그는 제왕 이씨 집안의 황자. 노여움을 억누르며 녕결에게 다가가 친절하게 이야기를 건넸다. 물론 억지 다정함 속에 눈동자의 냉담함을 다 감출 수는 없었지만. 산전수전을 다 겪은 녕결은 이런 조잡한 연기를 참을 수 없었지만, 그래도 정신력을 집중해서 최고의 연기력을 보여 줬다.
겨울 사막의 불덩이처럼 겸손하지만 열정을 잃지 않는 광대. 절정의 연기로 티 나지 않게 상대방을 모욕하기. 이어는 녕결에게 '적당히 하라'는 눈짓을 보냈다.

'적당히 하라고? 대황자가 나를 여기서 마주친 게
우연의 일치일까?'

녕결은 의구심이 솟구쳤지만 이어의 눈짓을 보고 환하게 웃었다. 녕결은 더 이상 황자를 놀리지 않고 두 황실 귀인에게 작별 인사를 건네고 자리를 떠났다.

공주부를 나오는 길의 버드나무 아래 황색 종이우산을 끼고 있는 젊은 도사가 서 있었다. 녕결은 호천도 남문에 자주 갔었기 때문에 그가 국사 이청산의 제자 하명지(何明池)라는 것을 알았다. 천추처에서 중요한 업무를 담당하고 있는 사람이었다.

'바쁜 그가 왜 여기에?'
"명지 사형, 누구를 기다리는 건가요?"

하명지는 공주부 정원을 가리키며 말했다.

"폐하의 명을 받아 황자가 책 읽는 것을 감독하는데 그가
국자감 밖으로 뛰어나가니 별 방법이 없네."
"그냥 눈 감고 모른 척해요."

하명지는 쓴웃음을 지었다.

"난 사부님께 입양되었고 어릴 때부터 사부님을 따라 황궁을
드나들며 황자와 친하게 지냈어. 그래서 폐하께서 이 일을 나에게
맡기신 것이고…… 감히 대충 하긴 힘들어."
"공주에게 그런 철부지 동생이 있다니 참 운도 없지. 앞으로
그 아이 때문에 공주가 얼마나 고생을 할지 모르겠네."

말을 남기고 하명지는 멀어져 갔다. 옆에 있던 상상이 말했다.

"황자가 왜요? 도련님은 또 그를 백치라고 생각하세요?"
"차라리 진짜 백치면 괜찮지. 그렇다면 아무도 그를 괴롭히지
않을 테니까. 하필 공주 전하에게 심술부리는 나쁜 것만
배워서…… 총명한 척하는 백치는 더 골치가 아파."

상상은 사방을 둘러본 후 작은 목소리로 귀띔했다.

　"도련님, 그는 황자예요."

넝결은 대수롭지 않게 웃었다.

　"황자가 뭐? 융경 황자도 별거 아니던데. 이 어린 황자가 이후에
　또 날 건드리면 난 그에게 '기예'를 파는 게 얼마나 어려운 일인지
　제대로 알려주지."
　"도련님, 지금 너무 거만한데요?"
　"이전에는 도박장 이익 분배에만 관여할 수 있었지만,
　이제는 제국의 황위 배분에 참여할 수 있을 것 같은데
　어찌 교만하지 않을 수 있겠어? 그리고 여기에 너랑 나밖에
　없는데 어때?"

상상은 그를 한번 쓱 보고는 아무 말도 하지 않았다.

　"농담이 아니야. 황위 계승에서 서원의 태도가 중요하지.
　그런데 사형 사저들은 관심도 없고 관심을 가진다면 유일하게
　나 하나일 것 같은데……."

넝결이 사뭇 진지하게 말했다.

　"그래서 공주가 오늘 이런 수를 쓰는 거야. 그런데 오늘 황자의
　행태를 보고서 그녀도 후회하고 있을 걸? 계획을 최소한 미리
　황자에게는 알렸어야지……."
　"그런데 도련님 황위 계승 같은 큰일도 서원이 영향을 끼칠 수
　있어요? 부자가 그렇게 대단한 분이에요?"
　"나도 아직 스승님을 못 뵈었어. 그런데 소문만 들어 봐도

엄청난 것 같던데?"

"도련님, 그럼 우리는 공주 전하 편인가요?'

"하후는 아마…… 황후 편일 테지. 그러면 황후의 반대편은
공주…… 나는 공주 편에 설 수밖에 없겠지. 내 말은 꼭 줄을 서야
한다는 전제하에서. 사실 오래전부터 이렇게 생각했는데 적당한
가격에 물건을 팔기 위해서는 기다려야 하는 법. 지금은 가격이
괜찮으니 천천히 팔아도 돼."

상상은 진지하게 말했다.

"그래서 생각할수록 좋은 일 같아요. 공주 전하를 아내로 삼으면
몇 년의 고생을 줄일 수 있겠죠."

"문제는 그녀가 그 말을 얼마나 많은 사람들에게 퍼트리고
다니냐는 것인데……."

상상은 얼굴을 이상하게 일그러트리면서 불쾌하게 말했다.

"도련님은 항상 전하에 대한 선입견을 가지고 말하네요.
사실 전하는 좋은 사람이에요."

"좋은 사람인지 나쁜 사람인지가 나하고 무슨 상관이지?"

"비싼 값에 팔겠다면서요? 뭐가 전하보다 비쌀까요?"

"상상, 너 '기예는 팔더라도 몸은 팔지 않겠다'라는 말은
못 들어 봤어?"

　　★★

장안 서성의 유명한 식당 일품헌(一品軒) 뒤에는 아주 볼품없는 찻집이 하
나 있었다. 찻집 구석진 곳 죽렴 뒤에는 두 사람이 앉아 있었는데 그중 키

가 작고 통통한 중년 남자 하나는 이마에 흐르는 땀을 연신 닦아 내고 있었다. 그의 하북성 말투는 다소 조급해 보였다.

　　"자네는 암행 호위잖아. 해야 할 일은 해야지. 이번에 황야에
　　가는 김에 암행 호위 임무 하나 처리하는 것인데 무슨 문제가
　　있어? 그냥 살펴보라는 거지 사건을 수사하는 것도 아니잖아?"

황실 호위 부통령 서숭산 대인. 그는 오늘 특별히 출궁하여 녕결과 밀회를 하고 있었다. 맞은편에 앉은 녕결도 손수건을 꺼내 그와 똑같이 땀을 닦기 시작했다.

　　"하후 장군이…… 어떤 인물인데 그를 '살펴보라'고요?
　　뭘 살펴볼까요? 수염이 몇 개 자랐는지 하루에 뒷간을 몇 번
　　가는지 뭐 이런 거요? 하후 장군의 성깔로 볼 때 누가 그를
　　지켜보다가 들키면 아마 그를 고기 다짐으로 만들어 만두로 쪄서
　　먹을 걸요? 그때는 누가 저를 위해 나설 수 있겠어요?"
　　"물론 하후 장군이 증거를 하나도 남기지 않고 그렇게 한다면
　　황실이든 서원이든 나설 수 없지. 허나 만약 네가 증거를 남기고
　　죽는다면…… 하하 농담인 거 알지?"

녕결은 어색하게 웃는 서 통령을 보며 손수건을 내려놓았다.

　　"안 웃긴데요."
　　'폐하께서 하후를 의심하는 것인데…….'
　　"너무 걱정 마. 폐하의 뜻은 아주 간단해. 그냥 옆에서
　　하후 장군의 행태만 살피고 돌아와서 본 내용 그대로
　　폐하께 말씀드리면 돼. 무슨 위험을 무릅쓸 필요가 없어.
　　폐하께서 자네를 좋아하시고, 자네는 또 부자의 제자이지 않나.
　　하후 장군이 포악하고 냉혹하지만 그가 힘만 센 흉악한 멧돼지는

아니야. 그는 그렇게 어리석지 않으니 아무런 이유도 없이
너의 미움을 사려고 하지 않을 거야."
'근데 진짜 내가 하후의 미움을 사게 되면 어찌 되는 거지?'
"문제없지?"

서숭산은 다시 한번 땀을 닦으며 희망 가득한 눈빛으로 말했다.

"그럼 궁으로 가서 그렇게 보고할 테니 혹시라도 장안에
무슨 걱정거리가 있으면 언제든 나에게 말하고."
"제가 47번 골목에서 서화점을 열고 있는 거 아시죠……."

서숭산은 자신의 가슴을 세게 치며 유난히 호기롭게 말했다.

"내가 봐 주지!"

녕결은 고개를 젓고 미소를 지으며 말했다.

"그곳에 어린 시녀가 하나 있는데 황실 시위처에서
그녀를 지켜 줬으면 좋겠어요."

★ ★

대당 천자의 밀지. 황제는 녕결을 궁으로 부르지 않고 서숭산에게 궁 밖
에서 몰래 전달하도록 했다. 하지만 그와 상상 사이에 비밀이 있을 수 있
겠는가. 그녀는 창가에 있는 녕결에게 물었다.

"위험할 수도 있는 거예요?"

넝결은 붓을 들고 창 너머로 밥을 짓는 그녀에게 말했다.

　"주로 눈치를 살피고 수소문을 하는 정도니 서숭산이 말한 것처럼
　위험하지는 않아. 그리고 위험할 것 같으면 그만두면 되지."

상상은 고개를 숙인 채 계속 쌀을 씻으며 물었다.

　"그래서 하기로 했어요?"

넝결도 고개를 숙인 채 부적을 그리며 답했다.

　"폐하의 심복 밀정으로 대당 젊은 세대의 중점 육성 대상이잖아.
　제국이 나를 필요로 한다면 필승…… 음. 필승까지는 아닌 것
　같고 내 인생에 편한 시간이 그리 오래가지는 못하겠지. 그리고
　내가 거절하지 않은 진짜 이유는 네가 잘 알잖아."

14년을 기다려 온 넝결에게 놓칠 수 없는 기회. 상상은 아무 말도 하지 않
고 작은 손으로 쌀을 힘껏 씻고 있었다. 맑은 물은 흰 쌀뜨물로 변하고 그
작은 손에 쌀알이 얼마나 비벼졌는지 점점 더 부서져갔다.

　"그 쌀을 얼마나 더 씻어야 밥을 지을 수 있는 거야?"

넝결은 붓을 벼루에 놓고 창밖을 보며 말을 이었다.

　"걱정 마. 지금 내 수준에서는 하후의 손가락 하나도 건드리지
　못하니, 내가 백치처럼 당장 복수를 하는 일은 없을 거야."

상상은 두 손을 앞치마에 닦고 몸을 돌려 창 뒤의 그를 보며 말했다.

"도련님, 저를 데려갈 수 없으니 하후를 볼 때 꼭 참아야 해요."

"작년 서원 입학 시험 때 친왕 이패언을 보고도 내가

 잘 참지 않았어? 우리는 민산에서 자란 사냥꾼.

 사냥꾼에게 가장 큰 무기는 인내심이야."

"짐은 어떻게 싸요?"

"예전처럼 세 가지만 싸."

'부적 화살은 꼭 개발해서 가져가고 싶은데……'

저녁 식사가 끝난 후 상상은 우물 옆에서 화살촉을 갈기 시작했다. 녕결은 책상 위의 백지에 집중해서 쉴 새 없이 복잡한 부적 선을 그려냈다.

★ ★

황원의 모든 곳이 황량한 것은 아니었다. 매서운 겨울바람이 불기 전 대부분의 황원은 푸른 풀이 담요처럼 덮여 있었다. 중원이 늦여름쯤이 되면 황원은 이미 쌀쌀한 가을. 푸른 풀에 서리가 내리며 노랗게 변해 다소 스산한 느낌이 나기 시작했다.

'다그닥 다그닥 다그닥……'

말발굽이 서리가 내린 풀을 힘차게 밟아 진흙 속으로 박아 버렸다. 좌장왕정의 정예 기병들이 부족들의 남하를 호송하고 있었다. 그보다 더 남쪽에는 천여 명의 초원 만족 기병들이 곡도를 휘두르며 순식간에 연국 변경을 넘어 마을 하나를 에워쌌다.

'슥!'

휘어진 칼 사이로 피가 솟구쳤다. 마을에서 수확한 여름 곡식이 약탈당했다. 귀한 찻잎과 소금이 다음 칼질에 만족 기병들 손에 들어갔다. 연국 마을 주민들은 비참한 비명을 지르며 피바다에 쓰러졌다. 초원 기병들은 찾을 수 있는 식량과 살림살이들을 모두 거두어 싣고 북으로 돌아갔다.

겨울이 멀지 않았다. 초원을 잃은 좌장 왕정 부족은 소와 양을 많이 기를 형편이 안 되었다. 첫눈이 오기 전에 충분한 식량을 구하지 못하면 부족에 재난이 닥칠 가능성이 매우 높았다. 그들은 학살한 마을의 비참한 처지를 고려할 여력이 없었다.

하지만 좌장 왕정의 가장 지혜로운 군사(軍師)도 그들에게 장기적인 문제를 챙기라고 강요하지는 못했다. 연국 각지의 변경이 초원 만족 기병에게 뚫렸고 수많은 마을이 약탈당했다. 이러한 소식은 황원의 바람을 타고 신속하게 연국 각지로 전파되어 결국 연국 황궁에까지 들어가게 되었다.

귀국한 지 얼마 되지 않은 숭명 태자는 병상에 누워 있는 부황을 대신하여 근위군 3천 명을 이끌고 북방의 변경 지방으로 향했다. 성문이 열리고 예악이 연주되었다.

그 모습을 바라보는 연국 백성의 얼굴에 흥분한 기색은 없고 안타까운 마음만 묻어났다. 이미 광기에 서린 만족 기병들을 평소 향락만 일삼아 온 3천 근위군이 도대체 어떻게 막아낼 수 있겠는가.

다행히 서릉 신전의 조령이 내려져 중원 각국이 모두 지원하러 올 것이다. 무엇보다도 괘씸하지만 공포스러운 당국도 기병을 보낼 것이다. 연국 백성들에게는 이 모든 것이 얼마나 수치스러운 일일까. 하지만 어쩔 수 없는 선택이기도 했다.

이곳은 성경.

가장 약한 국가의 수도였다.

★ ★

서원 뒷산. 아침 햇살이 희미해지며 안개가 흩어지고 있었다. 넷째와 여섯째가 가부좌를 틀고 물레방아 옆에 앉아 며칠째 반복된 논의를 다시 되풀이하기 시작했다. 두 사람 앞에는 모래판이 놓여 있고 모래판 위의 복잡한 부적 선들이 스스로 움직이며 다양한 가능성을 조합하고 있었다. 방금 일어난 일곱째가 개울 상류에 서서 두 사람의 얼굴에 나타난 근심 어린 기색을 바라보았다. 그리고 몸을 돌려 절벽 평지 저 멀리 있는 폭포를 향해 발걸음을 옮겼다.

＊＊

남진의 도성(都城)에서 약 70리 떨어진 곳에 산이 하나 있었다.

이 산은 서원 뒷산과 달리 맑고 투명한 햇빛 아래 절벽 틈 하나하나, 바위 하나하나가 모두 또렷이 보였다. 세 개의 절벽 면은 상대적으로 매끄러웠고 창공에서 쏟아지는 빛은 절벽에 반사되어 산 정상에서 만나고 있었다. 그 모습이 한 자루 검처럼 보였다. 세상 제일의 강자, 검성 류백의 종문(宗門)이 바로 이 산기슭에 위치하고 있었다.

흑백 두 가지로 이루어진 오래된 고각(古閣). 수십 명의 청년 수행자들이 무릎을 꿇고 고각을 향해 공손하게 예를 올렸다.

시간이 얼마나 지났을까. 쇠처럼 날카로운 소리가 고각 뒤편의 단단한 암벽을 뚫고 마치 세상의 모든 형태가 있는 사물을 꿰뚫는 듯 날아들었다.

"망신을 당한 사람은 돌아오지 마라."

무릎을 꿇은 수십 명의 검객들은 긴장한 채 대답했다.

"네!"

그리고 밖으로 몸을 돌렸다.

'이힝!'

수십 마리의 준마가 울부짖으며 기다리고 있다. 젊은 검객들은 말을 타고 사문(師門)을 떠나 북으로 향했다.

이곳은 강자가 돌보는 곳, 남진 검각(劍閣).

* *

도도한 황하. 탁한 파도가 넘실대며 수많은 물보라가 생기고 또 사라졌다. 강가의 나룻배꾼들이 손에 대나무 장대를 들고 길 양쪽으로 공손히 무릎을 꿇고 있었다. 그 옛날 검성 류백은 바로 이 황하 옆에서 도도한 강물을 바라보면서 검의를 깨달았다. 그리고 오늘날 대하국 젊은 수행자들이 황하를 건너 북쪽으로 향하고 있다.

* *

바닷가 백탑 아래. 얼굴에 주름이 가득한 부인이 차가운 기색을 띠며 제자들을 바라보고 있었다. 기이한 말투의 쉰 목소리가 백탑 아래로 울려 퍼졌다.

　　"연국에 가려면 당국을 거쳐야 한다. 조정에서 이미 문서를
　　보냈으니 지나가도 무방하다. 당국 사람들이 너희들을
　　난처하게 만들지는 않을 것이다."

젊은 고행승 하나가 의아한 눈빛으로 물었다.

　　"곡니 대사, 저희를 따라가지 않으십니까?"

노파의 눈동자에 악독하고 원망스러운 기색이 스친다.

"당국은 예의가 무너지고 신앙이 없는 죄악의 땅이다.
그 땅 먼지 한 톨이라도 내 신발 밑바닥에 묻힐 수 없다.
구역질이 난다!"

월륜국 국주(國主)의 누이 곡니. 그녀는 어릴 때부터 삭발도 하지 않고 불법을 수행했다. 수행의 경지가 매우 높고 불종 내에서 지위 또한 높았다. 서릉의 조령을 받고 연국으로 향하는 불종의 젊은 수행자들은 모두 그녀의 제자.

"나는 북쪽으로 가 직접 민산을 넘어갈 것이다. 당국에서
누가 감히 나를 막아서는지 봐야겠다."

이곳은 불광(佛光)이 비치는 곳, 월륜국.

* *

'다그닥 다그닥 다그닥.'

말발굽이 비옥한 옥토를 밟으니 기름이 배어나올 것 같았다. 수백 명의 기병들이 포근한 햇살 아래에서 숙연하게 앞으로 달려가고 있었다. 그들은 복잡하고 이해하기 어려운 황금색 무늬가 그려져 있는 은색 갑옷을 입고 있었다. 은색과 황금색이 동시에 밝은 빛에 반짝여 엄숙하고 장엄하면서도 아름다웠다.

호천교 수천 명의 신도들이 무릎을 꿇고 절을 하려던 차에, 천둥 같은 말발굽 소리를 듣고 놀라 길가의 나무 뒤로 몸을 피했다. 하지만 기사들의 얼굴을 본 후에는 더욱 공손하게 무릎을 꿇고 머리를 조아렸다.

서릉 호교 신성 기병. 이들은 세상 최정예 기병이라고 불렸다. 몇 몇 부유한 집안의 신도들은 이 호교 신군이 출병한 이유가 무엇인지 대략 짐작했지만, 지금 이곳에 무릎을 꿇은 이들은 여전히 이해할 수가 없었다.

'초원 만족들이 소동을 일으킨 것뿐인데
신전은 왜 이렇게 그 일을 중시하는가?'

수백 명의 호교 신성 기병 가운데 붉은 도포를 입은 호천도문 신관들이 섞여 있었다. 신관 중에서도 호교 신성 기병을 이끄는 젊은 수령은 감히 범접할 수 없는 위풍을 뽐내고 있었다. 반짝이는 갑옷은 호천 신휘를 받고 있는 것처럼 보였다.
이곳은 호천이 보살피는 곳, 서릉.

* *

서원 뒷산의 밤빛은 여느 때보다 짙었다. 넝결은 부적 도면을 책상에 올려놓고 구석에 기대어 앉아 화롯불을 보면서 꾸벅거리다가 저도 모르게 잠이 들었다.

"이렇게 짧은 시간에 해결 방안을 세우다니……
막내 사제는 역시 부도 천재인 것 같아."

넷째 사형은 종이 위에 그려진 선들과 구석에 잠든 넝결을 번갈아 보면서 입을 열었다.

"무슨 일이 그에게 이렇게 강한 동기를 부여해 줬는지 모르겠네."

여섯째 사형은 재료에 필요한 금속 비율을 계산하며 말했다.

"막내 사제가 아주 급한 것 같은데…… 뭔가 걱정하고 있는 것
같기도 하고. 황원에는 무슨 일로 가는 건지 모르겠네요."
"황원이라…… 서릉 신전은 마종이 부활할까 걱정하고 있지.
그래도 막내 사제가 서원 사람이 되었는데 걱정할 게 뭐 있겠나?
마종 잔당들이 그때 작은 사숙에게 비참하게 죽임을 당했다던데
아직도 정신을 못 차리는 건가?"
"사형, 당시 작은 사숙이 마종 잔당을 참혹하게 죽였으니
막내 사제가 마종 사람을 만나면 더 위험한 것 아닌가요?"
"제국의 예부 상서가 연국에 가서 죽임을 당할까 걱정하는 건가?"
"하기야…… 예부 상서가 성경을 방문해서 터럭 한 오라기라도
다치면 연국이 멸망할 수도 있겠네요."
"같은 맥락이지. 마종 사람이 막내 사제의 털끝 하나라도 건드리면
마종은 멸망을 두려워해야 하지 않겠어? 작은 사숙에게 다시
한번 그 값을 치르게 될까 두렵지 않겠어?"
"작은 사숙은 돌아가셨잖아요……."
"사숙은 돌아가셨지만 스승님은 아직 건재하시지.
하물며 둘째 사형은 작은 사숙님을 그렇게 존경하지 않았나?"
"그럼 막내 사제는 도대체 뭘 걱정하는 걸까요?"
"모르겠어. 하지만 그는 어쨌든 우리의 사제야.
사형으로서 우리는 그의 걱정을 덜어 줄 방법을 찾아야 해."
"어떻게요?"
"부적 화살을 잘 만들어 주어야지."
"오!"

대화가 끝나자 쇠를 두드리는 소리가 천둥처럼 울렸지만 그 소리도 지칠
대로 지친 녕결의 잠을 깨우지는 못했다. 넷째 사형도 모래판 위에 녕결
이 설계한 부적을 모사하고 새로운 조합을 시도하고 심지어 진법으로 이
선들을 재구성해 보기도 했다.

무게를 많이 줄이긴 했지만 부적 화살은 여전히 나무 화살보다 무

거웠다. 그렇다면 목궁은 사용할 수 없기에 그들이 가장 먼저 해야 할 일은 특수 활을 만드는 것이었다.

"조각칼은 어떤 것을 쓸 거야? 부적 화살의 재질은
매우 딱딱하지만 또 매우 정확하고 정교하게 새겨야 하니
일반 조각칼로는 안 될 텐데."

여섯째 사형은 껄껄 웃으며 품에서 작은 상자 하나를 꺼냈다.

"금강석."
"금강석이 견뎌낼까?"
"그래서 그 끝에 금속을 한 겹 더 감쌌지요.
당연히 일반 금속은 아니고 저번에 황학 교수와 함께
하후 장군 갑옷을 만들다 남은 합금이죠."
"날카로운 정도는 어때?"
"사흘 동안 꼬박 갈았어요. 한번 보세요."

두 사람은 의기양양한 미소를 지었지만 그 미소는 오래가지 못했다. 부적 화살의 화살대를 만드는 과정에서 난제에 부딪힌 것이다.

"네 가지 금속 비율에는 문제가 없는데, 그 안에 이물질이
너무 많아요. 제가 가장 좋은 재료를 고르긴 했는데 재료 자체에
불순물이 섞여 있어서…… 지금 화로의 온도로는 깨끗하게
정련하기 어려워요."

여섯째 사형은 새빨간 쇳물을 바라보며 머리를 긁적였다.

"이런 것을 해 본 적이 없어서…… 네 가지 금속을 섞으려면
온도가 더 높아야 해요. 어떻게 해야 할지 모르겠네요."

'삐걱.'

이때 뜬금없이 대장간 문이 열렸다. 일곱째가 문을 열고 들어와 구석에서 곤히 잠든 녕결을 바라보며 빙긋 웃었다. 그리고 바로 고개를 돌려 넷째와 여섯째를 바라보며 말했다.

　"조수 둘을 데리고 왔는데 쓸모가 있을지 모르겠네요."

넷째는 그녀 뒤의 두 사람을 보며 살짝 몸을 숙여 절을 했다.

　"왜 부적 선현들이 부적 화살을 못 만들었는지 알겠네.
　지명 경지의 대수행자 둘을 대장장이 조수로 만들어
　버리다니…… 막내 사제 외에 누가 이런 대우를
　할 수 있었겠어?"

둘째 사형은 무표정하게 다가와 무거운 망치를 빼앗았다. 진피피도 미소를 지으며 다가와 화롯불 앞에 서서 천천히 눈을 감았다. 화롯불이 갑자기 밝게 변하더니 이내 그윽한 푸른색으로 변했다. 둘째 사형은 한 손으로 망치를 가볍게 휘둘러, 붉게 달아오른 금속 덩어리를 향해 세차게 내리쳤다.

　'펑! 펑!'
　'웅웅…….'

진피피를 제외한 방 안 사람들은 모두 망치질 울림에 귀를 막고 주저앉았다.

* *

서원 뒷산 맑은 개울에 이유 없이 물결이 일어났다.

물고기들이 불안에 떨며 헤엄쳤다.

구서루에서 잠화소해를 모사하던 여교수는 창밖을 바라보며 침묵했다.

바둑을 두던 백치 둘은 소나무 밑둥을 껴안았다.

연주를 하던 백치 둘은 통소와 고금을 껴안았다.

화치는 눈앞의 꽃을 지켰다.

서치는 아직도 고개를 숙이고 책을 베끼고 있었다.

이곳은 서원이다. 세상에 하나밖에 없는 서원.

* *

드디어 구석에 잠들었던 녕결이 깼다. 그리고 망치 끝에서 나오는 천둥 같은 소리에 곧장 기절했다. 혼미한 가운데 희미하게 들려오는 천둥소리, 웃고 떠드는 소리. 얼마나 지났는지 모르지만 그가 눈을 비비며 다시 깨어났을 때, 방 안은 더 이상 뜨겁지 않고 텅 비어 있는 것 같았다.

그는 약간 시큰한 어깨를 주무르며 벽을 짚고 일어나 책상 앞으로 다가갔다. 부적 설계도 대신 나무로 만든 상자 하나.

'이 상자는 못 보던 것 같은데…….'

직사각형 모양에 팔 길이의 통나무 상자. 상자를 여니 특이한 모양의 금속 예닐곱 개가 놓여 있었다. 표면에는 자세히 보아야만 볼 수 있는 가느다란 틈이 있었다. 무수한 극세 금속실로 엮어 만들어진 부품이 강한 힘을 느끼게 했다.

녕결은 손가락으로 은색 금속의 표면을 만져 보았다. 거칠고 강인한 느낌. 금속 부품의 모양이 매우 특이해서 구체적으로 어떤 용도인지 알 수 없었다. 특히 가장 위쪽 작은 칸에 놓여 있는 세 손가락 크기의 금속 조각에는 엄청 작은 은쟁반 모양 하나가 새겨져 있었다. 쟁반 위쪽에는 밝게 빛나는 금강석이 박혀 있어 그 모양이 무기 같지 않았다.

"결혼반지 아니야?"
녕결은 말은 이렇게 했지만 밝은 눈동자에 기쁨이 가득했다. 그는 상자를 열자마자 사실 이 부품들의 용도를 단번에 알아차렸다. 그는 익숙하고 날렵한 손놀림으로 재빨리 금속 부품들을 조립하기 시작했다.

'찰칵 찰칵……'

얼마 지나지 않아 그는 왼손에 무수한 금속실로 엮어 만든 활대를 잡고 오른손으로 상자 안에 있는 특제 쌍교팔고선(雙絞八股線)을 활대에 둘둘 감아 시위를 만들기 시작했다. 잠시 후 그는 심호흡을 한 후 화살통에서 천천히 화살 하나를 꺼냈다.

합금으로 만든 긴 화살. 화살대가 매우 가늘고 길게 설계되어 있었다. 비록 관 형태의 중공관 공법을 사용했지만 손에 쥐니 여전히 매우 무거웠다.

녕결은 설렘을 억누르며 두 손으로 금속 화살을 들고 왼손 엄지와 검지 사이를 천천히 화살의 끝에서 화살촉 쪽으로 밀고 가면서 화살대 표면의 묘한 감촉을 느꼈다. 화살대 자체가 가진 꺾을 수 없는 강인한 힘.

그는 창밖의 아침 햇빛을 빌려 비늘처럼 생긴 가는 무늬를 세심히 살폈다. 얼마나 망치질을 많이 했는지, 또 몇만 겹으로 만들어졌는지, 극세 금속실이 겹겹이 겹치며 서로 의지하고 있었다. 화살대 자체 재료의 비늘 같은 무늬 사이로 더 또렷하고 깊은 선 몇 개가 있었다. 지극히 평온한 방식으로 조합되어 있는 선. 맨 아랫부분에 여백이 느껴졌고 마치 그곳에 선 하나가 빠진 듯한 느낌. 그 공백을 메워주면 이 선들이 순식간에 더욱 민첩해지면서 살아 움직일 것이다.

＊＊

녕결은 무거운 화살을 들고 대장간 방에서 나와 맑은 아침 햇살을 받으며 깊게 심호흡을 하였다.

‘드르렁…… 푸…… 드르렁…… 푸.’

집과 호수 사이 풀밭에 사형들이 나무 아래 누워 곤히 잠들어 있었고, 곁에는 술 주전자 몇 개가 널브러져 있었다.

진피피는 가장 깊이 잠들어 입가에 침을 흘리고 있었으며, 일곱째 사저는 고목에 기대 눈을 감고 있었지만 작은 손가락에 걸려 있는 술주전자가 위아래로 흔들리는 모습이 마치 낚시를 하는 것 같았다.

나무 너머로는 둘째 사형이 보였는데 평소 옷차림과 예의를 조금도 소홀히 하지 않는 그의 머리 위 방망이 같은 고관은 이미 엉망진창으로 비뚤어져 있었다. 녕결의 가슴은 매우 뜨거워졌다. 하지만 무슨 말을 해야 할지 몰랐다. 그때 둘째 사형이 번쩍 눈을 뜨고 고관을 바로 세우며 녕결에게 나지막이 말했다.

“술 취한 놈들 잠 방해하지 말고 호숫가로 가자.”

호숫가에 바람이 한 차례 불어와 주변 열기를 식혀 주었다.

> “이번에 황원으로 가게 되면 서원의 명성에 먹칠하지 않도록 해라.
> 비록 너 하나로 서원의 명성이 손상되지는 않는다고 하더라도
> 넌 지금 대당에서 제법 유명한 사람이야. 네 자신의 이름에
> 누가 될 행동을 하면 안 된다.”
> “제가 무슨 유명인인가요?”

둘째 사형은 그를 힐끗 봤다.

"명예와 이익에 욕심이 없고, 명성 속의 허무함을 깨닫다니.
막내 사제의 그 마음가짐이 참 좋네. 사형께서 들으셨으면 분명
통하는 것이 있다면서 흡족해하셨을 거야."

둘째 사형에게 사형이라면 유일한, 서원 대사형.

"둘째 사형, 어젯밤 고생 많으셨습니다. 안 되면 황학 교수님을
찾아가야 하나 했어요."
"부도는 내가 잘 모르지만 부도에 있어서는 너의 사부, 안슬이
천하 제일이다. 안슬이 부적 화살 개발을 도와주지 못하면
황 교수를 찾아가도 아무 의미가 없다."
"참 말이 나와서 그런데 서원 교수님들은 어디 사세요?"
"교수들은 모두 석좌 교수고, 타국 사람들이 많지.
대부분 산 곳곳에 은거하고 있다."
"그런데 왜 저는 산에서 그분들을 한 번도 보지 못했죠?"
"큰 산은 아주 크니까."

녕결이 질문을 한 자신의 잘못을 크게 뉘우치는 표정을 짓자 둘째 사형은
녕결이 메고 있는 활을 보며 재빨리 화제를 돌렸다.

"한번 해 볼래?"

녕결은 고개를 끄덕였다.

그때 사형 사저가 모두 잠에서 깨어났다. 퉁소를 안거나 꽃을 안
거나 하고 있던 사형들도 걸어 나왔고, 모습을 잘 드러내지 않는 셋째 사
저 여렴마저 호숫가로 와 있었다.

녕결은 부적 화살을 가볍게 철궁에 걸치고 심호흡을 한 후 들어
올려 하늘로 향하게 했다. 마치 절벽 평지 위에 떠 있는 태양을 겨냥하듯.

'끽끽끽.'

철궁이 약간 찌그러지고 시위가 뒤로 당겨졌다. 녕결은 목궁을 쏠 때와 달리 오른손 검지와 중지, 그리고 약지 세 손가락으로 시위를 당겼다. 녕결이 시위를 당기는 순간에는 호숫가에 아무 소리도 나지 않았다. 다들 숨을 죽이고 지켜봤다.

거울 같은 호수에 일찍 깨어 먹이를 찾던 물고기가 천천히 헤엄쳤다. 호수 건너편 거만한 거위가 물을 머금고 가슴을 씻었다.

'퉁…….'

녕결의 소매 속 팔꿈치 근육이 느슨해지고 팽팽한 활시위가 왼손 안쪽을 스치며 고속으로 튕기더니 금속 화살이 눈에 보이지 않는 속도로 날아갔다.

'츠윽.'

날카로운 화살촉이 앞으로 어느 정도 거리를 돌진하자 철궁 대에 박힌 그 금강석과 금속 화살대가 가볍게 마찰하고, 금강석은 종이 위에 떨어진 붓 끝처럼 금속 화살대의 여백에 줄을 하나 그었다.

부적의 마지막 한 획.

화살 끝이 철궁 대를 벗어나는 순간…… 속도가 너무 빨라서인지 화살대에 붙어 있는 부적의 효과가 생겨난 탓인지 화살 끝에 우유 빛깔 급류가 생겼다. 그리고 화살은…… 순식간에 사라졌다.

호숫가에서 화살의 궤적을 제대로 볼 수 있는 사람은 거의 없었다. 대부분 공중으로 날아간 모습만 볼 수 있었는데 하늘을 올려다보던 둘째 사형만 눈을 가늘게 떴다.

'획!'

'펄럭.'

바람이 세차게 한 차례 불어왔고, 여전히 철궁을 들고 있는 녕결의 옷이 바람에 휘날렸다. 호숫가 사형 사저들은 약간 서늘한 기운을 느꼈고, 녕결이 철궁을 쥔 왼손에는 갑자기 수많은 이슬이 맺히기 시작했다.

호수 속 물고기들은 여전히 천천히 헤엄치고 있었다.

거만한 거위는 세수를 마치고 하늘을 향해 노래 부를 준비를 했다.

여전히 하늘을 응시하며 부적 화살의 자취를 찾으려는 사형 사저들. 그들은 아주 높은 곳의 흰 구름 사이로 뚫린 구멍을 보았고 그 구멍을 통해 더 높은 곳의 푸른 하늘을 볼 수 있었다. 넷째 사형이 약간 떨리는 목소리로 물었다.

"쏜 건가?"

여섯째 사형이 약간 쉰 목소리로 짐작했다.

"그런 것 같은데?"

일곱째 사저는 놀람과 함께 기쁘게 물었다.

"정말 부적 화살을 쏜 거야?"

둘째 사형이 담담하게 대답했다.

"쏘았어!"
"와!"

둘째 사형의 말에 다들 구름 사이 구멍을 보며 한바탕 탄성을 질렀다. 심지어 여럼 사저의 얼굴에도 옅은 미소가 번졌다. 그녀도 부적 화살의 위

력이 이렇게 대단할지 몰랐다는 듯. 이때 진피피가 아주 중요한 질문을
던졌다.

"근데 화살이…… 어디로 갔지요?"

이 질문은 매우 중요했지만 서원 뒷산 사람들은 신경조차 쓰기 귀찮았다.
아홉째 사형이 찬탄하며 외쳤다.

"이렇게 좋은 일에 음악이 빠질 수 없지!"

열째 사형은 고금의 현을 만지작거리며 외쳤다.

"활에 현이 빠질 수 없지!"

여섯째 사형은 무거운 망치를 바라보며 무던하게 말했다.

"둘째 사형이 내 망치로 쇠를 치셨지."

일곱째 사저는 자수바늘을 집어 들며 말했다.

"나도 조금은 도움을 주었어."

'우웅!'

아홉째 사형이 통소를 입가에 대고 부는 순간, 갑자기 그들의 머리 위에
서 나는 또 다른 통소 소리에 그 소리가 덮여 버렸다.

'우웅!'

구름 끝 선인이 부는 처절한 퉁소 소리!

　　서원 이층루 제자들은 바로 그 이유를 짐작했다. 모두들 얼굴이
하얗게 질려 길짐승 날짐승이라도 된 듯이 뿔뿔이 달아났다.

　　'뭐지? 무슨 일이 일어난 거지?'
녕결은 여전히 마음속 흥분을 억누르지 못하고 고개를 들어 소리가 나는
하늘을 바라봤다. 무언가를 봤지만 눈도 깜빡이지 않았다. 둘째 사형과
진피피도 그의 옆에서 하늘의 무엇을 봤는데…… 표정이 제각각이었다.

　　아주 작은 점. 날카롭게 울부짖는 작은 점이 녕결의 눈동자에 들
이찼다. 바로 다음 순간 검은 점은 순식간에 공기를 찢는 금속 화살로 변
했다. 그것은 녕결의 정수리를 향해 돌진했다!

　　'펄럭.'

둘째 사형은 변새의 깃발처럼 소매를 가볍게 흔들어 곧 녕결의 정수리에
떨어질 검은 그림자를 감싸 방향을 바꾸었다.

　　'츠윽.'

그의 소매에 작은 구멍이 생겼다.

　　'펑!'

굉음과 함께 호수 가운데 서 있던 정자가 반쯤 무너져 버렸다. 녕결은 그
제야 정신을 차리고 연기와 먼지로 형체를 알아볼 수 없게 된 정자를 보
며 중얼거렸다.

　　"젠장……."

일곱째 사저는 반쯤 무너진 정자를 보며 창백한 얼굴로 중얼거렸다.

"젠장……."

둘째 사형은 달갑지 않은 표정으로 그녀를 힐끗 보았다. 사람들이 다시 호숫가로 모여들어 무너진 정자를 가리키며 수군댔다. 넷째 사형은 먼지가 점점 가라앉는 정자로 갔다. 다시 그가 호숫가로 돌아왔을 때 그의 손에는 부적 화살과 함께 나무 상자 하나가 쥐어져 있었다.

"금강석이 부적의 마지막 획을 그린다. 막내 사제의 생각은 정말 천재적이었어. 하지만 안타깝게도 부적 화살은 한 번만 사용할 수 있지. 어젯밤 혹시 몰라 내가 여섯째와 함께 복구 도구를 만들긴 했는데 아직 시도해 보진 않아서 효과는 모르겠어. 황원에 가서 혹시 복구가 필요하면 사용해 봐."

그는 작은 상자를 녕결에게 건네며 말을 이었다.

"부적 화살은 재질이 귀하고 만들기가 쉽지 않아. 화살통에 화살이 열세 자루만 있으니 전장에서 아껴 써야 해."
"사형, 염려 마세요. 한꺼번에 다 쏘는 일은 없을 거예요."
"한꺼번에 다 쏘고 싶어도 그럴 수 없을 거다."

둘째 사형은 호숫물로 손을 씻고 일어나며 말했다.

"지금 너의 경지로는 많아야 세 발밖에 못 쏜다. 네 몸이 견디지 못해."

녕결은 손에 든 무거운 부적 화살을 보며 눈살을 찌푸렸다. 넷째 사형은 그 부적 화살을 보고 갑자기 아쉬워했다.

"역사를 개척한 화살인데…… 세상에 보급하지는 못하겠네."

"왜요?"

"화살을 쏘려면 쏘는 이가 부적사여야 하는데
그런 힘을 가진 궁수가 몇이나 되겠어? 철궁도
아무나 잡아당길 수 있는 것은 아니지."

녕결은 그제야 오른쪽 어깨에 날카로운 아픔을 느꼈다.

"막내 사제, 네가 개발한 부적 화살이니 네가 이름을 지어."

녕결은 넷째 사형의 얼굴을 보며 순간 고마움이 밀려왔다.

"사형이 이름을 지어 주세요."

"그래? 음…… 활과 화살 재질에 막내 사제와 가장
감응이 좋은 은이 섞여있으니…… 은전(銀箭. 은화살. 중국어로
음탕하고 상스럽다는 뜻의 淫賤과 발음이 같다)."

녕결의 표정이 일그러졌고 둘째 사형은 무표정하게 말했다.

"다른 거."

진피피는 하늘을 가리키며 말했다.

"구름을 뚫었으니 천운전(穿雲箭)?"

둘째 사형은 잠시 고민한 후 말했다.

"부적 화살은 천지 원기를 빌려 운행하고 또 세상에
열세 자루밖에 없다. 막내 사제 또한 열셋째니까……

원십삼전(元十三箭)이라고 부르자."

★★

술과 담배, 남과 여, 칼과 화살. 떼려야 뗄 수 없는 조합.

　　여섯째 사형이 포대 하나를 들고 와 푸니 그 안에 칼 세 자루가 드러났다. 얼마 전 녕결이 사형에게 부탁한 칼이었다. 사형이 다듬은 후 더 가늘고 길게, 더 단단하고 어둡게, 햇빛을 받아 몇 줄의 부적 무늬가 반짝이는, 더 수려하면서도 살기가 넘치는 칼로 변해 있었다.

　　"서릉 신전에서 조령을 내렸다. 이번에 황원으로 가는 각국의
　　젊은이들이 적지 않을 것이고 아마 재결사도 사람을 보낼 테니
　　네가 다시 융경을 만날 수도 있겠구나."

둘째 사형의 말에 녕결은 두피에 소름이 돋았다.

　　'융경? 그는 분명히 이를 갈고 있을 텐데 쉽지 않겠네.'
　　"내일 내가 배웅하지는 않을 테니 지금 한마디 해주겠다.
　　서원 학생들을 인솔해서 가고 이층루를 대표해서 가는 것이니,
　　곧 스승님의 명성을 등에 업고 가는 것이다. 그러니 어떠한
　　경우에도 서원의 명예를 떨어트려서는 안 된다.
　　천유원, 남진, 검각, 월륜국, 백탑사…… 예전에 우리 서원
　　제자들이 이곳 사람들과 많이 겨뤘는데 바둑을 두든 악기를
　　다루든 진 적이 없다. 녕결 너도 지면 안 된다."
　　"무조건 지면 안 된다고요?"
　　"그래."
　　"상대방을 못 이기면 어떻게 되죠?"
　　"이길 수 없다 하더라도 망신을 당하면 안 된다."

넝결은 난처하여 물었다.

"둘째 사형, 상대를 이기지 못했는데
 어떻게 망신을 당하지 않을 수 있나요?"
"무슨 방법을 찾아서라도 이겨라.
 그래도 이길 수 없으면 절대 패배를 인정하지 마라.
 수단과 방법을 가리지 않고 도망가라.
 몇 년을 더 수행하고 다시 상대와 싸우면 된다.
 그렇게 하면 영영 이기지 못할 것이 있겠느냐?"

        **

출발을 하루 앞두고 서원은 분주했다. 넝결은 서원 밖에 일렬로 서 있는
군마(軍馬)들을 보고 웃으며 마부 단씨의 마차에 올랐다. 하지만 웬일인지
마차는 얼마 가지 않아 멈춰 섰다. 마차에서 넝결이 황급히 뛰어내려 자
루에다 돌을 잔뜩 담기 시작했다.

    '휘이익.'

넝결이 휘파람을 불자 군마들이 일제히 고개를 들었고 그중 가장 건장한
황색 말 한 마리가 동료들을 밀쳐내고 넝결에게 달려왔다. 그는 자루를
말안장 옆에 묶었다.

    '휘청.'

말은 무게를 견디지 못해 앞다리가 살짝 구부러졌지만 곧바로 몸을 바로
세웠다. 좌우 균형이 맞지 않아 숨을 거세게 몰아쉬고 있었다. 넝결은 고
개를 가로저었다.

'철궁, 원십삼전, 칼 세 자루 그리고 나까지…… 안 되겠는데?'

그는 잠시 생각한 후 군부의 집사를 찾아 천추처의 요패를 보여주며 뭐라고 말을 건네고는 마차에 다시 올랐다. 장안성에 돌아온 넝결은 47번 골목으로 향하지 않고 바로 황성 남쪽의 도관으로 향했다.

'사부님이 송별 선물을 마련해 놓았을지도 모르지.'
"초원 만족들은 별거 아니지만 남하한 황인들이 위험해.
 그곳은 대당 제국이 아니라는 것을 명심해."
"사부님, 안심하세요."

사실 초원은 넝결에게 가장 익숙한 곳. 적어도 자신의 목숨은 지킬 수 있다는 굳은 믿음이 있었고 그런 자신감이 없었다면 조정의 요구를 받아들이지도 않았을 것이다.

"예전에 네가 황원에서 만난 적들은 모두 보통 사람이었지.
 하지만 이번에 네가 맞닥트릴 적은 수행자일 수도 있어.
 심지어 황인 속에 숨어 있는 마종 잔당일 수도 있으니
 각별히 조심해야 해."
"네."

안슬 대사는 넝결이 황원에 가기 전 마지막 당부를 끝내고 비단 주머니 하나를 건네주었다.

"정말 위험한 때가 오면 열어 보아라."

마차 안에서 넝결은 손에 든 비단 주머니를 보며 웃었다.

'역시 이별 선물 하나는 건졌어.'

그는 당장 열어 보고 싶었지만 꾹 참았다. 만약 여는 순간 효과가 없어져 버리는 물건이면 어떻게 하겠는가.

이미 석양이 진 47번 골목에 도착해서는 골동품 가게 오씨 주인장과 인사를 하고 텅 빈 회색 담장을 둘러보고 노필재로 들어갔다. 녕결은 뒤채 나무 옆의 작은 그림자를 보며 말했다.

"나 왔어."
"도련님 돌아오셨어요?"

평소와 다를 바 없는 단조롭고 무미건조한 대화. 민산에서 사냥을 끝내고 돌아왔을 때, 위성에서 장작 패기를 끝내고 돌아왔을 때 항상 나누던 대화. 마지막 저녁 식사도 전혀 새로울 것이 없었다. 이왕 그러한 것 녕결은 발을 씻자마자 불을 끄고 침대에 누워 잠을 청했다.

그는 침대 너머의 시녀에게 어떤 일도 당부하지 않았다. 상상이 자신과 이렇게 오래 떨어져 지내는 것은 처음이지만 그는 그녀가 스스로를 잘 돌볼 수 있을 것이라고 확신했다. 또 까탈스러운 자신이 없으면 상상이 좀 더 편하게 지낼 수 있을 것이라는 생각도 들었다.

늦여름 장안성의 밤 기온은 사람을 짜증나게 할 정도로 무덥지는 않았다. 매미 울음소리가 점점 약해졌다. 별빛은 나뭇잎을 비추다가 창문으로 들어와 두 사람이 가장 사랑하는 은빛으로 벽과 침대를 칠했다.

한 차례 구질구질한 중얼거림과 함께 상상이 얇은 홑옷을 입고 침대 너머에서 녕결에게 기어왔다. 그리고 상상은 녕결의 품속으로 쏙 들어갔다.

"몇 번 말했어? 너는 이제 다 큰 낭자야."
"네."

상상은 대답했지만 머리를 이리저리 움직여 그의 가슴 위에 가장 편한 곳을 찾아 누워 더 이상 움직이려 하지 않았다. 헤어지기 전날 밤은 그동안의 수많은 밤들과 똑같았다.

아무런 차이가 없었다.

★ ★

헤어지기 전 아침도 지난 일 년 동안의 아침과 다를 바 없었다.

상상이 사 온 산라면을 한 그릇 먹고

상상이 건넨 양치 도구로 양치질을 하고

상상이 챙겨 놓은 수건으로 얼굴을 닦고

상상의 시중을 받으며 서원의 가을 학복을 차려 입은 후……

녕결은 무거운 짐을 들고 노필재 문을 나섰다.

맑고 아름다운 아침 햇살.

그가 가게 입구의 상상에게 손을 흔들자…… 마차가 천천히 움직였다. 마차는 서원 앞에 멈췄지만 곧바로 장안으로 되돌아갔다. 오늘 마부 단 씨는 녕결을 기다리지 않아도 되었다.

녕결은 오늘 장안성에 돌아가지 않기 때문이다.

잔디 공터 부근은 사람들로 북적였다. 흥분과 긴장이 드러난 서원 학생들은 부모들과 작별을 고하고 있었다. 부모들의 말은 그칠 것 같지 않았고, 아이들을 위해 준비한 짐은 항상 부족한 것 같았다. 하지만 학생들의 마음은 이미 북쪽 황원에 가 있었고, 큰 공을 세운 후의 앞길이 보이는 것 같았다.

물론 모든 서원 학생들이 그런 것은 아니었다. 여러 명의 첩에게 둘러싸인 저유현의 얼굴에는 불만과 두려움이 가득했다. 녕결은 그를 보며 웃다가 고개를 돌려 늠름하고 씩씩해 보이는 사도의란에게 물었다.

"넌 배웅 나온 사람이 아무도 없네? 뜻밖이야."

"명목상 실습이지만 실제로는 출정이지.

아버지께서 어제 적을 꼭 죽이고 오라는 말씀만 하셨어.

너도 배웅해 주는 사람은 없잖아?"

"난 부모도 친척도 없는데 뭘."

사도의란은 서원 안에서 걸어 나오는 두 사람을 가리키며 말했다.

"그래도 널 배웅하는 사람이 있는 것 같은데?"

셋째 사저 여렴과 진피피. 잔디에 있던 서원 학생들은 황급히 공손한 자
세로 예를 올리며 길을 내주었다.
　　사실 제일 놀란 이는 녕결이었다.

　　'셋째 사저가? 개인적으로 이야기를
　　나눌 기회도 별로 없었는데…….'
　　"사저, 감사해요."

여렴은 그에게 작은 물건 하나를 건네며 미소 띤 얼굴로 말했다.

　　"사저가 줄 게 많지 않으니, 대신 말 한마디를 줄게.
　　무슨 일이 있어도 본심에서 출발하면 쉽게 넘을 수 있다."
　　"사저의 조언에 감사드립니다."

녕결은 이 말과 함께 자신의 뚱보 친구에게 물었다.

　　"넌 나에게 뭘 줄 건데?"

진피피의 얼굴이 구겨졌다. 그리고 진지하게 답했다.

　　"난…… 배웅을 해 준다."

녕결은 탄식을 했다.

"너 갈수록 파렴치해지네."

"너에게 배운 거지."

녕결이 웃었다.

"함께 발전하는 거네."

진피피도 웃었다. 하지만 이내 진지하게 물었다.

"무슨 부탁할 일 있어?"

'부탁할 것은 이미 다 했는데…… 그래도.'

"알잖아?"

"내가 뭘 알아?"

"우리 집에 어린 시녀 한 명 있다는 거."

녕결이 사도의란과 자연스럽게 이야기를 하는 것만도 많은 이의 눈길을 끄는 일이었다. 그런데 심지어 여렴 교수와 진피피와 이야기를 하니 복잡한 시선들이 그에게 쏠렸다. 경외와 부러움과 질투의 감정들. 이 감정들은 그들의 시선이 녕결 아래의 짐더미로 옮겨 감에 따라 의혹으로 바뀌었다.

'저 많은 짐을 어떤 말이 견딜 수 있지?'

칼 세 자루, 철궁과 화살통 안의 부적 화살 열세 대. 목궁과 일반 화살, 여정에 필요한 잡다한 물건들. 그리고 굵은 천에 꽁꽁 싸인 커다란 검은 우산 대흑산. 상상이 꼼꼼하게 정리했지만 여전히 작은 산처럼 커 보이는 짐.

녕결은 무거운 짐을 들고 먼 곳을 바라보며 자신의 목표물을 찾았다. 고개를 숙여 묵묵히 풀을 뜯는 군마들. 그 사이로 검은 그림자가 이리저리 휘젓고 다녔다. 마치 천둥처럼 말발굽 소리 또한 요란했다. 동료를 추격하고 물어뜯는 모습이 득의양양하기도 하고 또 포악하고 비열해 보이기도 했다.

'휘이익.'

녕결은 손가락을 입술 사이로 넣어 휘파람을 불었다. 휘파람 소리가 바람을 타고 푸른 잔디 위로 전해졌다. 건방지게 동료들을 괴롭히던 흑마의 네 발이 잔디에 박혀 버린 듯 멈추었다. 마치 새까맣게 칠해져 있는 목마 두 개의 눈동자만 재빠르게 돌아가고 있는 듯했다. 그 눈동자 속에는 익숙한 공포가 서려 있었다.

　　흑마는 뻣뻣해진 목을 힘겹게 돌려 녕결의 인영(人影)을 보고 마침내 머릿속에서 가장 아름답지 않았던 기억을 떠올렸다.

'휘이익!'

재촉하는 듯한 또 한 번의 휘파람 소리. 흑마는 힘겹게 말발굽을 들어올린 후 머리를 떨구고 고통스럽게 울타리 쪽으로 걸어갔다. 한 걸음 한 걸음이 그렇게 슬퍼 보일 수 없었다. 마치 가난한 집안으로 시집가는 가련한 여인처럼.

　　흑마는 울타리 뒤의 녕결을 보고 머리를 살짝 흔들었다. 또 우스꽝스럽게 두툼한 입술을 뒤집는 모습이 마치 절대적인 복종을 나타내는 동시에 비위를 맞추는 것 같았다.

"그동안 잘 지냈어? 내가 다시 만나면
대흑마라고 불러 준다고 했지?"

서원에 들어온 지 일 년 동안 흑마의 성깔은 조금도 나아지지 않고 여전히 난폭했다. 하지만 또 여전히 녕결의 앞에서는 고분고분했다. 흑마는 그제야 녕결의 발밑에 작은 산처럼 쌓인 짐을 보았다.

'이이힝!'

흑마는 본능적인 두려움에 울부짖으며 도망치려고 했다. 녕결은 무심하게 말했다.

　　"오래된 규칙!"

녕결은 더욱 무심하게 말했다.

　　"말 안 들으면 죽인다."

흑마는 고개를 떨구고 돌아섰다. 녕결은 작은 산 같은 짐을 안장에 매달았다.

　　★ ★

천계 14년, 늦여름 또는 초가을. 서원 실습이 시작되었다. 인솔자는 아직 자신의 스승과 대사형을 만나지도 못한 역대 가장 약한 이층루 학생.

　　'꼬끼오…… 꼬꼬댁.'

노필재 뒤채 마당에서 상상은 늙은 암탉을 멍하니 바라보았다.

　　'어제 너를 잡아서 도련님에게 먹였어야 했나……
　　도중에 배고프시면 어떻게 하지?'

장안성 외곽 관도에서 녕결은 길가 마을의 풍경을 보며 그리워했다.

'이제 한동안 상상이 해주는 닭백숙을 먹지 못하겠네.'

아침의 제국에 옅고 희미한 빛이 감돌고 있었다. 말발굽 소리가 끊임없이
울리고 푸른 옷이 속절없이 펄럭였다.

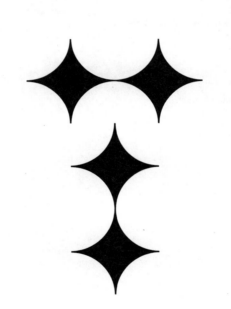

지은이　　묘니
옮긴이　　이기용
펴낸이　　주일우
편집　　　이유나
디자인　　PL13
마케팅　　추성욱
인쇄　　　삼성인쇄

처음 펴낸 날
2023년 7월 20일

펴낸곳　　㈜사이웍스
출판등록　제2023-000086호
주소　　　서울시 마포구 월드컵북로1길 52, 운복빌딩 3층
전화　　　02-3141-6126
팩스　　　02-6455-4207

전자우편
wonnyk20@naver.com

ISBN　　　979-11-983010-1-7 (04820)
SET ISBN　979-11-971791-9-8 (04820)

값 13,500원